W0277711

J'ai découvert le plaisir sexuel à 32 ans. Comme une tornade, une claque dans la figure. Et une question qui me hantait : pourquoi ? Pourquoi l'école ne m'avait-elle jamais parlé d'autre chose que de contraception lorsqu'elle abordait la sexualité ? Si l'on m'avait appris ce qu'était le plaisir, où et comment le trouver, j'aurais peut-être compris bien plus tôt que je n'étais ni anormale, ni bizarre. J'aurais réalisé que mon manque d'intérêt pour la sexualité venait d'un manque cruel d'éducation à la sexualité – un manque qui, visiblement, touchait aussi mes partenaires.

Sept ans plus tard, armée d'un diplôme en sexothérapie, j'ai ressenti le besoin de transmettre ce que nous devrions tous et toutes savoir pour mieux nous comprendre, nous rassurer et nous épanouir pleinement.

Créer une encyclopédie de la sexualité est une entreprise ambitieuse, je le sais. Mais c'est aussi une nécessité. Les ouvrages existants se limitent souvent à des lexiques d'argot ou s'adressent seulement aux professionnel·le·s de santé, en utilisant un langage peu accessible et parfois austère. Ce vide m'a donné envie de proposer un outil clair, inclusif et compréhensible pour toustes.

Cette encyclopédie s'impose alors comme un projet de transmission. Mais par où commencer, tant il y a à dire, à faire, à expliquer sur ce sujet vaste et complexe ?

mes objectifs

• **Clarifier et définir les termes et concepts liés à la sexualité :** la sexualité est un domaine riche et diversifié, mais de nombreuses personnes se sentent perdues ou mal informées. En proposant des définitions simples et précises, cette encyclopédie vise à rendre ce sujet plus accessible à chacun·e.

• **Réduire la stigmatisation :** certains mots, certaines pratiques ou identités sexuelles restent marginalisé·e·s ou mal compris·e·s. En fournissant des informations objectives, cette encyclopédie souhaite contribuer à normaliser et légitimer la diversité des expériences sexuelles.

• **Participer à l'éducation sexuelle :** grande absente de nos écoles, l'éducation sexuelle laisse bien souvent les individus démunis face à des décisions essentielles sur leur corps et leur santé. Cette encyclopédie couvre donc des thèmes tels que les pratiques sexuelles, la contraception, les infections sexuellement transmissibles (IST) et la santé sexuelle, afin de permettre à chacun·e de faire des choix éclairés et d'améliorer son bien-être.

Cette encyclopédie est aussi l'occasion pour moi de mettre à profit mon expertise en sexothérapie et de vulgariser d'autres notions pour les rendre accessibles au plus grand nombre.

à qui s'adresse-t-elle ?

À absolument tout le monde, de 15 à 99 ans, que vous soyez curieux·se, en quête de réponses, ou simplement désireux·se d'approfondir vos connaissances !

L'inclusivité est au cœur de ce projet. La sexualité humaine est diverse et reflète une multitude d'identités, de pratiques et d'expressions. Cette encyclopédie donne donc une place à toutes ces variations : orientations sexuelles, genres, expressions de genre, pratiques moins connues ou méconnues. L'objectif ? Offrir un espace de validation, de reconnaissance et d'appartenance à toustes.

Bonne lecture !

Edwige

Aahhh, ohhhhhh, ouiiiiiiii • Abstinence
Acmé • Addiction sexuelle • After care
Allié·e • Amazone • Aménorrhée • Amour
Anal • Androgyne • Andrologue
Andromaque • Andropause • Anéjaculation
Anneau thermique • Anorgasmie • Anulingus
Anus • Anxiété • Aphrodisiaque • Aphrodisie
Aromantique • Asexuel·le • Auto-érotisme
Autopalpation • Aversion sexuelle
Azoospermie

aahhh, ohhhhhh, ouiiiiiii

Les gémissements au lit mènent la danse du rapport intime… Mais leur importance est souvent sous-estimée ! Ces sons vocaux (délicieux) exprimant des sensations de plaisir, d'excitation ou de satisfaction pendant des moments intimes sont en effet cruciaux car ils sont une forme de communication non verbale.

Les gémissements peuvent en effet aider à communiquer le plaisir et l'excitation, contribuant ainsi à une meilleure compréhension entre partenaires. Ils peuvent indiquer à un·e partenaire que les actions ou stimulations sont agréables, l'encourageant ainsi : « Continue mon amour, tu es sur la bonne route de mon plaisir ! » Ils sont une réaction naturelle du corps et peuvent varier en intensité et en tonalité d'une personne à l'autre. Ils peuvent exprimer des émotions profondes et instinctives.

Il est important de noter que tout le monde n'exprime pas son plaisir de la même manière. Certaines personnes peuvent être plus vocales, tandis que d'autres sont plus silencieuses. Les gémissements ne sont pas forcément une mesure de la satisfaction ou du plaisir, mais restent tout de même un excellent indicateur de ce que ressentent les amant·e·s.

N.B. : la pression de la masculinité toxique amène beaucoup d'hommes à réprimer leurs émotions, y compris au lit, où l'expression de leur plaisir par des gémissements est souvent perçue comme une faiblesse. Pourtant, en laissant tomber ces stéréotypes, ils peuvent non seulement enrichir l'expérience intime, mais aussi renforcer la connexion avec leur partenaire, qui apprécie souvent cette forme d'expression sincère.

Conclusion : allez-y, n'ayez pas peur, exprimez-vous !

abstinence

Oh, le mot qui fait peur et qui est souvent mal compris !

Pour commencer, et c'est très important de le souligner, l'abstinence est (le plus souvent) un choix volontaire de ne pas avoir de relations sexuelles avec un·e partenaire ou en solitaire. Cela signifie que la personne s'abstient de toute activité sexuelle, y compris la masturbation (oui, oui, vous l'avez compris, si vous vous donnez du plaisir en solo, vous n'êtes PAS abstinent·e !).

L'abstinence sexuelle peut être motivée par différents facteurs, tels que des croyances religieuses, des choix personnels ou culturels, des considérations de santé, ou encore le désir de se concentrer sur d'autres aspects de sa vie, tels que les études, le travail ou les relations amicales.

Elle peut être pratiquée à tout moment de la vie et pour une durée déterminée ou indéfinie.

Petit rappel qui fait du bien : l'abstinence est une expérience tout à fait normale que tout le monde peut traverser à différents moments de sa vie, et elle ne définit en rien la valeur ou l'identité d'une personne.

acmé

Le pic, le roc, que dis-je ? la péninsule du plaisir ! C'est la phase d'intensité maximale. Lorsque l'on parle de sexe, l'acmé est donc le moment de l'orgasme.

addiction sexuelle

Êtes-vous accro au sexe ? Beaucoup d'entre vous m'écrivent à ce sujet car ils le pensent... Alors que la plupart du temps, c'est faux ! Vous avez juste une pratique intense, saine et épanouissante de votre sexualité, et vous avez raison, y'a pas de mal à se faire du bien !

Pour d'autres, c'est plus compliqué...

Ce trouble complexe et controversé n'est pas officiellement reconnu en tant que diagnostic distinct dans le Manuel diagnostique et statistique des troubles mentaux (DSM-5). Cependant, de nombreux professionnel·les de la santé mentale (dont moi) reconnaissent qu'il peut y avoir des comportements sexuels problématiques.

On peut considérer qu'il y a une addiction au sexe si ces cinq critères sont réunis :

- **La perte de contrôle :** l'incapacité à contrôler ses comportements sexuels, même si cela entraîne des conséquences négatives pour nous-même ou pour les autres.
- **La poursuite malgré les conséquences :** continuer à avoir des comportements sexuels compulsifs malgré les problèmes personnels, sociaux, professionnels ou de santé qui en résultent.

Exemple : vous n'êtes pas allé·e travailler car votre pulsion masturbatoire était trop importante et vous risquez l'avertissement.

- **La préoccupation excessive :** passer beaucoup de temps à penser à la sexualité, à planifier des activités sexuelles ou à se remémorer des expériences sexuelles passées.
- **Le besoin d'augmenter l'intensité :** avoir besoin d'activités sexuelles plus fréquentes, plus intenses ou plus extrêmes pour continuer à ressentir du plaisir. Parfois, il n'y en a même plus du tout.
- **Le retrait :** se retirer de ses relations sociales, familiales ou professionnelles pour se livrer à des comportements sexuels. « Je ne peux pas, j'ai branlette... »

Si vous ou quelqu'un·e que vous connaissez présentez ces critères, il est important de demander de l'aide professionnelle. Mais pas d'inquiétude, la thérapie peut aider à comprendre les causes sous-jacentes de l'addiction et à développer des stratégies pour apprendre à la gérer. N'oubliez pas qu'il est possible de guérir d'une addiction à la sexualité avec le soutien approprié.

after care

Ce moment d'intimité (souvent oublié) clôture à merveille cette bulle de complicité et de plaisir partagé (enfin, je l'espère pour vous) qu'est le rapport sexuel.

L'*after care* est le temps et l'attention accordés aux besoins mentaux et physiques des partenaires après une expérience sexuelle intense (ou modérée). Le terme et la pratique ont germé dans le milieu BDSM. Après une séance BDSM, dominé·e comme dominant·e peuvent ressentir une forme de tristesse. On appelle ça le « drop », ou la dysphorie post-coïtale, dû à un effondrement hormonal. Mais pas besoin d'avoir eu une partie de jambes en l'air particulièrement intense pour sentir ses effets !

L'*after care* se discute en amont, car on n'a pas toustes envie des mêmes choses après le sexe. Certain·e·s aiment les câlins, d'autres n'ont pas du tout envie d'être touché·e·s, par exemple. Il y a donc plein de formes d'after care ! Soigner les blessures infligées (avec son consentement) à l'autre pendant une séance BDSM, débriefer en buvant un thé, faire couler un bain pour son/sa partenaire ou y plonger à deux, faire des papouilles en rêvassant... c'est vous qui créez vos règles !

L'*after care* s'adresse à tout le monde, plan d'un soir, couple marié, plan cul régulier... Démocratisons le soin porté à son/sa partenaire et la communication, même une fois l'acte terminé !

allié·e

Un·e allié·e est une personne qui, bien qu'elle ne soit pas directement concernée par le féminisme ou la cause LGBTQIA+, soutient activement ces mouvements. Vous êtes un·e allié·e si vous écoutez, apprenez et utilisez votre voix pour défendre les droits et l'égalité, tout en respectant les expériences et les vécus des personnes concernées. Un·e allié·e s'engage à déconstruire les discriminations et à créer des espaces inclusifs, sans occuper le devant de la scène, mais en amplifiant les voix de celles et ceux qui sont directement touché·e·s. La présence d'allié·e·s est essentielle pour renforcer la solidarité et faire progresser ces luttes, en élargissant la portée des revendications et en sensibilisant à plus grande échelle.

amazone

Une position sexuelle souvent très appréciée ! Dans cette position, la personne qui reçoit la pénétration est assise au-dessus de la personne qui pénètre comme si elle était une cavalière (hi ha !).

Mais petite spécificité : ses deux jambes sont du même côté. Cette position permet à la personne qui reçoit la pénétration de contrôler la profondeur et la vitesse de celle-ci, ainsi que de stimuler son clitoris ou d'autres zones érogènes pendant les rapports sexuels. C'est souvent un combo gagnant du plaisir pour les deux partenaires, alors si vous n'avez jamais essayé et que ça vous tente : à cheval !

aménorrhée

C'est tout simplement l'absence de menstruations chez une « femme » en âge de procréer. Petit cours de grec : *A* pour privation, *Mên* pour mois et *Rhein* pour couler.

L'absence de règles est tout à fait naturelle lorsque, par exemple, la personne est enceinte, allaite ou approche de la ménopause. Mais en dehors de ces situations, elle peut être un signe révélateur d'un stress chronique ou encore d'un problème de santé. Il est donc recommandé de consulter si l'aménorrhée dure depuis plus de trois mois.

amour

Ah, l'amour ! Comment le définir ? Il est complexe, multifacette… Mais pour vous, je me lance : on peut dire que l'amour est un sentiment profond d'attachement, d'affection et de connexion émotionnelle envers une personne, un groupe de personnes ou encore un animal ou un objet.

Il peut prendre de nombreuses formes, comme l'amour romantique, l'amitié, l'amour familial et l'amour de soi. Il peut également être exprimé de différentes manières, avec des mots, des actions, des cadeaux, le toucher et des moments de qualité passés ensemble. Le sexe et l'amour sont deux choses différentes. Il est possible de faire l'amour avec une personne sans ressentir d'amour pour elle : le sexe peut absolument être séparé des sentiments émotionnels.

Conclusion : on peut faire l'amour sans aimer mais aussi s'aimer romantiquement sans faire l'amour !

anal

Oh, le grand tabou ! Pourtant, l'IFOP révèle que 51 % des Français·es ont déjà pratiqué la sodomie. Pour rappel, la pratique sexuelle anale est une activité sexuelle qui implique la stimulation de l'anus et du rectum pour obtenir du plaisir. Cette pratique peut être effectuée par des personnes de tous les genres et de toutes les orientations sexuelles (oui, par vous aussi, messieurs les hétéros!).

Pour plus d'infos, rendez-vous à la définition du mot « sodomie » ! (p. 222)

androgyne

Terme généralement utilisé pour décrire une personne qui présente des caractéristiques physiques, comportementales ou identitaires qui se situent quelque part entre les stéréotypes traditionnels des genres masculins et féminins. La compréhension de l'androgynie peut varier en fonction des cultures, des contextes et de la perception que chaque individu peut en avoir. Une personne androgyne peut s'identifier comme étant à la fois masculine et féminine, ou rejeter complètement ces catégories de genre.

andrologue

Andro quoi ?

L'andrologue est le médecin spécialiste des fonctions sexuelles et reproductives des personnes ayant un pénis. C'est un spécialiste souvent méconnu et pourtant indispensable puisqu'il est le mieux placé pour prendre soin de votre organe lorsque celui-ci rencontre des difficultés !

Mais quand et pourquoi aller voir un andrologue ?

Les raisons les plus fréquentes qui doivent amener à le consulter sont :

- **les problèmes d'érection** : le médecin fait alors le point sur les causes organiques. Il est complémentaire du sexologue qui va, lui, s'occuper des problèmes psychologiques. Il vérifie la verge, les vaisseaux, mais aussi qu'il n'y a pas de problèmes hormonaux, notamment d'andropause (la définition arrive juste après !) ;
- **la perte de désir** ;
- **l'éjaculation prématurée** ;
- **les problèmes de courbure de verge** : qu'elles soient congénitales et découvertes à l'adolescence lors des premières érections, ou liées à la maladie de Lapeyronie ;
- **les problèmes de fertilité** ;
- **les soucis d'ordre esthétique** ;
- **l'andropause**.

andromaque ou cowgirl

(mais peut aussi être boy !)

Position sexuelle où la personne pénétrante s'allonge sur le dos, tandis que la personne pénétrée se trouve au-dessus, à califourchon sur son/sa partenaire. Cette position permet à la personne au-dessus de contrôler le rythme, la profondeur et l'angle de pénétration, favorisant l'autonomie et le confort. Elle est appréciée pour sa capacité à offrir une stimulation clitoridienne et à favoriser le contact visuel et l'intimité entre les partenaires.

andropause

Très rarement évoquée, contrairement à son homologue « féminin », la ménopause…

L'andropause, ou « déficit androgénique lié à l'âge », est la baisse du taux de testostérone parfois observée chez les « hommes ». Elle peut survenir entre 40 et 60 ans. Rassurez-vous, elle n'est ni systématique ni forcément accompagnée de symptômes, mais peut être à l'origine de troubles sexuels, en plus d'autres symptômes et signes cliniques tels que :

- **les bouffées de chaleur :** des sensations de chaleur soudaines qui peuvent être accompagnées de sueurs nocturnes ;
- **la fatigue :** une baisse de l'énergie et de la motivation, ainsi qu'une diminution de la force musculaire ;
- **la baisse de libido :** une diminution du désir sexuel, ainsi que des difficultés à obtenir ou maintenir une érection ;
- **les changements émotionnels :** des sautes d'humeur, de l'irritabilité, de l'anxiété, voire de la dépression ;
- **les changements physiques :** une augmentation de la graisse corporelle et une diminution de la masse musculaire, ainsi que des douleurs articulaires et musculaires.

Si vous éprouvez ces symptômes, il est important de consulter un·e professionnel·le de santé pour un diagnostic précis et des options éventuelles de traitement. Bien que l'andropause soit un processus normal du vieillissement, elle peut être traitée avec des modifications dans le mode de vie, des suppléments hormonaux ou d'autres thérapies.

anéjaculation

... Ou quand le réservoir semble vide !

Pas de panique, c'est plus fréquent qu'on ne l'imagine ! Dix à 15 % des personnes ayant un pénis souffriraient de trouble de l'éjaculation, et en particulier d'anéjaculation.

Selon le DSM-5, l'anéjaculation est caractérisée par une incapacité persistante ou récurrente à éjaculer pendant les activités sexuelles en dépit de la présence d'une excitation/ stimulation sexuelle adéquate.

Cette incapacité doit être présente pendant au moins six mois et engendrer une détresse significative.

L'anéjaculation peut être primaire, ce qui signifie qu'elle est présente depuis le début de la vie sexuelle de l'individu, ou secondaire, ce qui signifie qu'elle survient après une période de fonctionnement sexuel « normal ».
Il existe deux sous-types d'anéjaculation : l'anéjaculation rétrograde et l'anéjaculation sécrétoire :

- **L'anéjaculation rétrograde** est caractérisée par le fait que le sperme est éjaculé dans la vessie plutôt que par l'urètre.
- **L'anéjaculation sécrétoire**, quant à elle, est causée par une absence ou une diminution de la production de sperme.

Le diagnostic de l'anéjaculation ne doit être posé que par un·e professionnel·le de la santé après une évaluation complète et approfondie de la situation :

- **Les causes physiques** peuvent inclure des lésions nerveuses, des troubles hormonaux, des problèmes de prostate ou d'autres problèmes de santé qui affectent la fonction sexuelle dite masculine.
- **Les causes psychologiques** de l'anéjaculation peuvent inclure des problèmes tels que l'anxiété, le stress, la dépression, les conflits relationnels, les traumatismes ou une éducation sexuelle rigide.
- Il est également possible que l'anéjaculation soit causée **par des médicaments**, tels que certains antidépresseurs, antihypertenseurs ou antipsychotiques, qui peuvent affecter la fonction sexuelle dite masculine (parlez-en à votre médecin prescripteur).

Que faire ? Le traitement de l'anéjaculation dépend de la cause sous-jacente. Si l'anéjaculation est causée par un problème médical, le traitement peut inclure des médicaments, une thérapie hormonale ou une intervention chirurgicale. Si elle est causée par des facteurs psychologiques, le traitement peut inclure une thérapie individuelle ou de couple, ainsi que des techniques de gestion du stress et de l'anxiété.

Rappel important : l'anéjaculation n'est pas nécessairement un problème de santé, car certaines personnes peuvent avoir des orgasmes sans éjaculer.

Vous le saviez ? Cependant, si cela cause des problèmes de fertilité ou affecte la qualité de vie sexuelle, il est important de consulter un·e professionnel·le de la santé pour discuter des options de traitement.

anneau thermique

(aussi communément appelé « remonte testicules » !)

Cette méthode contraceptive pour les personnes dotées d'un pénis, consiste en un anneau en silicone qui doit permettre de maintenir les testicules à l'entrée du canal inguinal, et ainsi mettre en sommeil la production de spermatozoïdes. C'est comme passer la bague au doigt mais c'est moins engageant :)

Pour être efficace, l'anneau thermique doit être porté 15 heures par jour autour du pénis (on n'a rien sans rien). En remontant les testicules, il augmente leur température et fait ainsi cesser la production de spermatozoïdes. Pour être pleinement contraceptif, l'anneau doit être porté pendant trois mois, car c'est le temps nécessaire pour qu'un cycle de spermatogénèse se termine.

Est-ce que ça fait mal ? Non, mais vous n'êtes pas l'abri de vous tirer quelques poils lors des premières tentatives et de récupérer quelques irritations le temps que vos testicules s'y fassent (un peu comme avec vos nouveaux mocassins).

Est-ce que c'est réversible ? Oui, à 100 % après six à neuf mois d'arrêt du port de l'anneau.

Qu'est-ce que vous attendez ? Je ne sais pas ! C'est efficace, confortable, écologique, économique et, surtout, ça permet de partager la charge contraceptive !

anorgasmie

Alors, t'as joui ? Euh...

L'anorgasmie est définie par le DSM-5 (*Manuel diagnostique et statistique des troubles mentaux*) comme un trouble de l'orgasme caractérisé par une incapacité persistante ou récurrente à atteindre un orgasme, malgré une stimulation sexuelle adéquate et l'absence de facteurs psychologiques ou physiologiques qui pourraient expliquer cette difficulté. Pour qu'on considère l'anorgasmie comme un trouble, il faut que cette dernière arrive dans presque ou toutes les situations d'activité sexuelle et que cela dure depuis plus de six mois. Mais également que cela engendre une détresse significative chez la personne (eh oui, pas de souffrance = pas de problème en matière de sexualité !).

Les différents types d'anorgasmie :

- **L'anorgasmie primaire :** il s'agit d'une condition dans laquelle une personne n'a jamais connu d'orgasme, même avec une stimulation sexuelle adéquate.
- **L'anorgasmie secondaire :** il s'agit d'une condition dans laquelle une personne qui a déjà connu des orgasmes est incapable d'en atteindre, même avec une stimulation sexuelle adéquate.
- **L'anorgasmie généralisée :** elle intervient peu importe le type de stimulation, le mode, le contexte ou le/la partenaire.
- **L'anorgasmie circonstanciée :** elle intervient uniquement dans certains cas de figure.

Voici quelques-unes des causes les plus courantes, qui peuvent varier d'une personne à l'autre :

1. Facteurs psychologiques : les problèmes d'anxiété, de dépression, de stress, de trauma, de faible estime de soi, de conflits relationnels ou de certaines croyances culturelles... Tout cela peut entraîner des difficultés à atteindre l'orgasme. Forcément, quand on est parasité par des pensées intrusives, il est difficile de se concentrer sur ce que l'on ressent, donc d'accéder à un réel lâcher-prise et donc à un orgasme.

2. Facteurs physiologiques : les problèmes de santé tels que le diabète, les maladies cardiaques, les troubles hormonaux, la douleur chronique, les effets secondaires de certains médicaments (notamment les antidépresseurs) peuvent également affecter la capacité à atteindre l'orgasme. N'hésitez pas à en parler à votre médecin traitant !

3. Facteurs comportementaux : les habitudes sexuelles, comme la fréquence et la durée des rapports sexuels, mais aussi les habitudes masturbatoires, peuvent également jouer un rôle dans l'anorgasmie. Les pratiques sexuelles qui ne sont pas satisfaisantes (votre partenaire sait-il où se trouve votre clitoris ?) ou qui ne sont pas en accord avec les préférences de la personne peuvent également contribuer à l'anorgasmie.

4. Facteurs liés à l'âge : les changements hormonaux liés à l'âge, ainsi que les modifications physiques telles que la perte de sensibilité et de tonus musculaire, peuvent affecter la capacité à atteindre l'orgasme.

Si vous rencontrez des difficultés à atteindre l'orgasme et que vous en souffrez, il est important de consulter un·e professionnel·le de la santé pour en discuter et trouver une solution adaptée à votre situation. Et rassurez-vous, il y en a toujours !

anulingus

Pratique de sexe oral qui consiste à stimuler l'anus de son/sa partenaire avec la langue.

N.B. : on n'oublie pas de passer par la case « hygiène » avant de présenter sa rondelle à déguster !

anus

Ouverture située à l'extrémité du tube digestif, par laquelle les selles sont expulsées du corps. Mais ce n'est pas vraiment ce qui nous intéresse ici ! La zone anale externe correspond aux pourtours de l'entrée de l'anus, tandis que la zone interne est l'intérieur de l'anus, qui peut être pénétrée. Ces deux zones contiennent de nombreux vaisseaux sanguins et présentent également beaucoup de terminaisons nerveuses, ce qui en fait un endroit hautement sensible et donc une zone érogène à ne pas oublier… C'est cela qu'il faut retenir !

anxiété *(de performance)*

Que celui ou celle qui ne s'est jamais mis la pression au lit me jette la première pierre !

Dans le contexte de la sexualité, cela désigne la peur ou l'inquiétude de ne pas être à la hauteur, de ne pas réussir à satisfaire son/sa partenaire ou de ne pas être à la mesure des attentes supposées en matière de performance sexuelle, type : « Si je ne bande pas pendant des heures, je ne vais pas être un bon coup... »

Cette anxiété peut affecter tout le monde, peu importe l'âge ou le sexe, et peut entraîner des problèmes tels que des difficultés à maintenir une érection, une éjaculation prématurée ou une diminution du désir sexuel. Elle peut être causée par divers facteurs, notamment le stress, des expériences sexuelles antérieures négatives, des problèmes relationnels ou une faible estime de soi. La communication avec le/la partenaire, la consultation d'un·e professionnel·le de santé ou d'un·e thérapeute spécialisé·e en sexualité peuvent aider à surmonter cette anxiété.

aphrodisiaque

Se dit d'une substance qui stimule le désir sexuel. Ça existe vraiment ? Absolument ! Mon préféré, testé et approuvé : la maca, une plante venue des Andes. Vous m'en direz des nouvelles !

aphrodisie

L'aphrodisie est l'ensemble des substances, aliments, plantes ou médicaments qui ont pour effet d'augmenter le désir sexuel ou la performance sexuelle.

aromantique

Personne qui n'a pas/peu ou seulement sous certaines conditions d'attirance amoureuse, mais qui peut ressentir de l'attirance sexuelle.

asexuel·le

Désigne une personne qui ne ressent pas ou peu d'attirance sexuelle envers les autres, peu importe le genre. Cela ne signifie pas nécessairement l'absence de relations affectives ou romantiques, mais plutôt une expérience différente de la sexualité ou de l'attraction. Comme pour toute identité, les expériences et ressentis peuvent varier grandement d'une personne à l'autre. Les études disponibles suggèrent qu'environ 1 % à 2 % de la population mondiale pourrait s'identifier comme asexuelle.

auto-érotisme

Action de se procurer du plaisir sexuel par des caresses sur ses propres génitaux et zones érogènes.

Synonymes :

- Masturbation
- Autostimulation
- Plaisir solitaire
- Jouissance personnelle
- Plaisir autogène
- Satisfaction personnelle
- Et encore : onanisme !

Ces termes renvoient tous à l'idée de se procurer du plaisir sexuel par soi-même.

autopalpation

Voici un geste qui peut vous sauver la vie ! L'autopalpation mammaire est une technique simple et efficace qui consiste à examiner régulièrement ses propres seins pour détecter d'éventuelles anomalies ou des changements.

Cette pratique est importante car elle permet de détecter précocement des signes de cancer du sein, ce qui est crucial pour une prise en charge réussie. En effet, plus le cancer du sein est détecté tôt, plus il est « facile » à traiter et plus les chances de guérison sont élevées.

En plus de la détection précoce du cancer du sein, l'autopalpation mammaire permet de mieux connaître ses propres seins et de détecter d'autres anomalies telles que des kystes, des nodules ou des douleurs.

Il est recommandé de pratiquer l'autopalpation mammaire une fois par mois, de préférence quatre jours après les règles, lorsque les seins sont moins sensibles. Cette pratique est simple et peut être réalisée à tout moment, n'importe où, sans aucun matériel particulier. Alors, qu'est-ce que vous attendez ?

Il est important de souligner que l'autopalpation mammaire ne remplace pas les examens réguliers chez un médecin, mais elle est un complément important.

N.B. : il n'y a pas que les seins qui se palpent régulièrement ! L'autopalpation testiculaire est une technique simple qui consiste à examiner régulièrement ses testicules pour détecter tout signe anormal. Il est recommandé de pratiquer l'autopalpation testiculaire une fois par mois, de préférence après une douche chaude ou un bain, car la chaleur détend les muscles du scrotum et facilite l'examen. Si vous remarquez un changement au niveau d'un testicule (douleur, gonflement, petite boule dure) vous devez consulter immédiatement un médecin pour un examen plus approfondi.

aversion sexuelle

Le sexe ? Beurk !

L'aversion sexuelle peut être définie comme un rejet ou une forte répulsion envers toute activité sexuelle ou tout comportement associé à la sexualité, que ce soit avec un·e partenaire ou en solitaire. Cette réaction peut se manifester sous différentes formes, telles que l'incapacité à envisager des relations sexuelles, la répulsion face à toute forme de contact physique, ou même la peur ou l'anxiété en pensant à des situations sexuelles.

Il est important de souligner que l'aversion sexuelle n'est pas la même chose que l'abstinence sexuelle ou le désintérêt sexuel. Elle est souvent ressentie comme une source de stress ou de détresse pour la personne concernée, car elle peut interférer avec ses relations personnelles et sa vie quotidienne.

Il existe plusieurs facteurs contribuant à l'aversion sexuelle, notamment des expériences traumatisantes, des problèmes psychologiques tels que la dépression ou l'anxiété, des croyances ou des valeurs personnelles qui s'opposent à la sexualité, des troubles physiques comme la douleur ou la dysfonction sexuelle, ou encore des effets secondaires de certains médicaments. Si vous en souffrez, n'hésitez pas à consulter un·e professionnel·le de la santé.

azoospermie

Anomalie du sperme caractérisée par l'absence totale de spermatozoïdes dans l'éjaculat. Elle entraîne donc l'infertilité, car en l'absence de spermatozoïdes, il ne pourra pas y avoir de fécondation.

Baiser • Balanite • Bander • Bareback
Bartholin • BDSM • Bicurieux·se
Biffle • Bisexuel·le • Bite • Bondage
Bottom • Bouboupisme • Bouche
Boule(s) • Branlette • Bukkake • Butch

baiser

Et si c'était le premier baiser la véritable première fois ? Non, parce que je trouve qu'il est sous-classé dans la catégorie des actes sexuels alors qu'il est souvent extrêmement révélateur de l'alchimie sexuelle des deux partenaires…

C'est un contact, un effleurement de la bouche sur le visage, les lèvres, ou sur une partie du corps d'une personne. Il peut s'agir d'un comportement social, affectueux, amoureux et/ou sexuel.

Le baiser, souvent considéré comme l'étreinte initiale de l'intimité, joue un rôle central dans la sexualité humaine. Au-delà d'une simple expression de tendresse, le baiser peut évoluer vers une expérience profondément sensuelle/sexuelle. C'est un langage silencieux chargé d'émotions, qui crée une connexion intime entre les partenaires.

Son importance dans la sexualité réside dans sa capacité à intensifier le désir et à établir une connexion physique et émotionnelle. Le baiser peut être une exploration passionnée des désirs, éveillant les sens et anticipant l'intimité à venir. Il transcende les barrières du langage, permettant aux individus de communiquer leurs sentiments les plus intimes sans un mot.

En outre, le baiser peut être considéré comme un acte sexuel à part entière. Il incarne la sensualité, stimulant le désir et créant une atmosphère d'intimité partagée. Pour beaucoup, un baiser passionné peut être aussi érotique et satisfaisant que d'autres formes d'activité sexuelle.

Ainsi, le baiser s'impose comme une pièce maîtresse dans la palette complexe de l'expérience sexuelle humaine, reliant les individus au-delà de la simple manifestation physique. Chaque baiser est une exploration profonde et poétique de la passion et de la connexion.

« Baiser » est également un terme familier qui désigne le fait d'avoir une relation sexuelle.

balanite

Aïe, aïe, aïe, ouille !

La balanite est une inflammation du gland. Quand le prépuce est également atteint, ce qui arrive souvent, on parle de balanoposthite, la posthite étant l'inflammation du prépuce.

bander

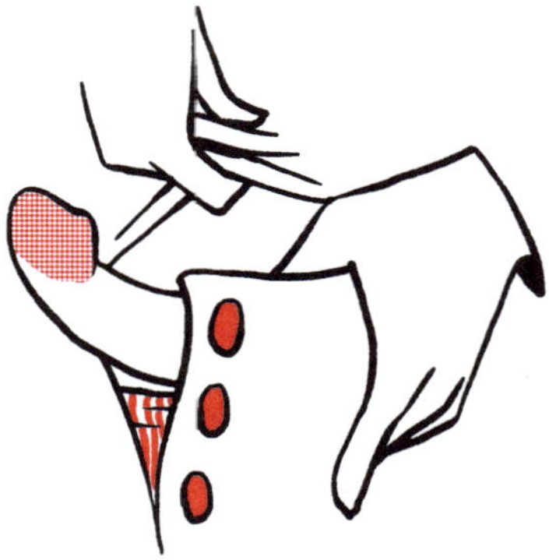

Terme familier qui désigne l'action du sexe en érection. Lorsque le sang arrive massivement dans les corps caverneux du pénis, celui-ci se tend, se bande. L'expression « Bander pour quelqu'un·e » signifie le/la désirer ardemment.

N.B. : le clitoris bande aussi...

bareback

Terme qui fait référence à la pratique de rapports sexuels sans utilisation de préservatif. La pratique du *bareback* soulève des questions importantes de santé publique, notamment en termes de risque de transmission d'infections sexuellement transmissibles (IST).

Il est crucial, lorsqu'on aborde le sujet du *bareback*, de fournir une information complète sur les risques associés, ainsi que de souligner l'importance du consentement mutuel, de la communication ouverte entre partenaires et de la prévention des IST. La promotion de pratiques sexuelles sûres, comprenant l'utilisation de préservatifs et le dépistage régulier des IST, est essentielle pour protéger la santé individuelle et publique.

bartholin *(glandes)*

Les glandes de Bartholin sont deux glandes, de la taille d'un petit pois, dont les orifices sont situés de chaque côté de l'entrée du vagin. Elles sont également appelées « glandes vestibulaires majeures ». Leur rôle est de produire un liquide visqueux et incolore, communément appelé « la mouille », qui aide à lubrifier le vagin pendant les rapports sexuels, ce qui rend l'expérience plus confortable et agréable pour les deux partenaires.

Ces glandes, normalement inactives, sont stimulées par l'excitation sexuelle qui provoque la production de lubrification.

Elles peuvent s'obstruer ou s'infecter (cela s'appelle une bartholinite), ce qui peut causer des douleurs ou de l'inconfort pendant les rapports sexuels, et là, c'est moins sympa.

bdsm

Terme parapluie qui englobe diverses pratiques et dynamiques sexuelles basées sur le consentement mutuel, impliquant le Bondage et la Discipline (B&D), la Domination et la Soumission (D&S), et le Sadisme et le Masochisme (S&M). Ces pratiques peuvent inclure une variété d'activités physiques, émotionnelles et psychologiques visant à explorer des dynamiques de pouvoir, de contrôle, de douleur et de plaisir dans un contexte sexuel ou érotique consenti.

Le BDSM ne se limite pas à des pratiques intenses et extrêmes : il peut aussi inclure des expériences douces et consensuelles. D'ailleurs, il est possible que certaines personnes pratiquent déjà des formes de BDSM dans leur intimité sans le savoir, à travers des dynamiques de pouvoir ou des jeux érotiques simples.

Quelques exemples de pratiques BDSM de *soft* à *hard* :

- ***Soft* BDSM** (pratiques plus légères accessibles aux débutant·e·s) :

  o ***Spanking* léger :** fessée donnée de manière modérée et consentie, souvent avec la main.

  o **Jeux de rôles :** jouer des scénarios où l'un des partenaires prend un rôle de dominant·e et l'autre un rôle de soumis·e, sans actes physiques extrêmes.

  o ***Sensory play* :** utilisation d'accessoires comme des bandeaux, des plumes ou des glaçons pour stimuler les sens (vue, toucher, etc.).

- ***Hard* BDSM** (pratiques avancées, nécessitant une grande confiance, de la communication et une bonne préparation) :

  o **Edge play :** pratiques dangereuses et extrêmes qui peuvent inclure le jeu avec des couteaux, le sang ou des scénarios risqués. Cela exige des précautions extrêmes et beaucoup de discussions préalables.

  o **Asphyxie érotique** (*breath play*) : jeux de contrôle de la respiration, pouvant inclure une privation partielle d'air. Cette pratique est hautement risquée et nécessite une extrême vigilance.

Le BDSM est victime d'un tas d'idées reçues qu'il est temps de débunker !

Le BDSM est :

- **Basé sur le consentement :** toutes les activités BDSM, souvent discutées en détail avant la pratique, se font avec le consentement clair et informé de toutes les personnes impliquées.
- **Diversifié :** il comprend une large gamme d'activités, des jeux de rôles aux restrictions physiques, en passant par l'exploration de la douleur et du plaisir.
- **Personnalisable :** les pratiques sont adaptées aux limites, aux désirs et aux intérêts de chacun.
- **Sécuritaire :** les participant·e·s prennent des mesures pour assurer la sécurité physique et émotionnelle de tous, y compris par l'utilisation de mots/gestes de sécurité et la reconnaissance des limites personnelles.

Le BDSM n'est pas :

- **Abusif :** la différence fondamentale entre le BDSM et l'abus réside dans le consentement mutuel, la communication et le respect des limites personnelles.
- **Nécessairement sexuel :** pour certaines personnes, le BDSM est plus axé sur la dynamique de pouvoir ou l'aspect émotionnel d'une relation que sur le sexe lui-même.
- **Un signe de désordre psychologique :** la pratique consentie du BDSM est reconnue comme une expression saine de la sexualité pour de nombreuses personnes.

Conseils pour la mise en pratique :

1. **Informez-vous sur les pratiques BDSM**, y compris la sécurité, les techniques et les dynamiques relationnelles.
2. **Discutez ouvertement des intérêts**, des limites et des attentes avec votre partenaire. Établissez des mots/gestes de sécurité pour arrêter ou ralentir les activités si nécessaire.
3. **Débutez avec des activités moins intenses** pour explorer confortablement et en toute sécurité vos intérêts et limites.
4. **Assurez-vous que toutes les activités sont consensuelles**, et soyez prêt·e à arrêter à tout moment si l'un·e des participant·e·s se sent mal à l'aise.
5. **Après-soin (after care) :** prévoyez du temps après les sessions BDSM pour discuter de l'expérience, s'assurer du bien-être émotionnel de chacun et renforcer le lien affectif.

En résumé, le BDSM est une exploration consensuelle de dynamiques érotiques complexes qui nécessite une communication ouverte, un respect mutuel, et une attention particulière à la sécurité et au bien-être de toutes les personnes impliquées dans l'activité.

bicurieux·se

Qui a été majoritairement attiré·e par un genre, mais est en questionnement sur son attirance pour au moins un autre genre.

biffle

Terme familier qui est la contraction de « bite » et de « gifle ». C'est l'action de gifler, le plus souvent sur la joue, son/sa partenaire avec son pénis.

bisexuel·le

Orientation sexuelle qui désigne l'attirance romantique, affective et/ou sexuelle d'une personne envers des individus de plus d'un sexe ou genre. Les personnes bisexuelles peuvent ressentir de l'attirance pour des hommes, des femmes et/ou des personnes non-binaires, cette attirance pouvant varier en intensité, en forme et au fil du temps. Elles peuvent avoir une préférence pour un genre ou non.

bite

Terme familier pour désigner un pénis mais il n'est pas le seul : queue, zgeg, zizi ou encore engin désignent eux aussi le kiki !

bondage

Pratique sexuelle qui implique l'utilisation de liens, de cordes, de sangles ou d'autres types de matériel pour retenir une personne dans une position particulière pendant des activités sexuelles ou sensuelles. Cette pratique est souvent associée à la domination et à la soumission, où l'un des partenaires prend le contrôle, et l'autre se soumet aux demandes et aux désirs de son/sa partenaire dominant·e.

Le bondage peut prendre différentes formes, de la simple restriction des mouvements des mains ou des pieds, à la suspension complète du corps dans les airs. Les personnes qui pratiquent le bondage peuvent utiliser différentes techniques pour retenir leur partenaire, y compris l'art du nouage, où les cordes sont enroulées autour du corps de manière artistique. Le bondage peut être une pratique consensuelle et sécuritaire entre adultes consentants qui souhaitent explorer leur sexualité et leur intimité de manière créative et stimulante. Cependant, comme toute activité sexuelle, il est important que les partenaires communiquent clairement leurs limites et leurs désirs, et qu'ils prennent des mesures pour garantir leur propre sécurité et leur confort.

bottom

Terme utilisé pour décrire un homme gay qui préfère être pénétré plutôt que de pénétrer son partenaire.

bouboupisme

Pratique sexuelle qui consiste à stimuler les tétons de son/sa partenaire ou les siens par des pincements légers ou des caresses. Qu'il s'agisse de pincements délicats ou de caresses douces d'effleurement, de petits pincements, de léchouilles ou de mordillement des tétons, la méthode et l'intensité de cette pratique ont le pouvoir d'augmenter le désir, et parfois même de permettre d'atteindre l'orgasme. Alors prêt·e·s à boubouper ?

bouche

Parlons anatomie ! La bouche est un segment du tube digestif, qui permet aussi la respiration et la phonation. Tapissée à l'intérieur par une muqueuse protectrice, elle s'ouvre par les lèvres qui, avec la langue et les joues, contiennent des milliers de terminaisons nerveuses sensibles au toucher et à la stimulation, ce qui les rend extrêmement réceptives aux sensations de plaisir. Vous l'aurez compris, la bouche est une zone érogène à part entière ! Les caresses buccales peuvent provoquer des sensations fortes et intenses, augmentant l'excitation sexuelle et l'intimité des partenaires. La bouche est également un organe important dans la sexualité orale : elle peut être utilisée pour stimuler les parties génitales de son/sa partenaire, ou pour recevoir une stimulation en retour.

boule(s)

Terme familier utilisé pour parler soit des testicules soit d'un fessier.

Il y a ÉNORMÉMENT de termes argotiques pour désigner les testicules : couilles, cojones, gonades, noix, bijoux de famille, castagnettes, balloches, burnes…

Ceux désignant les fesses ne sont pas en reste non plus : fion, derrière, popotin, cul, arrière-train, lunes, postérieur ou encore pétard !

Ces mots peuvent varier en fonction des régions et avoir des connotations plus ou moins vulgaires, selon le contexte dans lequel ils sont employés.

branlette

Expression argotique qui désigne la masturbation dite masculine.

bukkake

Pratique sexuelle retrouvée majoritairement dans les films pornographiques, où plusieurs personnes éjaculent sur le visage de quelqu'un. Ce mot vient du japonais et signifie « éclabousser ». Lors de la pratique du *bukkake*, il est essentiel de veiller à la protection et au consentement de toutes les personnes impliquées, en utilisant des mesures de prévention comme les tests de dépistage.

butch

Décrit une femme lesbienne qui présente des traits physiques, vestimentaires ou comportementaux considérés comme plus masculins ou « masculins de centre » que la moyenne des femmes. Ces femmes peuvent s'identifier comme *butches, studs, tomboys* ou d'autres termes similaires, en fonction de leur origine et/ou préférence personnelle. Être une lesbienne *butche* ne signifie pas nécessairement que la personne souhaite être un garçon ou qu'elle rejette complètement la féminité. Il s'agit plutôt d'une expression de soi qui ne se conforme pas aux attentes de genre traditionnelles. Les *tomboys* peuvent être aussi bien féminines que masculines dans leur présentation, mais elles se sentent souvent plus à l'aise et s'épanouissent davantage en adoptant des caractéristiques considérées comme plus masculines.

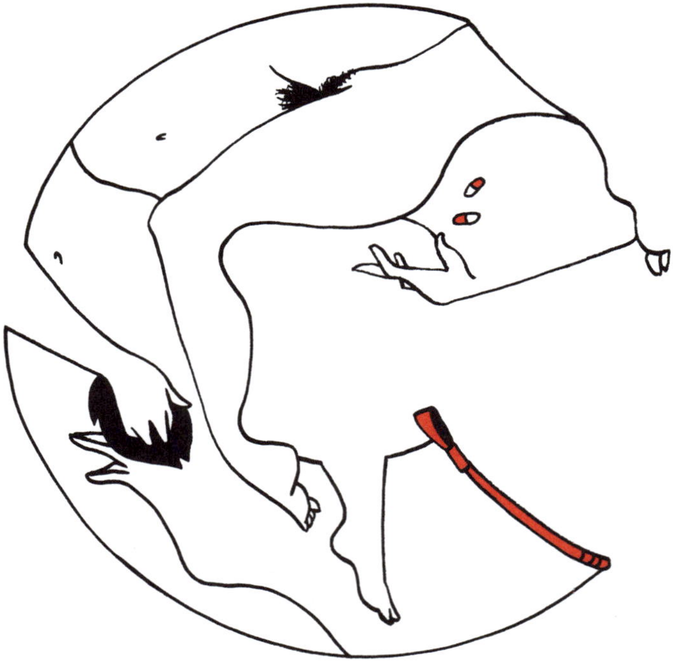

Câlin • Candaulisme • Capote • Capuchon
Caresse • CBD • Cerveau • Charge mentale
Charge sexuelle • Chatte • Chemsex
Chlamydiae • Circlusion • Circoncision • Ciseaux
Cisgenre • Clitoridectomie • Clitoris • Clitorisme
Coït • Coming out • Compersion
Consentement • Contraception • Coprophilie
Côte-à-côtisme • Couille • Couple
Couple exclusif/monogame
Couple non-exclusif • Couronne
Couronne perlée du gland • Cravache
Cuillère • Cunnilingus • Cyberharcèlement
Cybersexe • Cyprine • Cystite

câlin

Ah, les câlins ! Savez-vous qu'il existe des soirées « câlins » au cours desquelles des personnes majeures venues de tous les milieux viennent chercher du réconfort, de l'apaisement ou simplement de la tendresse en expérimentant, le temps d'une soirée, le toucher, les câlins ou encore les massages...

Les câlins sont une étreinte ou accolade entre deux personnes, pendant laquelle elles se serrent l'une contre l'autre avec tendresse et affection. Les câlins sont une forme de contact physique qui apporte de nombreux bienfaits pour la santé mentale et émotionnelle. Dans le contexte d'une relation amoureuse, les câlins maintiennent la connexion émotionnelle entre les partenaires. Ils peuvent aider à renforcer les liens affectifs, à réduire le stress et l'anxiété, et à favoriser la libération d'ocytocine (l'hormone de l'attachement et du bien-être).

Les câlins peuvent également aider les partenaires à se sentir aimés et appréciés, à se réconforter mutuellement en cas de difficultés, et à renforcer l'intimité et la complicité de la relation. Pour résumer : ils sont une manière simple et significative d'exprimer l'affection, l'amour et la tendresse dans une relation amoureuse.

N.B. : il est important de noter que tout le monde n'a pas les mêmes préférences en matière de contact physique. Il est donc important de respecter les limites et les préférences de chacun·e dans la relation.

candaulisme

Pratique sexuelle qui consiste à observer son/sa partenaire avoir des rapports sexuels avec une autre personne. Cela provoque chez la personne observatrice une forte excitation sexuelle. Parfois, cette personne n'est pas là physiquement : le seul fait de savoir que cela se produit lui fait le même effet.

On peut aussi parler de candaulisme même s'il n'y a pas de relation sexuelle. Par exemple, il est possible que le regard d'un·e autre sur le/la conjoint·e suffise à créer l'excitation sexuelle tant le fantasme est présent.

La notion de consentement est très importante lorsqu'on veut définir le candaulisme. Toutes les parties prenantes (la personne observatrice, son/sa partenaire et la tierce personne) doivent être au fait de la situation et y consentir. Il n'est jamais question d'imposer cette pratique à qui que ce soit. D'ailleurs, les personnes expérimentées recommandent de poser un cadre précis, ainsi que de définir un code pour arrêter si l'un des participants ne se sent plus à l'aise.

capote

Terme familier désignant un préservatif.

capuchon *(du clitoris)*

Le capuchon du clitoris, encore appelé prépuce, correspond à la fusion des petites lèvres en avant du clitoris. Il protège le gland du clitoris, qui est une zone très sensible. Lors de la stimulation sexuelle, le capuchon peut se rétracter, permettant un contact direct avec le clitoris.

caresse

Une caresse est un geste doux et tendre que l'on effectue avec les mains ou d'autres parties du corps, comme les lèvres ou la langue, sur la peau de son/sa partenaire. Les caresses peuvent être réalisées de différentes manières, avec plus ou moins d'intensité, et sur différentes parties du corps, comme le visage, le cou, les épaules, le dos, les fesses, les seins ou les organes génitaux.

Dans le contexte de la sexualité, les caresses jouent un rôle très important car elles permettent d'explorer et de stimuler le corps de son/sa partenaire de manière douce et sensuelle, ce qui peut contribuer à créer une connexion émotionnelle et physique plus forte. Elles peuvent aider à augmenter l'excitation et la tension sexuelle, tout en permettant à chaque partenaire de découvrir les zones érogènes de l'autre.

En outre, les caresses peuvent également être un moyen de montrer de l'affection, de l'amour et de l'attention à son/sa partenaire, même en dehors du contexte sexuel. Elles sont donc une pratique importante pour maintenir une relation épanouissante et satisfaisante sur le plan émotionnel et physique.

cbd

Mais qu'est-ce que ça vient faire ici, Edwige ? Vous allez vite le comprendre !

Le CBD, ou cannabidiol, est un composé naturellement présent dans le cannabis et le chanvre. Il ne provoque pas d'effets psychoactifs ou d'euphorie car ce n'est pas une drogue.

En ce qui concerne l'impact positif du CBD sur la sexualité, plusieurs études ont suggéré qu'il pourrait aider à améliorer l'expérience sexuelle de différentes manières :

1. **Réduction du stress et de l'anxiété :** ils peuvent avoir un impact négatif sur la libido et la fonction sexuelle. Le CBD aide à réduire l'anxiété et le stress, ce qui peut permettre de détendre l'esprit et le corps pendant les activités sexuelles.

2. **Amélioration de la circulation sanguine :** une circulation sanguine saine est essentielle pour une fonction sexuelle optimale. Le CBD semble améliorer la circulation sanguine, ce qui peut aider à augmenter la sensibilité et la réponse sexuelle.

3. **Réduction de la douleur et de l'inflammation :** certaines personnes peuvent éprouver de la douleur ou une l'inflammation pendant les rapports sexuels, ce qui peut rendre l'expérience désagréable. Le CBD a des propriétés anti-inflammatoires et analgésiques, ce qui peut aider à réduire la douleur et l'inflammation.

4. **Amélioration de l'humeur et de la libido :** le CBD semble stimuler la production d'endorphines, qui sont des hormones associées à l'amélioration de l'humeur et de la libido. En augmentant la production d'endorphines, le CBD peut aider à améliorer l'expérience sexuelle en général.

N.B. : les effets du CBD sur la sexualité peuvent varier d'une personne à l'autre en fonction de différents facteurs, tels que la dose et la fréquence d'utilisation. À titre personnel, je l'utilise très fréquemment, notamment contre les pensées parasites !

cerveau

Le premier organe sexuel ?

Eh oui ! Dans la sexualité humaine, le cerveau joue un rôle central. Bien que l'acte sexuel implique souvent des organes génitaux et des sensations physiques, c'est le cerveau qui est considéré comme le premier organe sexuel (en tout cas, je l'affirme !). C'est là que les pensées, les émotions et les processus cognitifs se combinent pour créer l'expérience sexuelle.

Le cerveau est responsable de la perception et de l'interprétation des stimuli sexuels. Il traite les signaux sensoriels provenant du corps et les traduit en sensations sexuelles et en désir. Ce dernier, par exemple, est motivé et entretenu non seulement par les fantasmes mais aussi par différents aspects psychologiques comme le sentiment d'être seduisant·e ou le bien-être dans son couple. Ainsi, la réponse physiologique qu'est une érection ou de la cyprine, est reliée aux pensées qu'entretiennent les gens ! Les zones cérébrales impliquées dans la sexualité comprennent l'hypothalamus, qui joue un rôle clé dans la régulation des hormones sexuelles, et le cortex cérébral, qui est impliqué dans la conscience de soi, les fantasmes sexuels et les émotions liées à la sexualité.

Les pensées, les fantasmes et les souvenirs érotiques sont également générés par le cerveau. L'imagination sexuelle est une composante importante de la sexualité humaine et est souvent nécessaire pour stimuler le désir. Le cerveau peut créer des images mentales, des scénarios et des fantasmes qui contribuent à l'excitation sexuelle. Il intervient également dans l'anxiété de performance : c'est lui qui l'entretient par des pensées récurrentes qui sont souvent erronées et persistantes : « Je ne dois pas éjaculer trop vite », « Je dois avoir un orgasme pour ne pas qu'iel doute de mon désir… »

De plus, le cerveau est responsable des émotions liées à la sexualité. L'attraction, l'amour, le plaisir, l'intimité et l'orgasme sont tous des aspects émotionnels de la sexualité qui sont régulés par le cerveau. Les neurotransmetteurs, tels que la dopamine et l'ocytocine, jouent un rôle essentiel dans la modulation des émotions et des sensations agréables associées à la sexualité.

Enfin, le cerveau interagit également avec le corps pendant l'activité sexuelle. Les signaux du cerveau déclenchent des réponses physiologiques, comme l'augmentation du rythme cardiaque, la dilatation des vaisseaux sanguins et la production de lubrification génitale. Ces réponses physiques sont coordonnées par le système nerveux autonome, qui est sous le contrôle du cerveau. De même, pour les troubles sexuels, on craint souvent une cause mécanique, or, c'est souvent notre psyché qui vient perturber notre sexualité. Ainsi, des idées préconçues trop rigides et trop négatives face à la sexualité sont souvent les premiers éléments responsables d'une difficulté sexuelle (faible estime de soi, pression de performance mais aussi stress et anxiété).

En considérant tous ces éléments, on peut donc affirmer que le cerveau est le premier organe sexuel. Il régule les sensations, les désirs, les pensées, les émotions et les réponses physiques qui composent l'expérience sexuelle. Sans une activité cérébrale adéquate, il est difficile, voire impossible, de vivre une sexualité épanouissante.

Il est important de reconnaître l'importance du cerveau dans la sexualité pour comprendre les aspects psychologiques et émotionnels qui influencent notre expérience intime. L'éducation sexuelle devrait donc inclure des informations sur le fonctionnement de cet organe incroyable et son lien avec la sexualité, afin d'aider les individus à mieux comprendre et apprécier leur propre expérience sexuelle.

Le cerveau agit en véritable chef d'orchestre de nos désirs et de notre jouissance, n'en déplaise aux clitoris et aux pénis qui ne sont, eux, que les bras armés de nos désirs !

charge mentale

Ne zappez pas cette définition ! Elle pourrait être la raison de votre écart de libido dans le couple !

La charge mentale est un terme utilisé pour décrire le fardeau mental que les personnes (le plus souvent les femmes) peuvent ressentir lorsqu'elles ont à gérer plusieurs tâches ou responsabilités en même temps. Cette charge peut se manifester de différentes manières, mais elle peut entraîner un stress, de l'anxiété, de l'épuisement ou un sentiment d'overdose de travail chez les personnes qui en sont victimes, et pour ce qui nous intéresse ici : une baisse de la libido !

N.B. : je vous vois venir ! On ne fait pas la vaisselle pour obtenir une gâterie ! Le partage de la charge mentale du couple/de la famille est normal et une simple question de respect de son/sa partenaire.

charge sexuelle *(oui ça existe !)*

Également appelée « charge mentale sexuelle » ou « travail émotionnel sexuel », l'expression fait référence au fardeau émotionnel et psychologique supplémentaire qui pèse sur les femmes (le plus souvent) en matière de sexualité et de relations sexuelles.

En d'autres termes, il s'agit de la pression sociale qui pèse sur les femmes pour qu'elles assument la responsabilité de la satisfaction sexuelle de leur partenaire, ainsi que la gestion de la contraception, la prévention des maladies sexuellement transmissibles et la planification familiale.

Les femmes peuvent se sentir responsables de maintenir une apparence physique attrayante pour leur partenaire, de répondre à ses besoins sexuels, de l'aider à atteindre l'orgasme, de gérer les éventuels problèmes sexuels, d'être rassurante lors de rapports sexuels et bien d'autres choses encore !

Cette charge peut être très lourde pour les femmes, car elle nécessite une grande quantité de temps, d'énergie et de ressources mentales. Elle peut également entraîner une pression émotionnelle et une culpabilité si les femmes ne parviennent pas à répondre aux attentes de leur partenaire ou à satisfaire leurs propres besoins et désirs.

Conclusion : encore et toujours, partagez équitablement cette charge !

chatte

Terme vulgaire désignant l'organe génital externe dit féminin, comprenant la vulve avec ses différentes parties (les grandes lèvres, les petites lèvres, le clitoris et l'entrée du vagin). On trouve aussi d'autres appellations pour désigner la vulve comme minou, foufoune, teuch, zezette, zout (bon, ça c'était la façon dont ma grand-mère la désignait, mais je suis obligée de l'ajouter !) ou encore fouffe. Chacune a des connotations et des usages différents selon les régions et les contextes.

chemsex *(chemical sex)*

Terme utilisé pour décrire une pratique sexuelle qui implique l'utilisation de drogues, comme la méthamphétamine, le GHB, la cocaïne, le cannabis, les poppers, etc, pour améliorer ou prolonger l'expérience sexuelle.

Les personnes qui pratiquent le chemsex cherchent souvent à explorer de nouveaux niveaux de plaisir sexuel ou à réduire l'anxiété liée à la performance sexuelle. Cependant, il est important de noter que l'utilisation de drogues pendant les relations sexuelles peut comporter des risques importants pour la santé, notamment en ce qui concerne les pratiques sexuelles à risque, la transmission d'infections sexuellement transmissibles, le risque d'addiction et l'overdose.

chlamydiae

L'IST aux 120 millions de contaminations par an dans le monde !

C'est une infection bactérienne sexuellement transmissible causée par la bactérie *Chlamydia trachomatis*. Elle peut affecter les organes génitaux, l'anus et la gorge, et peut causer des symptômes tels que des douleurs abdominales, des écoulements anormaux, des douleurs lors de la miction et des saignements entre les règles.

La chlamydia est très répandue et peut être traitée avec des antibiotiques, mais elle peut être dangereuse si elle n'est pas diagnostiquée et traitée rapidement. Les complications à long terme de l'infection peuvent inclure l'infertilité, ainsi que des infections des trompes de Fallope, des infections de la prostate et des douleurs chroniques dans la région pelvienne. Filez à la définition « Dépistage » (p. 61) pour savoir si vous êtes à jour ou s'il est temps d'en demander un à votre généraliste !

circlusion

Et si on arrêtait de dire « pénétrer » ?

Ce terme est relativement récent dans le domaine de la sexualité et moins conventionnel. Il met l'accent sur l'action d'englober ou d'envelopper une partie du corps ou un objet sexuel (verge, doigts, godemichet) d'un·e partenaire avec une autre partie du corps (vagin, bouche, anus), en opposition avec l'idée de pénétration qui implique l'entrée d'une partie du corps ou d'un objet dans le corps d'un·e autre. Ce concept vise à élargir les perspectives sur les activités sexuelles, en soulignant que les interactions sexuelles ne se limitent pas à la pénétration et peuvent également inclure diverses formes d'enveloppement ou d'englobement.

L'introduction de ce terme dans le discours sur la sexualité invite à une exploration plus large des dynamiques de pouvoir, des plaisirs et des expressions de l'intimité dans les relations sexuelles. L'idée, c'est que pour revenir à des rapports sexuels plus sains, moins systématiquement basés sur des rapports de domination, il faut cesser de considérer que la personne qui pénètre (par exemple, avec son pénis) est active alors que celle qui est pénétrée est passive. C'est une artiste allemande, Bini Adamczak, qui a eu l'idée de ce nouveau mot et je l'aime beaucoup.

« Mon chéri, j'ai très envie de te circlure avec ma bouche, ça te dit ? »

circoncision

Intervention chirurgicale qui consiste à enlever le prépuce, c'est-à-dire la peau qui recouvre le gland du pénis. Cette procédure est souvent réalisée pour des raisons religieuses, culturelles ou médicales.

ciseaux

On associe principalement la position des ciseaux à deux paires de jambes et deux vulves qui s'entrecroisent. Les partenaires rapprochent leurs sexes l'un de l'autre et effectuent une friction/un frottement en faisant des va-et-vient.

Dans la vraie vie, la notion de « position sexuelle des ciseaux » est considérée comme un mythe et ne représente pas (ou rarement) une pratique sexuelle réelle dans les relations lesbiennes. Cette idée est souvent basée sur des stéréotypes et des représentations erronées de l'intimité lesbienne. Néanmoins, la pratique existe bel et bien et, à titre personnel, je la trouve très sympathique, bien qu'ergonomiquement un peu complexe !

cisgenre

Désigne une personne dont l'identité de genre correspond au sexe qui lui a été assigné à la naissance. Par exemple, une personne née de sexe féminin qui s'identifie en tant que femme est cisgenre. On utilise parfois l'abréviation « cis » pour désigner cet état. Il est important de souligner que ce terme n'est pas un gros mot, mais simplement un fait descriptif permettant de distinguer les personnes cisgenres des personnes transgenres, dont l'identité de genre diffère du sexe assigné à la naissance.

clitoridectomie

Voir « Excision » (p. 85)

clitoris

Celui que beaucoup recherchent sans jamais l'avoir trouvé, à cause du manque d'éducation, MAIS AUSSI du manque d'intérêt de certains (non, je ne dirai pas qui, n'insistez pas).

Qui est-il vraiment ? Suivez le guide !

Le clitoris est un organe de la région génitale dite féminine, qui joue un rôle essentiel dans la réponse sexuelle et le plaisir sexuel, mais aussi dans la reproduction (oui, oui !).
Il se trouve à l'intersection des organes génitaux externes, généralement situé au sommet de la vulve, juste au-dessus de l'urètre.

Son anatomie complète a été découverte en 1998 et n'a été représentée en 3D qu'en 2016 par la chercheuse française Odile Fillod. Et ce n'est qu'en 2017 qu'a été édité en France le premier manuel scolaire qui représente de façon réaliste le clitoris (tristesse)...

Anatomiquement, le clitoris comprend plusieurs parties distinctes :

- **Gland du clitoris :** la partie visible et sensible du clitoris, située à l'extrémité supérieure de la vulve. Elle est généralement recouverte par un petit capuchon de peau appelé « prépuce clitoridien ».

- **Tige du clitoris :** cette structure cylindrique relie le gland du clitoris au reste de l'organe. Elle est située sous la surface de la peau et contient un grand nombre de terminaisons nerveuses responsables de la sensation de plaisir lorsqu'elle est stimulée.
- **Pars intermedia :** cette région fait référence à la partie intermédiaire du clitoris, qui est moins visible mais tout aussi importante pour la sensation et la réponse sexuelle. Elle s'étend sous la surface de la vulve de la région sous l'angle du clitoris, et est constituée du plexus veineux de Kobelt, qui relie les bulbes au corps du clitoris. Ne paniquez pas, allez voir le schéma !
- **Corps du clitoris :** c'est une structure plus profonde et interne, composée de tissu érectile. Il peut se gonfler avec le flux sanguin lors de l'excitation sexuelle, ce qui contribue à augmenter la sensibilité et le plaisir (oui, nous aussi on bande !).
- **Bulbes du clitoris :** ce sont des structures érectiles situées de chaque côté de l'urètre, sous la tige du clitoris. Ils se remplissent également de sang lors de l'excitation sexuelle, ce qui contribue à la lubrification vaginale et à la sensation de plénitude.
- **Piliers du clitoris :** les piliers du clitoris sont des extensions du corps du clitoris qui s'étendent vers le bas et se connectent aux parois de la vulve. Ils jouent un rôle dans le soutien de l'ensemble de la structure clitoridienne.

Notez bien que la taille, la forme et la sensibilité du clitoris peuvent varier d'une personne à l'autre. Le clitoris est un organe en partie dédié au plaisir sexuel dit féminin, et sa stimulation peut conduire à l'excitation sexuelle et à l'orgasme.

Alors, qu'est-ce qu'il faut savoir sur lui ?

- Les 9/10e du clitoris sont internes, donc invisibles.
- Ce petit organe peut mesurer jusqu'à 13 cm.
- C'est une zone érogène principale, qui est très vascularisée et se gorge de sang pour entrer en érection lorsqu'il est stimulé ou lorsque nous sommes excité·e·s.
- Avec ses 10 000 capteurs sensoriels (4 000 pour le gland du pénis), c'est une zone extrêmement sensible qu'il faut parfois manipuler avec précaution si l'on veut donner un maximum de plaisir.
- Peu de personnes peuvent atteindre l'orgasme sans stimulation du clitoris externe !

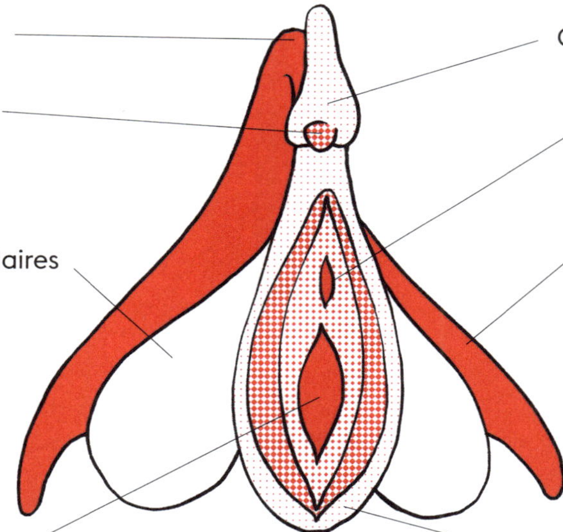

Clitoris

Enfin, on entend souvent que c'est le seul organe du corps dédié 100 % au plaisir. Mais les recherches de Jérôme Roy Levin tendent à prouver qu'il a aussi un rôle dans la reproduction !

Pour résumer ses recherches : Clitoris stimulé = commande du cerveau de l'augmentation de l'oxygène dans le vagin qui va induire une baisse d'acidité de ce dernier = la mobilité des spermatozoïdes est facilitée ! En bref, c'est grâce au plaisir que les meilleures conditions sont créées pour permettre la réussite de la reproduction !

Vous savez désormais tout sur ce grand oublié des manuels de SVT (... et du plaisir sexuel dit féminin) et pourrez désormais le retrouver plus facilement !

clitorisme

Ou érection permanente du clitoris sans désir sexuel ou excitation (équivalent du priapisme chez les pénis).

Ce phénomène, distinct du syndrome d'excitation génitale persistante (SEGP), résulte d'un afflux sanguin spontané entraînant le gonflement douloureux du clitoris, parfois accompagné d'une augmentation des sécrétions vaginales et d'une sensation de gêne ou de douleur dans la région génitale. Contrairement au SEGP, le clitorisme ne génère pas d'excitation sexuelle et peut causer des difficultés à marcher et à s'asseoir. Il est considéré comme un trouble génital plutôt qu'un trouble sexuel, et se manifeste indépendamment de toute activité ou désir sexuels. Si vous pensez en souffrir, consultez un·e professionnel·le de santé.

coït

Terme médical, et somme toute peu romantique, pour décrire l'acte sexuel entre deux personnes, qui implique généralement la pénétration d'un partenaire par l'autre. C'est encore l'un des moyens les plus courants (mais pas le plus jouissif) pour les êtres humains de faire l'amour et aussi, parfois, de se reproduire.

coming out

Également appelé « sortie du placard », ce terme fait référence au processus par lequel une personne révèle son orientation sexuelle et/ou son identité de genre à son entourage, qu'il s'agisse de sa famille, de ses amis, de ses collègues ou de la société en général. C'est souvent un moment important dans la vie d'une personne LGBTQIA+, car cela implique d'exprimer sa véritable identité et de se dévoiler aux autres.

Le *coming out* est essentiellement nécessaire en raison de la suprématie de l'hétéronormativité dans de nombreuses sociétés. L'hétéronormativité est une conception selon laquelle l'orientation sexuelle par défaut est l'hétérosexualité, et les relations amoureuses ou sexuelles entre personnes de même sexe sont considérées comme anormales ou non valides. Dans ce contexte, les personnes LGBTQIA+ pouvaient se sentir obligées de cacher leur véritable identité pour éviter la discrimination, le rejet ou d'autres formes de préjudice.

Cependant, dans une société non hétéronormée idéale, le *coming out* ne serait plus nécessaire. Dans un tel environnement, toutes les orientations sexuelles et identités de genre seraient acceptées et respectées comme des aspects normaux et diversifiés de l'expérience humaine. Il n'y aurait pas de supposition automatique selon laquelle une personne est hétérosexuelle, et aucune pression ne serait exercée sur les individus pour qu'ils se justifient ou se dévoilent.

compersion

Ou l'un des plus jolis mots du dico !

Ce terme décrit un sentiment de joie ou de satisfaction que l'on éprouve lorsqu'on voit son/sa partenaire heureux·se et satisfait·e avec une autre personne. C'est un concept souvent associé au polyamour mais qui peut s'étendre à tous les schémas relationnels.

La compersion est souvent considérée comme une alternative à la jalousie, qui est un sentiment malheureusement souvent rencontré dans les relations romantiques exclusives. Elle peut aider les partenaires à développer une confiance et une communication solides, ainsi qu'une appréciation de l'autonomie et de la liberté de leur partenaire.

Cependant, il est important de noter que la compersion n'est pas quelque chose que tout le monde est capable de ressentir ou de pratiquer. Elle nécessite souvent une grande ouverture d'esprit, une communication honnête et une confiance mutuelle entre les partenaires.

consentement *(sexuel)*

Principe fondamental qui stipule que toute activité sexuelle entre adultes doit être basée sur un accord libre, volontaire et mutuel. Cela signifie que toutes les personnes impliquées doivent donner leur consentement librement et sans contrainte.

Selon la loi française, le consentement sexuel est régi par l'article 222-23 du Code pénal. Selon cette disposition, le consentement doit être exprimé par des actes positifs et clairs, témoignant d'une volonté libre, éclairée et non équivoque. Cela signifie que le consentement ne peut pas être présumé ou déduit de l'absence de résistance physique ou verbale. Il doit être donné de manière explicite, et le silence ou l'absence de refus ne peuvent pas être interprétés comme un consentement.

Il est également important de souligner que le consentement doit être donné par des personnes ayant l'âge légal pour consentir aux activités sexuelles, qui est de 15 ans en France. Les relations sexuelles avec des personnes de moins de 15 ans sont considérées comme des infractions pénales, indépendamment de l'existence ou non d'un consentement apparent.

La loi française précise également que certaines circonstances rendent le consentement invalide, même si une personne a initialement donné son accord. Par exemple, le consentement ne peut pas être valable si la personne est sous l'emprise de la contrainte, de la menace, de la violence, de la surprise ou de l'abus d'autorité. Dans ces cas, les activités sexuelles sont considérées comme des agressions sexuelles, voire des viols, et sont passibles de sanctions pénales.

La législation française met donc l'accent sur l'importance du consentement libre et éclairé dans les relations sexuelles. Le consentement mutuel est un aspect essentiel du respect et de la dignité de chaque individu. La loi vise à protéger les personnes contre les atteintes à leur intégrité sexuelle, et à garantir que toute activité sexuelle se déroule dans un cadre de respect mutuel, de sécurité et de consentement.

N.B. qui me tient à cœur : il est courant d'entendre que « le consentement, c'est sexy », mais cette formulation peut être problématique. En réalité, le consentement n'a pas à être perçu comme quelque chose de séduisant ou de sexy, car il s'agit avant tout d'une exigence légale et morale. En France, le consentement est une obligation fondamentale dans toute relation sexuelle : sans consentement clair et libre, un acte sexuel devient une infraction pénale. Plutôt que de chercher à rendre le consentement attrayant, il est important de reconnaître que c'est avant tout un droit essentiel et non négociable garantissant le respect et la sécurité des individus.

Voici un résumé des situations où le consentement n'est pas valable :

- **Céder n'est pas consentir :** si une personne se sent obligée de dire oui par pression ou pour éviter un conflit, cela n'est pas un consentement libre.
- **Insister, c'est violer :** lorsque l'on pousse quelqu'un à accepter après plusieurs refus, cela n'est pas un consentement, mais une contrainte.
- **Le silence n'est pas un oui :** l'absence de réponse ou de réaction ne constitue pas un accord explicite.
- **Le consentement sous influence :** si une personne est sous l'effet de l'alcool, de drogues ou de médicaments, son consentement n'est pas considéré comme libre et éclairé.
- **Le consentement sous menace :** toutes les formes de coercition, de chantage ou d'intimidation annulent la possibilité d'un vrai consentement.
- **Le consentement n'est pas éternel :** dire oui une fois ne signifie pas dire oui pour toujours. Chaque acte nécessite un consentement renouvelé. On est légitime à ne plus consentir à un rapport en plein milieu de celui-ci.
- **L'incapacité à consentir :** les personnes en situation de vulnérabilité ou sous tutelle ne peuvent pas donner un consentement valable.

Dans toutes ces situations, il n'y a pas de consentement libre et éclairé, qui est la seule forme de consentement valide.

contraception

Je suis sûre que vous ne connaissez pas toutes les méthodes !

C'est l'ensemble des méthodes et techniques qui permettent de prévenir une grossesse non désirée. Petit tour d'horizon de toutes les possibilités !

Contraceptifs hormonaux : il s'agit de méthodes contraceptives qui libèrent des hormones (progestérone et/ou œstrogènes) dans le corps pour empêcher l'ovulation. Les contraceptifs hormonaux dits féminins les plus couramment utilisés comprennent la pilule contraceptive, le patch, l'anneau vaginal, l'injection et l'implant sous-cutané. Les personnes à pénis peuvent utiliser une forme de contraception hormonale appelée « injection de testostérone », mais elle n'est malheureusement pas aussi largement disponible que les méthodes contraceptives hormonales dites féminines (pourquoi ? Vous avez 3 heures…).

Dispositifs intra-utérins (DIU) : les DIU sont des petits appareils en forme de T qui sont insérés dans l'utérus pour prévenir la grossesse. Il existe deux types de DIU : le DIU en cuivre, qui ne contient pas d'hormones et peut être utilisé jusqu'à dix ans, et le DIU hormonal, qui libère des hormones progestatives et peut être utilisé jusqu'à cinq ans.

Méthodes barrières : ce sont des méthodes contraceptives qui empêchent les spermatozoïdes de fertiliser l'ovule en créant une barrière physique. Les méthodes barrières les plus couramment utilisées sont : les préservatifs internes dits féminins, les diaphragmes, les capes cervicales et les spermicides. Les préservatifs externes dits masculins sont également une méthode barrière très courante et très efficace (surtout si on en fait bon usage).

Méthodes naturelles : également appelées « méthodes d'observation des signes de fertilité », ce sont des méthodes contraceptives qui utilisent la connaissance du cycle menstruel pour éviter les rapports sexuels pendant les jours les plus fertiles. Les méthodes naturelles comprennent la méthode du calendrier, la méthode de la température basale du corps et la méthode de la glaire cervicale. Les méthodes naturelles peuvent être utilisées par tout le monde, mais leur efficacité dépend de la précision de l'observation et de l'enregistrement des signes de fertilité.

Contraception d'urgence : la contraception d'urgence est une méthode de contraception à utiliser en cas d'urgence (comme son nom l'indique), par exemple, si un préservatif se rompt ou si une pilule contraceptive est oubliée. La contraception d'urgence comprend la pilule d'urgence et le dispositif intra-utérin d'urgence (DIU-U).

N.B. : l'expression « pilule du lendemain » est trompeuse car elle laisse penser que cette méthode de contraception d'urgence doit être prise exclusivement le jour suivant un rapport à risque. En réalité, la contraception d'urgence peut être efficace jusqu'à plusieurs jours après le rapport, selon le type de pilule utilisé : jusqu'à trois jours (72 heures) pour le lévonorgestrel, et jusqu'à cinq jours (120 heures) pour l'ulipristal. Ainsi, la désigner uniquement comme « pilule du lendemain » réduit la compréhension de sa fenêtre d'efficacité, et peut conduire à des erreurs quant à son utilisation. L'expression « contraception d'urgence » est donc plus appropriée.

La contraception thermique : c'est une méthode contraceptive dite masculine qui repose sur le principe de l'élévation de la température des testicules pour réduire la production de spermatozoïdes. Normalement, les testicules se maintiennent à une température légèrement inférieure à celle du corps pour favoriser la production de sperme. En les réchauffant à environ 37°C, grâce à des dispositifs comme des sous-vêtements spéciaux ou des anneaux qui maintiennent les testicules en position proche du corps (voir « Anneau thermique » p. 42), la spermatogenèse (production des spermatozoïdes) est temporairement inhibée.

C'est une méthode réversible et non hormonale, qui nécessite une utilisation régulière plusieurs heures par jour pendant plusieurs semaines pour être efficace. Elle n'altère pas la libido et permet un retour à la fertilité après l'arrêt de la méthode.

Cependant, elle demande de la rigueur et des suivis médicaux pour vérifier son efficacité et son adaptation à chaque utilisateur.

La contraception définitive, destinée aux personnes qui sont certaines de ne plus vouloir d'enfants :

- **La ligature des trompes :** elle consiste à bloquer ou sectionner les trompes de Fallope, empêchant ainsi les ovules de rencontrer les spermatozoïdes. Cela se fait par voie chirurgicale, et les techniques peuvent varier (pose de clips, cautérisation, etc.). Cette méthode est très efficace et considérée comme permanente, même s'il existe de rares possibilités de réversibilité.
- **La vasectomie :** elle consiste à couper ou bloquer les canaux déférents qui transportent les spermatozoïdes depuis les testicules. Cette procédure est simple, rapide et effectuée sous anesthésie locale. La vasectomie n'a pas d'effet sur la production de testostérone ou la capacité à avoir des érections, mais elle empêche définitivement la fécondation.

Ces méthodes sont très efficaces, mais étant définitives, elles nécessitent une décision mûrement réfléchie. Bien que certaines tentatives de réversibilité soient possibles, elles ne garantissent pas toujours le retour à la fertilité. C'est pourquoi il est essentiel de consulter un·e professionnel·le de santé pour en discuter pleinement avant de s'engager dans cette démarche.

coprophilie

Fétichisme qui implique une excitation sexuelle en lien avec l'excrétion et/ou le contact avec les matières fécales (du caca, quoi).

côte-à-côtisme

Pratique libertine qui consiste à faire l'amour avec son/sa partenaire aux côtés d'un autre couple, sans qu'il y ait aucun mélange de corps entre les deux couples libertins. C'est une pratique considérée comme *soft*, qui offre l'occasion de prendre son pied avec son partenaire, tout en étant excité·e de voir un autre couple également en plein plaisir et/ou de se faire observer. Tout est permis, à condition de ne pas avoir de contacts avec l'autre couple... Avec le consentement libre et éclairé de tous.te.s. les participant·e·s en amont, évidemment !

couille

Terme familier, qui désigne un ou deux testicules.

couple

Peut être défini comme deux personnes qui entretiennent une relation amoureuse et/ou sexuelle exclusive (ou non) l'une avec l'autre. Cette relation est souvent caractérisée par un engagement mutuel, une confiance et une communication ouverte.

Dans un couple sexuellement actif, les partenaires partagent une intimité physique et émotionnelle, explorant ensemble leur propre sexualité et celle de leur partenaire.

Il est important de noter que la sexualité dans un couple peut varier au fil du temps en fonction des préférences et des besoins de chaque partenaire, et que la communication et le respect mutuel sont essentiels pour maintenir une relation saine et épanouissante.

couple exclusif/monogame

Un couple exclusif est une relation dans laquelle les deux partenaires sont exclusivement engagés l'un envers l'autre romantiquement et sexuellement, et s'attendent à ce que la relation soit monogame.

En d'autres termes, si vous êtes dans un couple exclusif, cela signifie que vous avez convenu mutuellement de ne pas chercher de relations romantiques ou sexuelles avec d'autres personnes en dehors de votre relation. Cette décision est généralement prise après une période de dating ou de flirt, lorsque les deux partenaires ont décidé qu'ils voulaient être exclusifs l'un envers l'autre.

Dans tous les cas, il est important que les deux partenaires soient d'accord sur ce que signifie être exclusif et sur les limites de leur relation.

couple non-exclusif

Je pense, et j'espère, que cette définition va vous permettre d'en savoir plus sur ce schéma relationnel qui est souvent victime d'idées reçues.

Pour commencer, je me dois de rappeler que l'existence des couples non-exclusifs n'enlève rien aux couples exclusifs, car chaque relation repose sur des accords et des choix propres à chaque partenaire. Il n'y a donc aucune raison que les couples non-exclusifs soient victimes de jugement, puisque l'important est que toutes les parties soient consentantes et respectées dans leur manière de vivre l'amour et la sexualité.

Le couple non-exclusif est un type de relation dans lequel les partenaires choisissent, de manière consensuelle, de ne pas limiter leur vie amoureuse et/ou sexuelle à leur partenaire principal. Ce type de relation repose sur un accord mutuel et des règles définies entre les deux partenaires concernant les interactions extérieures.

Ce que cela implique :

- **Communication ouverte :** les partenaires doivent être capables de discuter de leurs attentes, de leurs limites et de leurs besoins de manière honnête et régulière.

- **Consentement mutuel :** chaque personne dans le couple doit être d'accord avec l'idée de non-exclusivité, sans pression ni manipulation.
- **Respect des règles établies :** chaque couple non-exclusif définit ses propres règles, qui peuvent concerner les aspects émotionnels, sexuels, ou la fréquence des relations extérieures. Ces règles varient selon les besoins du couple.

Ce que cela n'implique pas :

- **Absence de fidélité :** bien que la non-exclusivité permette des relations extérieures, et contrairement à ce que beaucoup de monde imagine (projette ?), elle ne signifie pas un manque de fidélité ou de respect. Le respect des accords et des limites est primordial dans un couple non-exclusif.
- **Manque d'engagement/d'amour :** être dans un couple non-exclusif ne signifie pas que les partenaires ne sont pas engagé·e·s ou amoureux·ses l'un envers l'autre. L'engagement peut rester fort, tout en incluant la possibilité de relations extérieures.

Voici quelques exemples de types de couples libres : le polyamour, l'échangisme ou encore le triolisme. Il est important de noter que ces types de couples libres ne sont pas exhaustifs et qu'il peut y avoir d'autres formes de relations non-monogames.

Dans chaque forme, l'essentiel est le consentement, la transparence et le respect des règles établies, permettant au couple de fonctionner dans une dynamique saine et équilibrée.

couronne

Elle n'est posée ni sur la tête d'un roi, ni sur la tête d'une reine, mais elle est la partie la plus large et renflée du gland (qui est la tête du pénis). Cette zone est généralement plus sensible et peut jouer un rôle important dans la stimulation sexuelle et le plaisir. Elle est recouverte par le prépuce lorsque le pénis n'est pas circoncis.

Pendant les rapports sexuels ou la masturbation, la stimulation de la couronne du gland peut être une source de plaisir intense. Elle est riche en terminaisons nerveuses et peut réagir de manière très sensible aux caresses, aux frottements et à d'autres formes de stimulation sexuelle.

Il est important de noter que chaque individu peut avoir des préférences et des niveaux de sensibilité différents. La manière dont la couronne du gland est stimulée peut donc varier d'une personne à l'autre, car non, rien n'est jamais acquis en matière de sexualité !

couronne perlée du gland

Aussi appelée « papules perlées ».

C'est une particularité anatomique plutôt courante, qui apparaît sur certains pénis à partir de la puberté. Ce phénomène se traduit par la présence de petites excroissances cutanées plus ou moins nombreuses sur la couronne du gland. Les papules perlées ne sont pas contagieuses et n'ont aucune conséquence sur la santé ou la sexualité. En revanche, si leur apparence esthétique vous gêne, vous pouvez en parler à votre généraliste qui vous expliquera les différentes options (couic, couic...).

cravache

Désigne généralement un instrument équestre, une sorte de fouet utilisé pour diriger un cheval. Cependant, dans le contexte des pratiques sexuelles, il peut faire référence à un accessoire utilisé pour des jeux de domination et de soumission.

cuillère

Position sexuelle où deux partenaires sont allongé·e·s sur le côté, l'un·e derrière l'autre, comme deux cuillères emboîtées. Les partenaires se rapprochent pour permettre une pénétration par l'arrière ou pour des caresses intimes. Position douce et particulièrement enveloppante qui permet une multitude de stimulations. On en reprendrait bien un peu, non ?

cunnilingus *(cunni pour les intimes)*

Pratique sexuelle orale qui consiste à stimuler la vulve avec la langue, les lèvres et la bouche. Il est également important de souligner que le cunnilingus peut être pratiqué de manière sûre en utilisant des barrages dentaires (aussi appelés « digues dentaires ») qui sont des feuilles minces en latex ou en polyuréthane protégeant contre les infections sexuellement transmissibles (IST). Les barrages dentaires sont disponibles dans les magasins spécialisés, les pharmacies.

Voici quelques conseils pour réussir un cunnilingus, tout en gardant à l'esprit que chaque personne est différente et que la communication, le consentement et le respect des sensibilités sont essentiels :

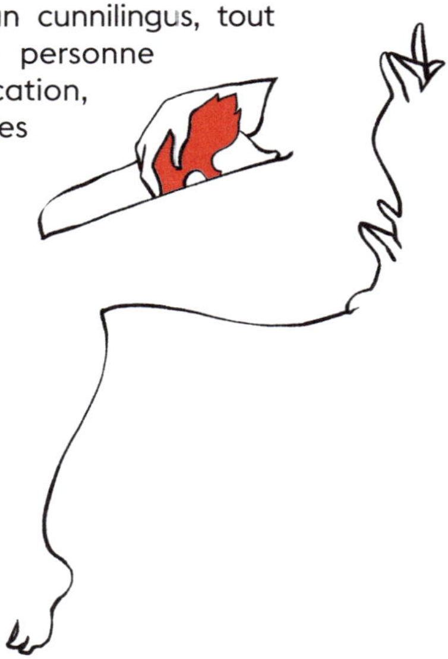

- **Communication et consentement :** avant tout, il est important de s'assurer que la personne est à l'aise et désire recevoir un cunnilingus. Demandez-lui ce qu'elle aime, ce qui lui fait du bien, et soyez attentif·ve à ses réactions. Le consentement et le confort sont toujours les priorités.
- **Prendre son temps :** un bon cunnilingus ne doit pas être précipité. Prenez le temps de stimuler doucement les zones autour de la vulve avant de vous concentrer sur le clitoris. La montée progressive du plaisir est souvent plus agréable que de commencer directement par une stimulation intense.
- **Varier les mouvements :** utilisez votre langue pour alterner entre des mouvements circulaires, des caresses plus douces ou des légères vibrations. Essayez différents rythmes et pressions pour voir ce qui plaît à votre partenaire. N'oubliez pas que ce qui fonctionne pour une personne ne fonctionnera pas forcément pour une autre, alors restez à l'écoute des réactions.
- **Le clitoris est sensible :** c'est une zone très sensible ! Il est parfois agréable d'éviter un contact direct et de se concentrer sur les zones environnantes, ou d'alterner entre un toucher plus léger et des mouvements plus appuyés, selon les préférences de la personne.
- **Utiliser les mains :** ne vous limitez pas à votre bouche. Vos mains peuvent stimuler d'autres zones érogènes, comme les seins, les cuisses, ou pénétrer délicatement à l'intérieur pour stimuler la zone G. Cette combinaison est très souvent un combo gagnant sur le podium du plaisir !

- **Rester attentif·ve aux réactions :** le langage corporel, les sons ou les instructions verbales sont des indicateurs précieux. Si quelque chose ne plaît pas ou si une zone est trop sensible, adaptez vos gestes en conséquence. Une bonne communication pendant l'acte aide à ajuster et à optimiser l'expérience.
- **Utiliser du lubrifiant :** parfois, un peu de lubrifiant peut améliorer les sensations, surtout si la bouche devient sèche. Assurez-vous qu'il soit compatible avec la sensibilité de la personne.

En résumé, un cunnilingus réussi repose sur la communication, l'écoute des besoins de l'autre et une grande capacité d'adaptation. Chaque personne est unique, et ce qui est agréable pour l'une peut être inconfortable pour une autre (ce serait trop facile, sinon !). L'essentiel est de toujours respecter le rythme et les préférences de votre partenaire.

cyberharcèlement

Forme de harcèlement qui se produit en ligne, via des plateformes numériques telles que les réseaux sociaux, les forums de discussion, les e-mails, les messages instantanés, les jeux en ligne et les blogs. Il peut inclure des comportements agressifs, menaçants, intimidants, humiliants, discriminatoires ou offensants à l'encontre d'une personne ou d'un groupe de personnes.

Le cyberharcèlement peut prendre plusieurs formes, y compris :

- Les intimidations, insultes, moqueries ou menaces en ligne.
- La diffusion de rumeurs.
- Le piratage de compte et/ou l'usurpation d'identité digitale.
- La création d'un groupe, d'une page ou d'un sujet de discussion sur un réseau social à allant à l'encontre d'une personne.
- La publication de photos ou vidéos embarrassantes ou humiliantes de la victime.
- Le *sexting* non consenti (contraction de *sex* et *texting* pour désigner l'échange de contenus à caractère sexuel par SMS ou messagerie) ou encore le *revenge porn* ou pornodivulgation.
- Le chantage à la webcam.

Le cyberharcèlement peut avoir des conséquences graves pour les personnes qui en sont victimes. Il peut causer du stress, de l'anxiété, de la dépression, de l'isolement social, des problèmes de sommeil, des problèmes scolaires ou professionnels, et dans certains cas extrêmes, peut même conduire à des comportements suicidaires.

Rappel : en France, le cyberharcèlement est un délit passible de sanctions sévères, qui peut aller jusqu'à trois ans de prison et 45 000 euros d'amende, des peines pouvant être alourdies en cas de circonstances aggravantes, notamment si la victime est mineure.

cybersexe

Activité sexuelle qui se déroule via Internet ou d'autres technologies de communication numériques, comme les chats, les forums, les vidéos ou les webcams. Il peut inclure des conversations érotiques, des échanges de photos ou de vidéos sexuellement explicites, ou des interactions en direct avec une autre personne ou un avatar. Le cybersexe peut être pratiqué seul·ou avec un partenaire, et peut impliquer des risques de sécurité, de confidentialité et de dépendance s'il n'est pas pratiqué de façon raisonnable.

cyprine

Terme utilisé pour désigner le liquide sécrété par les glandes situées autour de la vulve et du vagin, notamment les glandes de Bartholin. Ce liquide est produit lors de l'excitation sexuelle et joue un rôle important dans la lubrification naturelle, facilitant ainsi les rapports sexuels en réduisant les frictions et en augmentant le confort. D'aspect généralement transparent ou légèrement blanchâtre, la quantité et la consistance de la cyprine peuvent varier d'une personne à l'autre. Elle est un signe naturel de l'excitation et participe au bon fonctionnement de la sexualité. Pour résumer : c'est LE lubrifiant vaginal naturel.

N.B. : il est important de noter que l'on peut parfois « mouiller » sans excitation sexuelle (par exemple, en raison de changements hormonaux), tout comme il est possible d'être très excité·e sans pour autant lubrifier. En effet, la lubrification dépend de nombreux facteurs, tels que le stress, la fatigue ou des variations hormonales. (Voir « Sécheresse vaginale » p. 211)

cystite

Vous avez la sensation d'uriner des lames de rasoir par l'urètre ? Lisez ce qui suit !

Une cystite est une infection de la vessie, qui se produit lorsque des bactéries pénètrent dans l'urètre (le tube qui transporte l'urine de la vessie à l'extérieur du corps) et se multiplient dans la vessie. La cystite est plus fréquente chez les personnes ayant une vulve car l'urètre dit féminin est plus court et plus proche de l'anus, ce qui facilite la propagation des bactéries.

Les symptômes les plus courants de la cystite comprennent une douleur ou une sensation de brûlure lors de la miction, une envie fréquente d'uriner, une urine trouble ou malodorante, une douleur dans le bas-ventre et une fièvre légère. Elle peut être très inconfortable et affecter la qualité de vie de la personne atteinte.

Il est important de noter que certaines certains facteurs peuvent augmenter le risque de développer une cystite, telles que la rétention urinaire, la constipation, l'utilisation de produits d'hygiène intime irritants, le port de vêtements serrés et l'activité sexuelle. Pour prévenir les infections urinaires, il est recommandé de boire beaucoup d'eau, d'uriner régulièrement et complètement, mais aussi après chaque rapport sexuel, d'éviter les irritants, de porter des vêtements amples et de pratiquer une bonne hygiène intime. En cas de cystite récurrente, il est recommandé de consulter un médecin pour un traitement approprié.

Nouveauté (très appréciée) : en France, il est désormais possible pour les personnes présentant des symptômes d'infection urinaire (comme des douleurs en urinant ou des envies fréquentes d'uriner) de se rendre directement en pharmacie sans avoir à consulter un médecin au préalable. Les pharmacien·ne·s peuvent réaliser un test urinaire pour confirmer la présence d'une infection, et si les résultats sont positifs, délivrer un traitement antibiotique adapté. Cette évolution vise à faciliter et accélérer la prise en charge des infections urinaires simples, ce qui permet un soulagement plus rapide des symptômes tout en maintenant un suivi par un professionnel de la santé.

Le test s'adresse uniquement aux personnes ayant un vagin de 16 à 65 ans, sous conditions.

Dating • Deep spot • Défloraison
Dépendance affective • Dépistage
Désir • Dette sexuelle • Dickclit
Dick pic • Digue dentaire
Dilatateurs • Dilatation • Dildo
Dirty talk • Discipline • Doggy style
Domination • Drag • Drague
Dry humping • Dyspareunie
Dysphorie de genre • Dysphorie post-coïtale

dating *(ou avoir un date)*

Se réfère à l'activité sociale par laquelle deux personnes se rencontrent et passent du temps ensemble dans le but d'évaluer leur compatibilité mutuelle comme partenaires potentiels dans une relation intime et/ou romantique. Cette pratique peut varier grandement d'une culture à l'autre et peut impliquer diverses activités, allant d'un rendez-vous pour prendre un café, à aller au cinéma, en passant par partager un repas ou participer à des activités sportives, culturelles ou de loisirs ensemble.

L'objectif du *dating* est de permettre aux individus d'apprendre à se connaître sur un plan personnel, émotionnel, voire physique, afin de décider s'ils souhaitent approfondir leur relation. Cela peut inclure des discussions sur des valeurs personnelles, des intérêts, des aspirations et des attentes en matière de relation.

Le *dating* peut se faire de manière informelle, sans engagement formel, ou peut être le début d'une relation sérieuse. Il est important, dans le contexte du *dating*, de communiquer clairement ses intentions et ses attentes, de respecter les sentiments et les limites de l'autre personne et de pratiquer une relation saine basée sur le consentement mutuel, le respect et l'honnêteté.

Avec l'évolution des technologies, les rencontres en ligne sont devenues une méthode courante pour rencontrer des partenaires potentiels, permettant aux individus de se connecter via des applications ou des sites dédiés au *dating* avant de se rencontrer en personne. J'ai d'ailleurs rencontré mon amoureux de cette façon, lors une période de semi-confinement qui était peu propice aux rencontres physiques !

Info : en 2024, les rencontres en ligne sont devenues le moyen le plus courant pour les individus de nouer des relations amoureuses. Environ 20 % des relations engagées commencent désormais via des sites ou applications de rencontres. Ce chiffre est encore plus élevé chez les jeunes adultes : 53 % des moins de 30 ans ont déjà utilisé une plateforme de ce type. Cela montre une évolution importante, caractérisé par des méthodes numériques dépassant les rencontres traditionnelles, comme celles organisées par des amis ou encore au travail.

deep spot

Ce sont des zones érogènes, également appelées « points profonds », situées plus profondément à l'intérieur du vagin, souvent (et hélas !) moins connues que d'autres zones comme le clitoris ou la zone G.

Il y a principalement deux zones considérées comme des *deep spots* :

- **Le point A :** situé près du col de l'utérus, à l'avant de la paroi vaginale.
- **Le point P (à ne pas confondre avec la prostate) :** situé près du col de l'utérus, mais cette fois à l'arrière de la paroi vaginale.

Les orgasmes cervicaux décrit comme très intenses proviennent donc d'une stimulation profonde autour du col de l'utérus, lors de pénétrations plus intenses ou en utilisant des angles spécifiques. Chaque personne est différente, et certaines peuvent être plus sensibles à cette stimulation que d'autres.

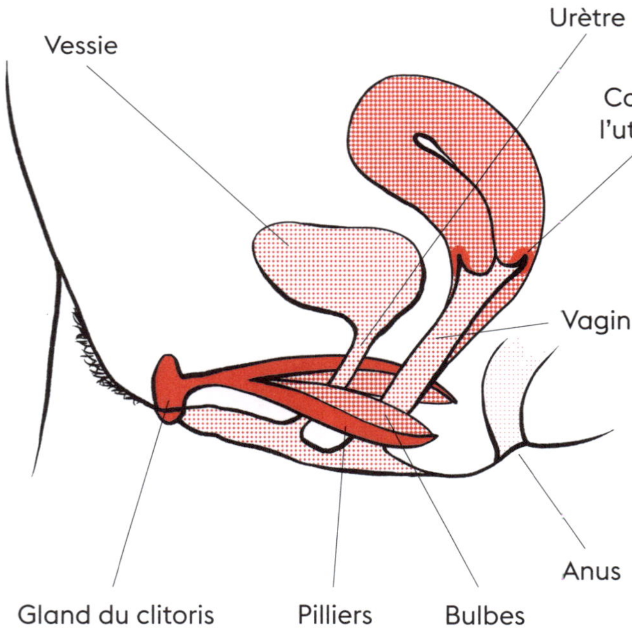

Deep spot

Il est important de rappeler que la stimulation de ces zones doit toujours se faire avec douceur et communication. En effet, alors que pour certaines personnes, cela peut procurer une grande satisfaction, pour d'autres, cette stimulation peut entraîner un inconfort ou une douleur significative. Cela est dû à divers facteurs tels que la sensibilité individuelle, l'angle de stimulation, la profondeur de la pénétration ou même certaines conditions de santé.

Il est donc important d'approcher cette exploration avec prudence, douceur et, surtout, en maintenant une communication ouverte et honnête avec son/sa partenaire.

défloraison

Terme qui fait référence à la première expérience sexuelle de pénétration vaginale. L'expression « défloraison » est critiquable car elle suggère que la sexualité dite féminine est définie par une transformation physique unique, souvent liée à la première expérience sexuelle pénétrative. Cette perspective peut renforcer les idées obsolètes sur la virginité et la pureté, qui sont culturellement chargées et ne tiennent pas compte de la diversité des expériences sexuelles et des expressions de la sexualité.

Il est nécessaire de repenser la manière dont nous parlons de la première expérience sexuelle, en mettant de côté le discours de la notion de « perte » (comme le suggère le terme « défloraison ») afin d'adopter un langage qui valorise le consentement, l'exploration mutuelle et le plaisir. La première expérience sexuelle devrait être vue comme un aspect de l'apprentissage sexuel et émotionnel, plutôt que comme un événement qui définit ou change le statut ou la valeur d'une personne. Voilà, c'est dit !

dépendance affective

On entend beaucoup parler de dépendance affective, mais cette expression est souvent utilisée de manière imprécise ou mal comprise. Il est important de bien saisir ce qu'elle implique réellement, car cela dépasse le simple besoin d'amour ou d'attention, et touche à des mécanismes psychologiques plus profonds.

La dépendance affective est le besoin général et excessif de l'affection des autres, qui conduit à un comportement d'effacement, quitte à négliger sa propre personne. C'est également une peur viscérale de la séparation et de l'abandon.

Elle se manifeste par :

- La tendance à solliciter en permanence l'avis de l'autre, et la difficulté à prendre une décision seul·e.
- La difficulté à se séparer, des exigences de proximité, le refus que l'autre s'éloigne.
- La crainte et l'évitement de tout désaccord avec son interlocuteur (peur d'être rejeté·e, exclu·e).
- La demande permanente à l'autre de réassurance affective, l'incapacité à se rassurer par soi-même.
- Le refus d'imaginer une vie sans le/la partenaire actuel·le.
- Un doute permanent sur l'affection de l'autre.
- Une faible estime de soi.
- L'incapacité à poser et défendre ses propres limites.

Les causes sont multiples :

- Environnement familial peu stable dans l'enfance (manque d'affection/d'attention).
- Enfant responsabilisé trop tôt, qui a fait passer les besoins de ses parents avant les siens.
- Traumas (agression, abandon, abus, harcèlement scolaire) dans l'enfance ou l'adolescence.

Comment essayer de s'en libérer ?

- Se découvrir soi-même : faites une liste de tous vos goûts et osez les communiquer : votre plat préféré, votre genre de films, la façon dont vous aimez vous coiffer, etc.
- Se créer un environnement stable et des conditions de vie apaisantes : un boulot peu anxiogène, un appartement cosy ou un animal de compagnie peuvent aider.
- Apprendre à faire des choses seul·e.
- Apprendre à dire non, à s'opposer.
- Ne jamais hésiter à consulter un·e professionnel·le de santé (psychiatre, psychologue) ! Sa mission est justement de vous accompagner et de trouver des solutions avec vous !

dépistage

Désigne l'ensemble des tests et examens médicaux réalisés pour détecter la présence de maladies ou d'infections, même en l'absence de symptômes. Dans le contexte de la santé sexuelle, le dépistage concerne principalement les infections sexuellement transmissibles (IST) et le VIH.

Bon à savoir : dans un contexte de hausse des IST observée entre 2021 et 2023, le ministère français chargé de la Santé et de la Prévention annonce la mise en œuvre, à compter du 1er septembre 2024, d'un dépistage des IST à la demande du patient et sans ordonnance, pris en charge par l'Assurance maladie à 100 % pour les moins de 26 ans et à 60 % pour le reste de la population. Le dépistage inclura, en plus du VIH, les infections suivantes : chlamydia trachomatis, gonocoque, syphilis et hépatite B.

Où se faire dépister en France ?

1. Centres de dépistage anonymes et gratuits (CeGIDD) : ces centres offrent des tests de dépistage pour le VIH et les IST gratuitement et de manière anonyme. Vous pouvez y aller sans rendez-vous ou en prenant rendez-vous, selon les centres.

2. Laboratoires d'analyses médicales : les tests de dépistage peuvent être réalisés dans n'importe quel laboratoire médical, avec ou sans ordonnance. Les coûts peuvent être partiellement remboursés par la Sécurité sociale.

3. Médecins généralistes, gynécologues et urologues : ces professionnel·les de santé peuvent prescrire des tests de dépistage et réaliser certains examens sur place.

4. Centres de planification et d'éducation familiale : ces centres offrent des services de dépistage, souvent gratuitement pour les jeunes et les personnes sans couverture sociale.

5. Associations et campagnes de dépistage : certaines associations et certains organismes communautaires organisent des sessions de dépistage gratuit, parfois dans des lieux publics ou lors d'événements spéciaux.

Quand se faire dépister ?

- **Après un rapport sexuel non protégé :** si vous avez eu des rapports sexuels sans préservatif avec un nouveau partenaire ou en cas de rupture de préservatif.
- **En cas de symptômes :** si vous ressentez des symptômes tels que des douleurs, des écoulements anormaux, des éruptions cutanées ou des démangeaisons dans la région génitale.
- **Si vous êtes sexuellement actif :** il est recommandé de se faire dépister régulièrement, surtout si vous avez plusieurs partenaires.
- **Avant d'arrêter l'utilisation des préservatifs avec un nouveau partenaire :** pour assurer la sécurité de tous les partenaires impliqués.
- **Pendant la grossesse :** certaines IST peuvent affecter le développement du fœtus, il est donc important de se faire dépister lors des consultations prénatales.

Le dépistage est un acte de responsabilité envers soi-même et ses partenaires. Il permet de détecter et de traiter rapidement les IST, évitant ainsi des complications et limitant la transmission. Une communication ouverte et sans jugement avec les professionnel·les de santé facilite ce processus.

désir *(à ne pas confondre avec libido !)*

Le désir sexuel est un état émotionnel et physiologique qui pousse une personne à chercher l'intimité sexuelle avec une autre personne. Il peut se manifester par des pensées ou des fantasmes sexuels, des sensations physiques telles que la chaleur et l'excitation, et une forte envie d'interagir sexuellement avec un partenaire. Le désir sexuel est un aspect normal et naturel de la sexualité humaine, et varie d'une personne à l'autre. Il peut être influencé par de nombreux facteurs, tels que les hormones, l'âge, l'état de santé, les expériences passées, l'environnement et les relations interpersonnelles. Il est important de noter que le désir sexuel peut exister sans nécessairement entraîner une activité sexuelle ou une satisfaction sexuelle.

Formes de désir sexuel :

1. Désir spontané : le désir spontané est une forme de désir sexuel qui survient de manière soudaine et sans stimulation préalable. Il peut être déclenché par des pensées, des fantasmes ou des signaux internes du corps. Ce type de désir est souvent associé à une excitation sexuelle rapide et à une envie immédiate d'activité sexuelle. Il est plus commun au début d'une relation ou dans des situations de nouveauté et d'excitation.

2. Désir réactif : le désir réactif, également appelé « désir réceptif » ou « réponse au désir », se manifeste en réponse à des stimulations externes ou à des interactions avec un partenaire. Au lieu de surgir spontanément, ce type de désir est déclenché par des caresses, des baisers, des paroles ou d'autres formes de stimulation sexuelle. Le désir réactif peut se développer progressivement à mesure que l'excitation physique et émotionnelle augmente. Il est fréquent dans les relations de longue durée et peut être tout aussi satisfaisant que le désir spontané.

3. Lors de ma formation en sexothérapie positive, Alexandra Hubin m'a appris qu'il existait une troisième forme de désir appelée la **« mémoire désirante »**. Contrairement au désir spontané ou réactif, la mémoire désirante fait référence à un désir qui émerge de la réminiscence de moments passés, où l'on se rappelle des expériences de plaisir déjà vécues. Cette forme de désir est nourrie par la mémoire émotionnelle et corporelle, où le simple fait de se rappeler une situation érotique peut raviver l'envie. Elle montre que le désir n'est pas toujours immédiat ou réactif, mais peut aussi être lié au vécu et au souvenir, réactivant ainsi l'excitation de manière indirecte et subtile.

Reconnaître que le désir sexuel peut se manifester de manière spontanée ou réactive est important pour maintenir une vie sexuelle épanouie et harmonieuse. Chaque forme de désir est valide, et il est normal de vivre des variations dans l'intensité et la fréquence du désir sexuel. Communiquer ouvertement avec son/sa ou ses partenaires sur les préférences et les besoins en matière de désir peut aider à renforcer l'intimité et à s'adapter aux différentes dynamiques de la relation.

N.B. : Et pour les curieux·ses, la libido et le désir sexuel sont deux termes couramment utilisés en relation avec la sexualité, mais ils ont des significations légèrement différentes.

La libido se réfère à la pulsion sexuelle générale ou à l'énergie sexuelle d'une personne. Le désir sexuel, en revanche, est une envie ou un intérêt spécifique pour une activité sexuelle avec une personne en particulier.

dette sexuelle

Non, tu ne dois de sexe à personne, même pas à ton mari (ou à ta femme) !

Ce concept fait référence à l'idée qu'une personne « doit » du sexe à une autre, souvent à la suite d'un acte perçu comme méritant une récompense sexuelle.

Cette notion est très problématique pour plusieurs raisons :

- **Consentement :** la sexualité doit toujours être basée sur le consentement mutuel. L'idée d'une dette sexuelle implique une obligation ou une attente de nature sexuelle, ce qui va à l'encontre du principe de consentement libre et éclairé.
- **Relations égalitaires :** une relation saine implique l'égalité et le respect mutuel. La notion de dette introduit une dynamique de pouvoir déséquilibrée, dans laquelle une personne se sent obligée de répondre sexuellement aux attentes de l'autre.
- **Communication :** dans une relation saine, la communication ouverte sur les désirs, les limites et le consentement est essentielle. L'idée d'une dette sexuelle peut entraver cette communication, créant des attentes non exprimées et potentiellement nuisibles.
- **Autonomie corporelle :** chacun a le droit de décider quand, comment et avec qui il partage son corps. La notion de dette sexuelle va à l'encontre de ce droit fondamental à l'autonomie corporelle.

En bref : vous ne devez absolument RIEN sexuellement à personne, quand bien même cette personne vous aurait sauvé la vie, que c'est la Saint-Valentin, qu'elle vous a promis monts et merveilles, ou qu'elle est simplement votre partenaire de vie ou même de sexe.

dickclit/phalloris

Terme informel désignant un clitoris de taille augmentée, qui peut ressembler à un petit pénis. Cette caractéristique peut être une variation anatomique naturelle, le résultat de certaines conditions médicales ou une conséquence de la thérapie hormonale, notamment chez les personnes transgenres effectuant une transition de genre. Il est important de noter que la présence d'un clitoris hypertrophié n'affecte pas nécessairement la santé sexuelle ou la fonctionnalité, mais peut influencer l'expérience et l'expression de la sexualité de l'individu.

dick pic *ou pussy pic*

Ce sont des photos explicite et non sollicitée d'organes génitaux, envoyées à une personne par message électronique ou par l'intermédiaire des réseaux sociaux. Ces images sont des formes d'agressions sexuelles, car elles peuvent être considérées comme offensantes, humiliantes et intimidantes pour la personne qui les reçoit. Les conséquences psychologiques peuvent être très graves pour les victimes, notamment en matière d'anxiété, de stress et de dépression.

En France, l'envoi de *dick pics* non sollicitées est considéré comme une infraction pénale et peut entraîner des sanctions. En vertu de l'article 222-33 du Code pénal, l'exhibition sexuelle (car c'est bien de cela qu'on parle ici) est passible d'une peine maximale d'un an d'emprisonnement et d'une amende de 15 000 euros. Cela s'applique également aux images de ce type envoyées sur les réseaux sociaux comme Instagram.

digue dentaire

La grande oubliée des pharmacies mais aussi des cours d'éducation sexuelle !

Une digue dentaire est un outil de protection utilisé lors de certaines pratiques sexuelles, notamment lors des rapports sexuels oraux sur le sexe génital (cunnilingus) ou lors de l'anulingus. Elle est conçue pour créer une barrière physique entre la bouche et les organes génitaux afin de réduire le risque de transmission des infections sexuellement transmissibles (IST).

Mais de quoi s'agit-il ? La digue dentaire est une fine feuille rectangulaire ou carrée en latex ou en polyuréthane. Elle est placée sur la région génitale ou anale pour couvrir la zone qui sera en contact avec la bouche. Elle peut être maintenue en place par les mains, les doigts ou d'autres moyens tels que des clips ou des élastiques spécialement conçus pour les digues dentaires.

Son utilisation peut réduire le contact direct entre les muqueuses de la bouche et les fluides corporels, tels que les sécrétions vaginales ou anales, qui pourraient potentiellement contenir des agents pathogènes. Cela peut aider à prévenir la transmission d'IST comme l'herpès génital, la syphilis, la gonorrhée, le VIH et d'autres infections.

Il est important de noter que la digue dentaire doit être utilisée correctement pour être efficace ! Ne séchez donc pas la lecture du mode d'emploi !

dilatateurs

Dispositifs médicaux conçus pour aider à traiter certains problèmes sexuels, tels que le vaginisme, la dyspareunie (douleur pendant les rapports sexuels) ou le rétrécissement vaginal dû à une chirurgie ou une condition médicale. Ils sont spécialement conçus pour aider à réduire la tension musculaire et à augmenter la flexibilité des muscles pelviens, en particulier les muscles du plancher pelvien et les muscles vaginaux.

Ces dispositifs sont constitués de tubes ou de cônes de différentes tailles et formes, fabriqués à partir de matériaux médicaux sûrs et non irritants. Ils sont généralement lisses ce qui facilite leur insertion.

L'utilisation des dilatateurs implique un processus progressif, au cours duquel une personne commence avec le plus petit dilatateur et progresse graduellement vers des tailles plus grandes au fil du temps.

L'objectif principal des dilatateurs est d'aider les individus à surmonter les problèmes sexuels et à améliorer leur qualité de vie sexuelle. Ils peuvent être un outil efficace pour restaurer la confiance et le confort sexuel, permettant ainsi des rapports pénétratifs confortables et jouissifs.

Il est important de noter que l'utilisation des dilatateurs doit être accompagnée d'un suivi professionnel approprié pour garantir leur utilisation correcte et sûre. Par conséquent, il est recommandé de consulter un·e professionnel·le de la santé avant d'entreprendre un traitement à l'aide de dilatateurs.

N.B. : vous pouvez être complètement épanoui·e dans votre vie sexuelle sans pénétration !

dilatation

Dans le contexte de la sexualité, la dilatation fait référence à l'élargissement temporaire d'une partie du corps, généralement de muscles ou de tissus, pour permettre une pénétration plus facile et confortable lors des rapports sexuels. Cette notion peut s'appliquer à différentes pratiques sexuelles, telles que la pénétration vaginale ou anale La dilatation est souvent associée à la relaxation des muscles et des tissus, qui peut être favorisée par l'excitation sexuelle, la stimulation et parfois l'utilisation de lubrifiants.

dildo

Jouet sexuel en forme de pénis utilisé pour la pénétration vaginale ou anale lors de la masturbation ou des rapports sexuels. Les dildos peuvent être fabriqués à partir d'une variété de matériaux tels que le silicone, le caoutchouc, le verre ou le métal, et sont disponibles dans une grande variété de tailles, de couleurs et de formes.

N.B. : certains dildos se ventousent au sol ou au mur pour y jouer plus facilement en solo.

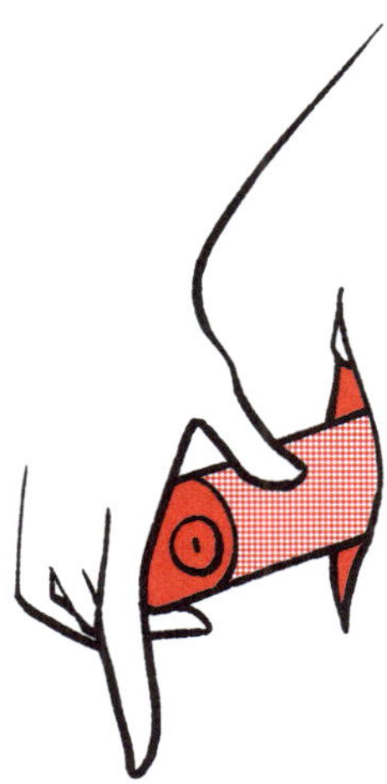

dirty talk

Ou l'art de dires des cochonneries !

Pratique sexuelle qui consiste à utiliser un langage explicite, suggestif ou érotique dans le but d'augmenter l'excitation sexuelle entre partenaires. Cette pratique peut varier en intensité et en contenu selon les préférences des individus et peut être employée avant ou pendant les rapports sexuels, ainsi que dans des contextes de flirt ou de séduction.

Le *dirty talk* implique souvent des expressions qui décrivent des désirs, des actions sexuelles, des sensations ou des louanges sur le corps ou la performance sexuelle du partenaire. L'objectif est de communiquer ses envies de manière ouverte et d'augmenter le degré d'intimité et de complicité dans le couple par le biais de fantasmes partagés ou d'expressions du désir.

Exemples de *dirty talk soft* :

- **Exprimer ce que l'on ressent :** « J'adore la sensation de ta peau contre la mienne. »
- **Partager des désirs :** « J'aimerais qu'on essaie quelque chose de nouveau ensemble ce soir. »
- **Complimenter le/la partenaire :** « Tu me rends tellement heureux·se quand on est ensemble comme ça. »

Exemples de *dirty talk* cru :

- **« J'ai envie que tu me baises. »**
- **« J'adore le goût de ta chatte. »**
- **« Personne ne me suce comme toi. »**

Il est crucial que le *dirty talk* soit pratiqué dans un cadre de respect mutuel et de consentement. Les préférences de chaque partenaire doivent être prises en compte, et il est important de communiquer ouvertement sur les limites et les désirs de chacun (car oui, parfois votre partenaire préfère jouer au roi ou à la reine du silence !). Le *dirty talk* ne doit jamais être utilisé pour forcer, manipuler ou mettre mal à l'aise l'autre personne, mais uniquement pour faire grimper la température !

discipline

As-tu bien fait tes devoirs ? Sinon, au coin !

La discipline fait référence à l'un des éléments constitutifs du sigle BDSM, qui signifie « Bondage, Discipline, Domination, Soumission, Sadisme, Masochisme ». La discipline dans le BDSM peut inclure diverses pratiques consensuelles qui impliquent souvent l'établissement de règles, de limites et de conséquences pour guider le comportement des participant·e·s.

La discipline peut prendre différentes formes, telles que la punition érotique, par laquelle des sanctions consensuelles sont appliquées pour renforcer les règles établies. Cela peut également impliquer des jeux de rôles, pour lesquels l'autorité et la discipline sont négociées entre les partenaires.

doggy style

La position du *doggy style*, également connue sous le nom de « levrette » en français (mais ça n'est pas la femelle lévrier !), est une position sexuelle où un partenaire se met à quatre pattes tandis que l'autre se positionne derrière, à genoux ou debout, pour l'activité sexuelle. Cette position permet une pénétration vaginale ou anale et peut être appréciée en raison de la profondeur de la pénétration qu'elle permet, ainsi que de la possibilité de stimuler d'autres zones érogènes comme le clitoris, les tétons ou encore les testicules.

Il est important de noter que le terme *doggy style* peut être considéré comme offensant ou objectifiant, car il évoque une comparaison avec la manière dont les chiens s'accouplent. Par conséquent, il est préférable d'utiliser le terme « levrette » en français pour décrire cette position, car il est plus neutre et moins susceptible d'être perçu comme misogyne.

domination

Fait référence à l'un des éléments constitutifs du sigle BDSM. La domination implique généralement un·e partenaire, appelé·e le/la « dominant » ou « dominatrice », exerçant le contrôle ou l'autorité consensuelle sur l'autre, appelé·e le/la « soumis » ou « soumise ». La domination peut prendre diverses formes, allant de simples actes de contrôle dans la chambre à coucher à des scénarios de jeux de rôles plus élaborés où les rôles de pouvoir sont clairement définis. Cela peut également impliquer l'utilisation de différents accessoires et des pratiques multiples, comme la restriction physique (bondage) ou l'utilisation de consignes verbales spécifiques.

drag

Une personne drag englobe divers individus qui pratiquent l'art du drag, une performance artistique qui transcende les catégories de genre. Les drag queens sont des personnes, souvent des hommes, qui se travestissent de manière théâtrale, adoptant une expression exagérée et flamboyante de la féminité. De même, les drag kings sont des personnes, souvent des femmes, qui créent des personnages masculins à travers le déguisement et la performance.

Il est important de savoir que le drag n'est pas limité aux expressions de genre traditionnelles : de nombreuses personnes non-binaires participent également à cette forme d'expression artistique. Les personnes non-binaires peuvent créer des personnages de drag qui défient les normes binaires de genre, embrassant une diversité d'expressions de genre au sein de la communauté drag. L'inclusivité et le respect des identités de genre individuelles sont des aspects cruciaux dans la compréhension du monde du drag contemporain.

drague

T'as de beaux yeux, tu sais !

Dérivé du verbe « draguer », la drague désigne l'ensemble des comportements, des paroles et des actions qu'une personne met en œuvre pour en séduire une autre, généralement dans le but d'initier une relation amoureuse et/ou sexuelle. La drague peut prendre différentes formes selon les contextes, les personnalités et les intentions.

Il peut s'agir de compliments, de regards appuyés, d'échanges verbaux flirtants ou même de gestes, tous visant à montrer son intérêt et à susciter celui de l'autre. La drague repose souvent sur des signaux non verbaux (langage corporel, expressions du visage) et verbaux (mots choisis, ton de voix), et elle peut se dérouler dans divers lieux (bars, lieux publics, réseaux sociaux, etc.).

La drague doit toujours se faire dans le respect de l'autre, de ses limites et de son consentement. Un échange de séduction ne peut être agréable et sain que si les deux parties y participent de manière volontaire et réciproque.

La notion de drague peut évoluer en fonction des cultures, des époques et des individus, mais elle reste généralement associée à l'idée de courtiser une personne en vue de lui plaire.

dry humping

Le frottement qui fait des étincelles !

Activité sexuelle qui consiste à frotter ou à presser son corps contre celui de son/sa partenaire ou contre un objet, mais en restant totalement ou partiellement habillé·e·s, pour générer une stimulation et du plaisir sexuel. Cette pratique imite les mouvements des rapports sexuels mais sans contact direct des organes génitaux et sans enlever tous les vêtements, d'où l'adjectif *dry* (sec).

Le *dry humping* peut être une forme d'exploration sexuelle, un moyen d'intimité physique pour les couples qui choisissent de ne pas avoir de rapports sexuels pour diverses raisons (la prévention des infections sexuellement transmissibles ou des grossesses non désirées, ou encore des préférences personnelles).

dyspareunie

Terme médical utilisé pour décrire la douleur persistante ou récurrente lors des rapports sexuels pénétratifs.

C'est un problème fréquent, mais souvent mal compris, alors qu'il touche 7 à 10 % des personnes à vulve en fonction de leur âge.

Selon le DSM-5, la dyspareunie est considérée comme un trouble sexuel si elle répond aux critères diagnostiques suivants :

- La douleur est persistante ou récurrente avant, pendant ou après les rapports sexuels.
- La douleur est associée à un sentiment de détresse significatif ou à une perturbation interpersonnelle.
- La douleur n'est pas mieux expliquée par une autre condition médicale ou par l'utilisation de substances.

Les causes physiques les plus courantes de la dyspareunie incluent :

- **Les infections vaginales,** comme les infections à levures ou les infections bactériennes, qui peuvent causer de l'inflammation et de la douleur.
- **Les problèmes hormonaux,** tels que les fluctuations hormonales pendant la ménopause ou l'utilisation de certains types de contraceptifs.
- **Les problèmes de peau,** comme l'eczéma ou le psoriasis, qui peuvent causer de l'irritation ou de l'inflammation.
- **Les traumatismes,** comme une cicatrice après une chirurgie ou un accouchement difficile.
- **Les maladies chroniques,** telles que le syndrome du côlon irritable, qui peuvent causer des douleurs pelviennes.
- **Les problèmes structurels**, tels que la présence de kystes, de fibromes ou d'endométriose, qui peuvent causer de la douleur pendant les rapports sexuels.

Les causes psychologiques de la dyspareunie comprennent :

- **Le stress ou l'anxiété,** qui peuvent causer de la tension musculaire dans la région pelvienne.
- **Les antécédents de trauma sexuel,** qui peuvent causer de la douleur ou de l'inconfort pendant les rapports sexuels.
- **Les troubles de l'humeur,** tels que la dépression ou l'anxiété généralisée, qui peuvent affecter le désir sexuel et la réponse sexuelle.
- **Les problèmes relationnels,** tels que les conflits ou la communication insuffisante avec un·e partenaire, qui peuvent causer de la détresse émotionnelle et de la douleur pendant les rapports sexuels.

Les causes de la dyspareunie peuvent varier d'une personne à l'autre, et souvent, plusieurs facteurs peuvent être impliqués. Si vous éprouvez de la douleur pendant les rapports sexuels, il est important de consulter un·e professionnel·le de la santé pour déterminer la cause sous-jacente et discuter des options de traitement appropriées. Le traitement de la dyspareunie dépend de sa cause et peut inclure des médicaments, des thérapies physiques, des traitements hormonaux ou une sexothérapie.

dysphorie de genre

Terme utilisé pour décrire un sentiment de malaise ou de détresse ressenti par une personne en raison d'une discordance entre son genre ressenti et le genre qui lui a été assigné à la naissance. En d'autres termes, cela signifie que la personne a l'impression que son corps ne correspond pas à son identité de genre.

Elle peut prendre de nombreuses formes différentes et varier en intensité. Certaines personnes peuvent ressentir une légère gêne ou un inconfort lié à leur corps, tandis que d'autres ressentent une détresse émotionnelle plus profonde, une anxiété, voire une dépression.

dysphorie post-coïtale

ou blues post-sexe

État émotionnel qui survient après un rapport sexuel. C'est un sentiment de tristesse, de malaise ou d'irritabilité qui peut se manifester chez certaines personnes.

Voici une explication un peu plus détaillée :

Lorsqu'une personne atteint l'orgasme, elle peut ressentir une forte montée d'émotions positives telles que l'euphorie, et une grande relaxation. Cependant, chez certaines personnes, cette expérience peut être suivie d'un sentiment de tristesse, d'anxiété ou de malaise, qui peut durer de quelques minutes à quelques heures. C'est cela, la dysphorie post-coïtale.

Elle est plus fréquente chez les femmes que chez les hommes, bien que les deux sexes puissent la ressentir. Elle peut être causée par de nombreux facteurs tels que des problèmes émotionnels ou relationnels, la fatigue, le stress ou l'anxiété. Dans certains cas, la dysphorie post-coïtale peut être le signe d'une dépression ou d'un trouble anxieux sous-jacent.

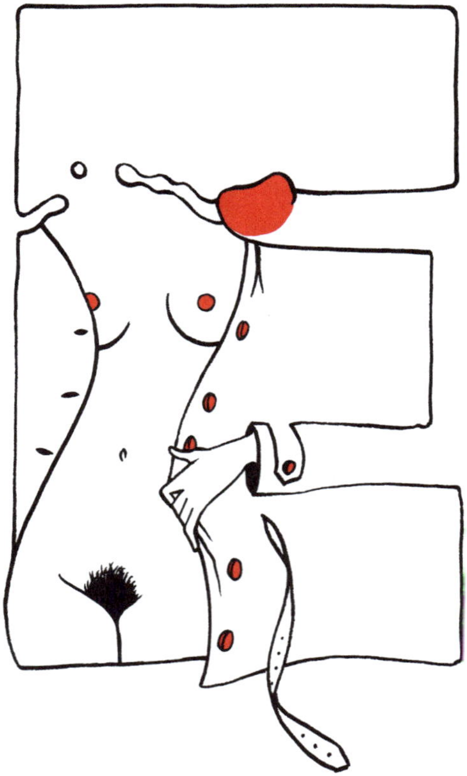

Échangisme • Edging • Éducation sexuelle
Éjaculation • Éjaculation prématurée
Éjaculation rétrograde
Émission fontaine • Endométriose
Épectase • Érection • Érogène
Érotisme • Escort • Excision
Excitation • Exclusivité
Exhibitionnisme • Expression de genre

échangisme

Quand partager prend un tout nouveau sens dans le cadre du consentement et du plaisir à plusieurs !

Forme de relation sexuelle non-monogame qui implique l'échange de partenaires sexuels consentants entre deux couples ou plus. Les personnes impliquées dans l'échangisme peuvent pratiquer des activités sexuelles en groupe, mais l'échange de partenaires sexuels est souvent considéré comme la principale caractéristique de cette pratique. L'échangisme est souvent pratiqué par des couples qui souhaitent explorer leur sexualité avec d'autres personnes, tout en maintenant une relation stable et engagée. Évidemment, l'échangisme ne doit être pratiqué que de manière consensuelle et respectueuse envers toutes les personnes impliquées.

edging

Quand le plaisir joue à cache-cache ou l'art de s'approcher du point de non-retour… puis de freiner juste à temps !

Également connu sous le nom de « bordure » en français, c'est une pratique sexuelle qui consiste à amener soi-même ou son partenaire au bord de l'orgasme, puis à réduire ou à arrêter la stimulation avant d'atteindre le point culminant, dans le but de prolonger l'expérience sexuelle, d'explorer de nouvelles dimensions du plaisir et d'intensifier l'orgasme final. Pour un feu d'artifice dans la culotte ! Cette pratique peut également aider les individus à mieux comprendre leur corps et leur réponse sexuelle, ainsi qu'à renforcer la connexion et la communication dans les activités sexuelles en couple.

L'*edging* peut être pratiquée seul·e (masturbation) ou avec un·e partenaire, et la pratique implique souvent un cycle de montées et de descentes de l'excitation sexuelle à plusieurs reprises.

L'objectif du *edging* est de contrôler le processus d'excitation pour explorer de nouvelles dimensions du plaisir sexuel, augmenter la durée de l'activité sexuelle, et intensifier la sensation ressentie lors de l'orgasme final.

Pour pratiquer l'*edging* de manière efficace et agréable, il est important de :

- Être à l'écoute de son corps ou de celui de son/sa partenaire pour reconnaître les signes précurseurs de l'orgasme.
- Communiquer ouvertement avec son/sa partenaire si l'activité est pratiquée en couple, en partageant les sensations, les préférences et en guidant l'autre sur le moment de réduire ou d'arrêter la stimulation.
- Pratiquer la patience et le contrôle, car l'*edging* nécessite souvent de la pratique pour maîtriser les sensations et le *timing*.

éducation sexuelle *(mon combat !)*

Processus d'apprentissage informatif et éducatif visant à fournir aux individus des connaissances, des compétences et des valeurs nécessaires pour faire des choix éclairés et responsables concernant leur vie sexuelle et reproductive. Elle couvre divers aspects, y compris :

- La biologie et la reproduction humaine
- Les relations interpersonnelles et affectives
- La prévention des infections sexuellement transmissibles (IST) et des grossesses non désirées
- Le consentement et le respect des autres
- Les aspects psychologiques et émotionnels de la sexualité
- La diversité des orientations sexuelles et des identités de genre

L'objectif de l'éducation sexuelle est de promouvoir une vision saine et respectueuse de la sexualité, de favoriser l'égalité des sexes et de lutter contre les stéréotypes et les violences sexuelles.

En France, l'éducation à la vie sexuelle et affective fait l'objet d'un cadre législatif renforcé par la loi n° 2021-873 du 2 août 2021 relative à la bioéthique, qui modifie les articles du Code de l'éducation concernant l'éducation à la sexualité.

Voici les points clés de cette loi :

- Les établissements scolaires sont tenus de dispenser des séances d'éducation à la vie sexuelle et affective. Ces séances doivent aborder des sujets variés tels que la puberté, le consentement, la contraception, les IST, et la diversité des orientations sexuelles et des identités de genre.

- L'éducation à la vie sexuelle et affective doit être intégrée dans le parcours scolaire dès l'école primaire et jusqu'au lycée.
- Un minimum de trois séances par an et par niveau d'enseignement doit être assuré (malheureusement, on est encore très loin du compte...).
- Les séances doivent être adaptées à l'âge et au développement des élèves, et inclure des informations scientifiquement fondées et impartiales.
- Les enseignants et les personnels éducatifs doivent être formés pour dispenser ces cours de manière appropriée et efficace.
- Les parents doivent être informés du contenu et des objectifs des séances d'éducation sexuelle.
- Les associations agréées peuvent être associées à la mise en œuvre de ces séances pour apporter leur expertise et diversifier les approches pédagogiques.

L'objectif de ces mesures est de garantir que tous les élèves reçoivent une éducation complète et respectueuse qui les aide à développer des relations saines, à comprendre et à respecter les différences, et à se protéger contre les risques liés à la sexualité.

En abordant ces sujets de manière ouverte et informée, la loi vise à :

- Éduquer les jeunes sur le consentement et le respect mutuel.
- Réduire les taux de grossesses non désirées et d'IST en fournissant des informations précises sur la contraception et les pratiques sexuelles sûres.
- Promouvoir l'égalité des sexes et lutter contre les stéréotypes et les discriminations fondées sur le sexe, l'orientation sexuelle ou l'identité de genre.
- Fournir un espace sûr et respectueux pour discuter de questions sensibles et personnelles.

Cette approche législative réaffirme l'importance de l'éducation sexuelle comme un droit fondamental et un élément clé du développement sain et équilibré des jeunes.

éjaculation

Le corps libère la pression, mais ce n'est pas forcément la fin du plaisir !

L'éjaculation est le processus par lequel du sperme est expulsé du méat urinaire, le plus souvent lors de l'orgasme dit masculin. Ce liquide séminal, composé de spermatozoïdes et de sécrétions provenant des glandes sexuelles, joue un rôle essentiel dans la reproduction. L'éjaculation transporte les spermatozoïdes dans le vagin pendant les rapports sexuels, augmentant ainsi les chances de fécondation d'un ovule. En dehors du contexte reproductif, l'éjaculation est également une composante naturelle et normale de l'expérience sexuelle et de l'orgasme dit masculin.

Les trois phases de l'éjaculation :

- D'abord, il y a l'émission, pendant laquelle les voies génitales et les glandes annexes se contractent et où les liquides qu'elles contenaient se déversent dans l'urètre.
- Ensuite, il se produit une contraction du sphincter de l'urètre, afin d'éviter l'expulsion de l'urine et le reflux du sperme dans la vessie.
- Finalement surviennent des contractions rythmiques de l'urètre et des muscles du pénis permettant l'expulsion du sperme.

Le volume moyen d'un éjaculat se situe entre 2 ml et 5 ml, et contient environ 350 millions de spermatozoïdes !

Il est important de rappeler que l'éjaculation ne marque pas forcément la fin d'un rapport sexuel. S'arrêter immédiatement après peut être perçu comme égoïste, surtout si le plaisir de l'autre personne n'a pas été pris en compte. Le sexe est un échange mutuel où le bien-être de chacun compte. Après l'éjaculation, il est possible de continuer à donner du plaisir par d'autres moyens, qu'ils soient physiques ou émotionnels. L'important est d'être à l'écoute et de veiller à ce que les deux partenaires vivent une expérience épanouissante.

N.B. : l'éjaculation dite féminine est une expérience distincte qui implique l'expulsion de fluides par les glandes para-urétrales chez certaines femmes lors de l'orgasme.

éjaculation prématurée *(trouble de)*

Selon le DSM-5, elle est définie comme une dysfonction sexuelle dite masculine caractérisée par :

- une éjaculation qui survient toujours ou presque toujours (environ 90 % du temps) dans la minute suivant la pénétration vaginale ou anale ;
- une incapacité à retarder l'éjaculation lors de toutes ou presque toutes les pénétrations vaginales ou anales ;
- des conséquences personnelles négatives telles que la détresse, la frustration ou l'évitement des relations sexuelles intimes.

Il existe deux types d'éjaculation prématurée :

- **Primaire :** elle commence dès le début de la vie sexuelle.
- **Secondaire :** elle se produit plus tard, après une période pendant laquelle le délai avant l'éjaculation était satisfaisant.

Les causes de l'éjaculation prématurée sont multiples :

- **De mauvaises habitudes :** certaines habitudes peuvent avoir contribué à développer une éjaculation prématurée et avoir modifié l'approche des relations sexuelles.
- **Se masturber en éjaculant le plus vite possible** pendant l'adolescence, afin d'éviter d'être pris sur le fait ou pour évacuer la tension sexuelle rapidement, sont de mauvaises habitudes qui peuvent avoir engendré une éjaculation prématurée.
- **Un traumatisme psychologique :** avoir connu un traumatisme lors des premières relations sexuelles rend particulièrement anxieux. Des problèmes relationnels avec des partenaires peuvent également avoir contribué à créer des blocages dans les relations sexuelles.

Des raisons psychologiques : elles sont un des facteurs principaux de l'éjaculation prématurée :

- **L'anxiété** de satisfaire son/sa partenaire.
- **Le facteur émotionnel** est à prendre en compte aussi. Il n'est pas rare que l'éjaculation prématurée se produise lors des premiers rapports sexuels avec un nouveau partenaire. Ces situations peuvent engendrer du stress mais, avec le temps, la confiance en l'autre, le stress s'estompe. Le temps, la détente, la confiance en sa/son partenaire sont des éléments primordiaux dans de telles situations.
- **Les problèmes au sein du couple** peuvent également contribuer à un problème d'éjaculation prématurée.

Des facteurs physiques/biologiques :

- Un gland hypersensible ou un prépuce trop court peuvent expliquer ce phénomène.
- Certaines maladies peuvent également favoriser l'éjaculation précoce comme le diabète, les problèmes de la thyroïde, l'hypertension artérielle ou les problèmes de prostate, ainsi qu'une consommation d'alcool excessive.

Quel traitement est possible ?

Le traitement de l'éjaculation prématurée peut inclure différentes approches, souvent combinées pour une efficacité maximale.

1. Les thérapies comportementales et cognitives : techniques telles que la méthode *stop-start* ou la technique de compression. Ces méthodes visent à apprendre à la personne à reconnaître et à contrôler les sensations précédant l'éjaculation.

2. La sexothérapie peut être utile pour aborder les problèmes psychologiques ou relationnels qui peuvent contribuer au trouble.

3. Des traitements médicamenteux : certains antidépresseurs (inhibiteurs sélectifs de la recapture de la sérotonine ou ISRS) peuvent être prescrits pour retarder l'éjaculation. Des crèmes ou sprays anesthésiants locaux peuvent également être utilisés pour réduire la sensibilité.

4. Des techniques de relaxation et de communication dans le couple peuvent aider à réduire l'anxiété associée à l'éjaculation prématurée.

Si vous souffrez d'éjaculation prématurée, n'hésitez pas à consulter un·e professionnel·le de la santé pour une évaluation et une discussion des options de traitement. Une approche ouverte et honnête avec le/la partenaire est également cruciale pour gérer les effets du trouble sur la relation. Rassurez-vous, il est tout à fait possible de surmonter un trouble de l'éjaculation prématurée.

éjaculation rétrograde

Se produit lorsque le sperme, au lieu de sortir du pénis pendant l'éjaculation, est dirigé vers la vessie. Cela se produit lorsque le muscle sphincter qui sépare la vessie de l'urètre ne se contracte pas correctement, permettant ainsi au sperme de refluer dans la vessie plutôt que d'être expulsé à l'extérieur. Bien que cela ne soit généralement pas nocif, cela peut entraîner une diminution de la quantité de sperme éjaculé pendant les rapports sexuels.

L'éjaculation rétrograde peut être causée par certaines conditions médicales ou des effets secondaires de certains médicaments. Si vous pensez avoir des problèmes d'éjaculation rétrograde, il est conseillé de consulter un·e professionnel·le de santé pour un diagnostic précis et des conseils appropriés.

émission fontaine *(squirt)*

Une éruption de plaisir parfois surprenante et souvent entourée d'idées reçues que je vais faire tomber ici !

L'émission fontaine, parfois appelée *squirt* dans le langage courant, désigne un phénomène caractérisé par l'expulsion d'une quantité variable de liquide à travers l'urètre lors d'un moment de forte excitation sexuelle. Ce phénomène est souvent involontaire et peut survenir indépendamment de l'orgasme.

Elle ne se limite pas à un sexe spécifique : elle peut être expérimenté par tout le monde, avec des quantités de liquide expulsé allant de quelques millilitres à plus de 300 ml !

Voici quelques infos sur l'émission fontaine :

- **Composition du liquide :** des recherches récentes, y compris celles menées par les docteurs Salama et Desvaux, montrent que le liquide expulsé est principalement composé d'urine (eau, urée, créatinine et acide urique) mais peut également contenir une faible quantité d'éjaculat des glandes para-urétrales (glandes de Skene).

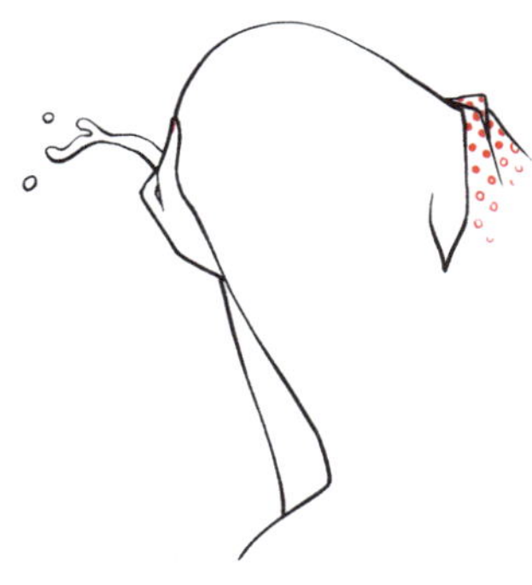

- **Clarté et odeur du liquide :** la clarté et l'absence d'odeur de l'urine expulsée s'expliquent par une filtration accélérée du sang par les reins lors d'une excitation sexuelle intense, produisant une urine primitive peu chargée en déchets azotés. Si la vessie a été vidée avant le rapport, le liquide produit sera limpide et inodore ; si non, l'urine fraîche se mélange à l'urine déjà présente, pouvant alors avoir une odeur plus forte et être colorée.

Types d'émission fontaine :

1. Technique mécanique : forme la plus courante, dépendante de la stimulation, souvent digitale, de la zone G. Cette stimulation peut entraîner le vidage de la vessie, permettant ainsi à toute personne de devenir « fontaine » par une manœuvre vaginale spécifique.

2. Émission autonome : se produit sans stimulation directe du point G au moment de l'orgasme, nécessitant un profond lâcher-prise.

Classification des émissions : il en existe des « jaillissantes », capables d'émettre le liquide jusqu'à 2 ou 3 mètres de distance tel un geyser (émission autonome), et les « ruisselantes », quand le liquide s'écoule doucement de l'urètre, telle une petite cascade (émission mécanique).

Bien que les recherches aient permis d'approfondir notre compréhension de l'émission fontaine, de nombreux aspects restent à explorer. La poursuite des études est essentielle pour démystifier et normaliser les diverses expressions de la sexualité.

Filez à la définition « G (zone) » p.82, pour lire le tuto qui pourrait vous aider (si vous en avez envie) à obtenir une émission fontaine !

endométriose

Maladie invisible touchant *a minima* une personne menstruée sur dix, qui rend la vie quotidienne et la sexualité douloureuses, mais qui est malheureusement encore trop souvent méconnue.

L'endométriose est une affection gynécologique chronique qui affecte les personnes ayant un utérus. Dans cette condition, le tissu qui tapisse normalement l'intérieur de l'utérus, appelé l'endomètre, se développe en dehors de celui-ci, le plus souvent sur les organes pelviens tels que les ovaires, les trompes de Fallope, les ligaments qui soutiennent l'utérus et la surface externe de l'utérus elle-même.

L'endométriose peut provoquer divers symptômes tels que des douleurs pelviennes intenses, des douleurs menstruelles, des douleurs pendant les rapports sexuels, des saignements anormaux, des problèmes de fertilité et une fatigue chronique. Les symptômes peuvent varier d'une personne à l'autre et ne sont pas nécessairement liés à la sévérité de la maladie.

En France, l'endométriose est une affection fréquente touchant environ 10 % des personnes ayant un utérus en âge de procréer, soit environ 2 à 4 millions de personnes. Mais au vu de la méconnaissance de la maladie et des retards diagnostiques, on peut imaginer que les chiffres sont malheureusement bien plus importants.

L'endométriose est en effet souvent diagnostiquée avec un certain retard, car les symptômes peuvent être confondus avec d'autres problèmes de santé. Le diagnostic définitif est généralement posé par un·e professionnel·le de la santé spécialisé·e par le biais d'examens cliniques, d'imagerie médicale et parfois d'une chirurgie exploratoire appelée « laparoscopie ».

Le traitement de l'endométriose peut varier en fonction de la gravité des symptômes et des projets de procréation de la personne concernée. Il peut inclure des options médicales telles que des contraceptifs hormonaux pour réduire la croissance des tissus endométriaux anormaux, des analgésiques pour soulager la douleur et, dans certains cas, une intervention chirurgicale pour retirer les lésions d'endométriose.

Il est important de sensibiliser sur l'endométriose, d'encourager les discussions ouvertes et de fournir un soutien aux personnes touchées. La recherche sur cette affection vise à améliorer le diagnostic précoce, les traitements et la qualité de vie des personnes vivant avec l'endométriose.

épectase

La mort « en » ou « par » épectase (ou encore en « état d'épectase ») correspondrait au décès pendant l'amour, voire pendant l'orgasme. Le conditionnel semble de rigueur puisque dans les faits, le mot « épectase » figure dans bien peu de dictionnaires. De plus, aucune étude ne rapporte un éventuel sur-risque de décès prématuré au cours précisément de l'orgasme.

Mais partir au sommet du plaisir, il y a pire, non ?

érection

« Chéri, tu bandes ? »

Réponse physiologique du pénis à une stimulation sexuelle. Elle est caractérisée par une augmentation du flux sanguin vers le pénis, qui se remplit de sang et devient ferme et rigide. Cette réponse est provoquée par une libération de l'hormone appelée « oxyde nitrique », qui dilate les vaisseaux sanguins dans le pénis.

L'érection est un processus complexe qui implique à la fois des facteurs psychologiques et physiques. Les stimuli visuels, olfactifs ou auditifs peuvent déclencher une réponse sexuelle et provoquer une érection. De plus, la stimulation physique directe, comme des caresses ou des frottements, peut également entraîner une érection.

L'érection peut être influencée par plusieurs facteurs tels que l'âge, la santé physique et mentale, le stress et les niveaux hormonaux. Les troubles de l'érection, ou dysfonction érectile, peuvent survenir lorsque le flux sanguin vers le pénis est insuffisant ou lorsque le processus de réponse sexuelle est perturbé.

N.B. : érection ne signifie pas automatiquement excitation sexuelle. Le corps peut réagir de manière mécanique à divers stimuli physiques ou même à des situations sans connotation érotique, comme le sommeil (avec les érections matinales) ou certaines positions. L'érection peut simplement être une réponse naturelle du corps sans désir associé. Il est donc important de ne pas toujours interpréter une érection comme un signe d'excitation ou d'envie sexuelle, car elle peut se produire indépendamment des émotions ou des intentions.

érogène

Utilisé pour décrire une partie du corps particulièrement sensible et réceptive à la stimulation sexuelle.
(Voir « Zones érogènes » p. 267)

érotisme

Là où l'imagination devient le plus puissant des aphrodisiaques, l'érotisme joue avec les sens bien au-delà du simple acte physique.

L'érotisme est une représentation artistique ou littéraire de la sexualité, de la sensualité et du désir, qui met l'accent sur l'esthétique et les émotions plutôt que sur l'excitation sexuelle explicite. C'est une forme d'expression de la sexualité qui encourage la créativité et peut être utilisée pour explorer sa propre sexualité.

escort

Un·e escort est une personne qui propose des services de compagnie moyennant une rémunération. Les services offerts peuvent inclure des sorties, des événements sociaux ou d'autres formes d'accompagnement. Bien que certains associent cette activité à des services sexuels, il est important de noter que ce n'est pas toujours le cas. Chaque escort fixe les limites de son propre service, qui peut varier selon les préférences individuelles et les règles légales du pays.

excision

Pratiquée sur plus de 200 millions de femmes à travers le monde, l'excision est une mutilation génitale aux conséquences physiques et psychologiques graves, souvent perpétrée sous couvert de traditions culturelles.

L'excision implique la coupe partielle ou totale des organes génitaux externes dits féminins. Elle est considérée comme une violation des droits de l'homme, et est largement reconnue comme une violence sexiste et une violation des droits des filles et des femmes à l'intégrité physique, à la santé et à l'égalité des sexes.

L'OMS (l'Organisation Mondiale de la Santé) distingue quatre types d'excision :

- **Type I (clitoridectomie) :** ablation partielle ou totale du clitoris externe et/ou du capuchon du clitoris.
- **Type II (excision) :** ablation partielle ou totale du clitoris externe et des lèvres internes avec ou sans ablation des lèvres externes.

- **Type III (infibulation ou « excision pharaonique ») :** rétrécissement de l'orifice vaginal avec recouvrement par l'ablation et l'accolement des lèvres internes et/ou des lèvres externes, avec ou sans excision du clitoris.
- **Type IV :** toutes les autres interventions néfastes au niveau des organes génitaux dits féminins à des fins non médicales, par exemple la perforation ou le déchirement des organes génitaux internes et externes.

Les statistiques sur l'excision varient selon les pays et les régions, mais voici quelques chiffres qui peuvent vous donner une idée de l'ampleur de l'horreur :

- Selon l'OMS, plus de 200 millions de personnes vivantes aujourd'hui ont subi une forme d'excision dans les trente-et-un pays où cette pratique est concentrée en Afrique, au Moyen-Orient et en Asie.
- En Afrique, où l'excision est la plus répandue, près de 90 % des femmes ont subi une forme d'excision au niveau des organes génitaux externes dans certains pays tels que la Guinée, la Somalie et Djibouti.
- L'excision est également pratiquée dans certaines communautés en Asie, au Moyen-Orient et dans certaines parties de l'Europe.
- L'excision est souvent effectuée avant l'âge de 15 ans et peut entraîner des complications graves telles que des infections, des saignements, des douleurs chroniques, des problèmes urinaires et menstruels, des difficultés à accoucher, l'absence totale ou partiel de plaisir sexuel ou la mort...

Cette triste définition nous rappelle l'importance cruciale de la lutte pour les droits et la santé des femmes et des personnes sexisées.

excitation

« Tu me fais vibrer, bébé... »

Première étape du cycle de réponse sexuelle, l'excitation est caractérisée par l'augmentation de l'excitation sexuelle et des réponses physiologiques du corps en réaction à des stimuli sexuels ou érotiques. Pendant cette phase, il peut y avoir une augmentation du flux sanguin vers les organes génitaux, une lubrification, une érection, ainsi que des changements dans la fréquence cardiaque et la tension musculaire. En bref, elle peut s'observer si on est attentif·ve !

La phase d'excitation prépare le corps à l'activité sexuelle et peut être déclenchée par divers stimuli, y compris des caresses, des fantasmes, des images ou des pensées érotiques. Elle peut varier en intensité d'une personne à l'autre et peut être suivie de phases supplémentaires du cycle de réponse sexuelle telles que le plateau, l'orgasme et la résolution. Il est important de noter que la réponse sexuelle est une expérience individuelle et peut différer d'une personne à l'autre.

exclusivité

Un couple exclusif ou monogame désigne une relation où deux personnes s'engagent mutuellement à être exclusivement impliquées l'une avec l'autre sur le plan romantique et/ou sexuel, excluant ainsi d'autres partenaires.

exhibitionnisme

L'exhibitionnisme est une pratique illégale dans laquelle une personne éprouve une excitation sexuelle en exposant ses parties intimes à des étrangers. Les actes exhibitionnistes peuvent aller d'une simple exposition des parties génitales à des gestes ou des activités sexuelles plus explicites. En France, l'exhibitionnisme est considéré comme un délit. Selon l'article 222-32 du Code pénal, l'exhibition sexuelle est définie comme « le fait d'imposer à la vue d'autrui tout acte sexuel. » L'exhibitionnisme est punissable d'une peine d'emprisonnement pouvant aller jusqu'à un an et/ou d'une amende allant jusqu'à 15 000 euros.

expression de genre

Fait référence à la façon dont une personne exprime sa propre identité de genre au travers de son comportement, de son apparence, de ses vêtements, de sa voix et de sa posture. Elle peut refléter ou non les normes de genre de la société dans laquelle la personne vit. L'expression de genre peut varier considérablement d'une personne à une autre. L'expression de genre n'a rien à voir avec l'orientation sexuelle d'une personne. Chacun·e est libre de choisir son expression de genre.

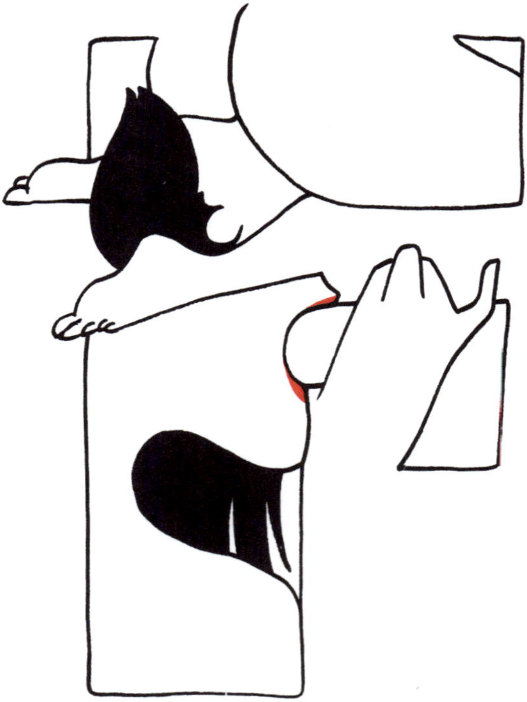

Face-sitting • Faciale
Fantasme • Fécondité
Fellation • Féminisme
Fétichisme • Fessée • Fidélité
Fist • Flexible • Frein
Friendzone • Frigidité
Frotteurisme

face-sitting

Ou quand le plaisir s'installe confortablement sur ton visage…

Pratique sexuelle où une personne s'assoit sur le visage de son/sa partenaire, permettant ainsi un contact oral-génital ou oral-anal. Cette activité peut être pratiquée par tous les genres et toutes les orientations sexuelles, et elle met souvent en jeu des dynamiques de domination et de soumission, bien qu'elle puisse aussi être pratiquée de manière égalitaire. Le plaisir peut provenir de la stimulation orale, de la sensation de domination ou de soumission, ou simplement du contact physique intime.

Attention ! Le *breath play*, ou « jeu de contrôle de la respiration », peut survenir lors du *face-sitting*, lorsque le poids de la personne assise limite la capacité de respiration de l'autre. Cette pratique comporte des risques significatifs, notamment l'asphyxie ou la privation d'oxygène.

Avant de pratiquer le *face-sitting*, discutez des limites, des signaux de sécurité et des attentes de chaque partenaire.

Mettez en place des signaux non-verbaux ou des gestes pour communiquer pendant l'activité, surtout si la parole est entravée.

Soyez conscient·e de la durée pendant laquelle vous limitez la respiration et alternez avec des périodes permettant une respiration normale.

La personne qui pratique le *face-sitting* doit être constamment attentive aux réactions de son partenaire et être prête à ajuster ou arrêter l'activité immédiatement.

Conseils pédagogiques de mise en pratique :

- Assurez-vous que l'espace est confortable pour les deux partenaires : des oreillers ou des supports peuvent aider à ajuster l'angle et la hauteur, rendant l'expérience plus confortable et agréable pour toustes les participant·e·s.
- Familiarisez-vous avec la position et le poids partagé de manière progressive pour trouver ce qui est confortable pour les deux partenaires.
- Le consentement mutuel et la communication ouverte sont bien évidements essentiels. Discutez de vos désirs, de vos limites et de vos craintes avant de commencer.

À vos marques, prêt·e·s, asseyez-vous !

faciale

Expression parfois utilisée pour décrire une pratique sexuelle où l'éjaculation se produit sur le visage d'une personne. Si elle est souvent pratiquée dans les films pornographiques, il est important de souligner que la faciale peut être perçue comme humiliante par certaines personnes et n'a rien d'obligatoire dans une relation sexuelle réelle. Comme pour toute autre pratique, elle doit être abordée avec respect et discussion préalable. Le consentement mutuel et clair est essentiel pour s'assurer que cette expérience est désirée par les deux partenaires, sans pression ni obligation.

fantasme

Quand l'imagination prend le contrôle du désir...

Un fantasme sexuel est une pensée ou une image mentale que l'on crée dans notre esprit pour stimuler notre désir sexuel ou pour susciter une excitation sexuelle. Cela peut être quelque chose que l'on imagine faire avec une autre personne ou quelque chose que l'on voudrait qu'une autre personne nous fasse.

Les fantasmes sexuels peuvent impliquer des situations, des lieux, des objets ou des personnes réelles ou imaginaires. Par exemple, un fantasme sexuel courant est celui de faire l'amour avec une personne célèbre ou un personnage de fiction.

Il est important de rappeler que les fantasmes sexuels sont tout à fait normaux et sains. Beaucoup de gens ont des fantasmes sexuels, mais ils ne sont pas obligés de les partager avec les autres ou de les mettre en pratique. Ils peuvent rester privés et être simplement utilisés comme une forme d'expression de la sexualité personnelle.

Voici la liste des dix fantasmes les plus courants chez les Français·es :

1. Faire l'amour dans un lieu public ou insolite. Beaucoup fantasment sur des relations sexuelles dans des lieux inattendus, comme une plage, un ascenseur ou un lieu public. L'excitation vient souvent du danger d'être surpris.

2. Le jeu de rôles. Jouer des rôles permet de sortir de la routine et d'incarner des personnages : infirmier/infirmière, professeur, policier/policière, etc. Cela alimente l'imaginaire et ajoute un aspect ludique à la relation.

3. Les relations à plusieurs (plan à trois ou plus). Ce fantasme de partage ou d'échange sexuel avec plusieurs partenaires est très répandu. Il peut inclure un·e partenaire de confiance ou être purement imaginaire.

4. Le BDSM léger (domination et soumission). Expérimenter des jeux de domination et de soumission, souvent de manière douce et consentie, fait partie des fantasmes fréquents. Il peut s'agir de porter des accessoires ou d'essayer des scénarios de contrôle.

5. Les expériences homosexuelles ou bisexuelles. Fantasmer sur une expérience avec une personne du même sexe, sans forcément le transposer dans la réalité, est assez courant chez les hommes et les femmes.

6. Regarder ou être regardé·e. Le voyeurisme et l'exhibitionnisme (regarder quelqu'un ou être observé·e pendant l'acte sexuel) figurent aussi parmi les fantasmes courants. L'idée de montrer ou d'être vu·e ajoute un élément de tension et de désir.

7. Le sexe avec un·e inconnu·e. Beaucoup fantasment sur une rencontre purement sexuelle avec une personne totalement inconnue, sans aucun lien affectif ou engagement.

8. Les scénarios d'infidélité. Bien que souvent non réalisés dans la vraie vie, fantasmer sur l'infidélité ou sur une aventure extraconjugale est un fantasme partagé par de nombreux couples.

9. Le sexe dans l'eau. L'idée de faire l'amour dans une piscine, sous une cascade ou même dans la mer est souvent évoquée. Ce fantasme combine à la fois la sensualité de l'eau et l'évasion.

10. L'expérience avec une célébrité. Fantasmer sur une aventure avec une star du cinéma, de la musique ou du sport est aussi assez répandu. Cela vient souvent du fait que ces personnes incarnent un idéal ou un fantasme de perfection.

Alors, vous en avez combien sur dix ?

fécondité

Capacité d'un individu, d'un couple ou d'une population à produire des enfants viables. Elle est généralement mesurée en termes de taux de fécondité, qui représente le nombre moyen d'enfants auxquels « une femme » donnerait naissance au cours de sa vie reproductive.

fellation *(ou sucette pour les intimes)*

Pratique sexuelle qui consiste à stimuler le pénis avec la bouche, la langue et les lèvres. Cette pratique peut procurer du plaisir à la personne qui reçoit et à celle qui donne. Comme pour toute activité sexuelle, la communication, le consentement mutuel et le respect des limites de chacun sont essentiels. La protection, notamment l'utilisation de préservatifs, est recommandée pour réduire les risques de transmission d'infections sexuellement transmissibles.

Mais comment pratiquer une bonne fellation ?

Les règles de base :

- Un sexe propre (on fait attention à son hygiène).
- En avoir envie !
- Avoir le consentement de son/sa partenaire.
- Y mettre de l'attention et de l'intention.
- Être à l'écoute de son/sa partenaire (si c'est vous qui recevez la fellation, n'hésitez pas à guider votre partenaire avec bienveillance).
- Prendre son temps !

Les tips :

- **La lubrification :** salive ou crème de masturbation comestible, rien de mieux pour multiplier les allers-retours de façon fluide !
- **Frustrer gentiment votre partenaire** en vous occupant de son bas ventre, de ses testicules, en frôlant son sexe avec votre bouche ou vos tétons avant de le déguster.
- **Ne pas oublier les zones érogènes proches** telles que les testicules que vous pouvez malaxer, lécher, mais aussi le périnée. Vous pouvez poser un doigt lubrifié délicatement sur l'anus et pour les plus curieux·ses, dans le rectum. Et il reste encore tout le corps qui peut être stimulé par la ou les mains inoccupées (jambes, ventre, tétons... le corps entier est érogène) !
- **Un jeu de regards** est souvent apprécié et excitant.
- **Alterner les stimulations :** lentes, plus fortes, léchez, sucez, aspirez, mordillez parfois (attention quand même à ne pas sortir les crocs, même si vous êtes gourmand·e)... Mais n'hésitez pas aussi à alterner entre fellation et branlette, histoire de vous reposer la mâchoire.

- Pour **diversifier les sensations**, une boisson pétillante, tiède ou encore un bonbon mentholé dans la bouche pourront procurer de nouvelles sensations ! Et pour les plus téméraires, un glaçon peut donner des frissons.

Rappels : n'oubliez pas que tout le monde est différent et qu'aucune technique n'est universelle. De plus, la fellation n'est en rien obligatoire pour une sexualité épanouie. Enfin, même sans éjaculation dans la bouche, la fellation comporte un risque de transmission d'IST. Il faut donc utiliser un préservatif ou encore que vous fassiez toustes les deux un test de dépistage trois mois après votre dernier partenaire.

féminisme

Souvent sujet de débats passionnés, le féminisme peut parfois effrayer ou être mal compris, mais il reste indispensable pour construire une société plus juste et égalitaire pour tous.

Mouvement social et politique qui vise à promouvoir l'égalité des droits entre les genres, en mettant l'accent sur l'émancipation des femmes et la déconstruction des inégalités basées sur le genre. Il a contribué à des avancées significatives telles que le droit de vote des femmes, l'accès à l'éducation et au travail, ainsi que la sensibilisation aux problèmes liés à la violence sexiste.

Les mouvements féministes ont joué un rôle clé dans l'obtention du droit de vote pour les femmes dans de nombreux pays. Ils ont également contribué à l'évolution des mentalités en remettant en question les stéréotypes de genre et en promouvant l'idée que les femmes doivent avoir les mêmes opportunités que les hommes dans tous les domaines de la vie.

En ce qui concerne la réduction des violences sexistes et sexuelles, le féminisme a mis en lumière ces problématiques, encourageant la société à reconnaître et à combattre ces formes de violence. Les mouvements féministes plaident en faveur de lois plus strictes contre le harcèlement sexuel, les agressions sexuelles et la violence domestique, tout en travaillant à changer les normes culturelles qui tolèrent de telles conduites.

En conclusion, l'égalité ne menace personne, mais libère tout le monde !

fétichisme

Quand le désir se révèle à travers un détail, un objet ou une sensation unique...

Le fétichisme sexuel est une attirance sexuelle pour un objet, une partie du corps ou une texture spécifique : par exemple, les vêtements en cuir, les chaussures, les pieds ou les jouets sexuels.

Le fétichisme sexuel peut être pratiqué seul ou avec un partenaire, avec l'accord mutuel et le respect des limites de chacun. Les personnes qui ont un fétiche peuvent trouver une stimulation sexuelle accrue en interagissant avec l'objet ou la texture de leur fétiche, et cela peut faire partie de leur expression de la sexualité.

Il est important de noter que le fétichisme sexuel n'est pas considéré comme un trouble, sauf s'il est pratiqué de manière intrusive, inappropriée ou cause de la détresse pour la personne qui en souffre ou pour son entourage. À ne pas confondre avec la paraphilie, qui est une attraction sexuelle envers des situations ou des objets inappropriés, illégaux ou dangereux.

Quelques exemples de fétichismes étonnants :

Méchanophilie : attirance sexuelle pour les machines ou les véhicules. Certains fantasment sur des voitures, des avions ou d'autres types de mécanismes.

Nasolingus : plaisir sexuel lié à la stimulation du nez, que ce soit par des caresses, des baisers ou même des jeux un peu plus spécifiques. C'est peut-être étrange, mais chacun son truc !

La trichophilie : attirance sexuelle pour les cheveux, que ce soit leur texture, leur apparence, leur longueur ou encore leur odeur. Les personnes ayant ce fétichisme peuvent être excitées par les cheveux en général ou par des types spécifiques de coiffures ou de cheveux.

fessée

Qu'elle soit douce et délicate, tonique et rythmée, ou encore appuyée et plus intense, la fessée se décline sous plusieurs formes selon les envies et les accords des partenaires.

La pratique sexuelle de la fessée, également connue sous le nom de *spanking* en anglais, consiste à donner ou recevoir des fessées lors d'activités sexuelles ou érotiques. Cette pratique peut être effectuée pour différents motifs tels que l'exploration de la douleur ou de la soumission, l'excitation sexuelle ou le renforcement de la domination et de la soumission entre les partenaires. La fessée peut être pratiquée de différentes manières, allant d'une légère tape sur les fesses jusqu'à une fessée plus intense avec la main ou un instrument comme une palette. La pratique peut également varier en intensité, en fréquence et en durée, selon les préférences et les limites de chaque partenaire.

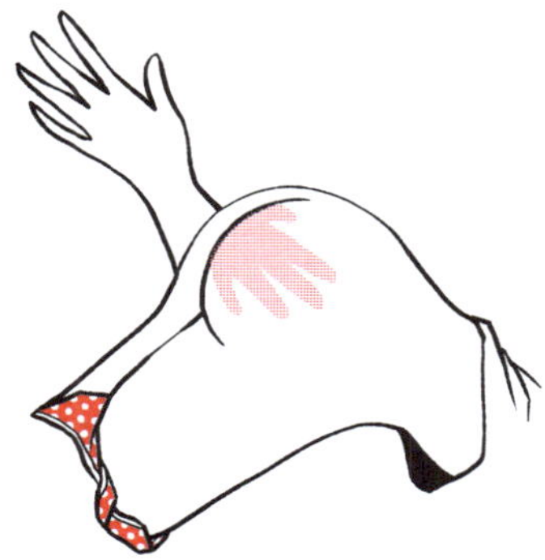

Il est important de rappeler que la pratique de la fessée doit être consensuelle, ce qui signifie que tous les partenaires doivent être d'accord et doivent avoir donné leur consentement libre et éclairé avant de commencer. Il est également important de discuter de la pratique de manière ouverte et honnête avec son/sa partenaire, de fixer des limites claires et de s'assurer que chacun est à l'aise et en sécurité pendant l'activité.

fidélité

La fidélité est un concept qui fait référence à la loyauté, à l'honnêteté et à l'engagement dans une relation amoureuse. Dans un couple, la fidélité implique le plus souvent que les deux partenaires s'engagent à maintenir une relation exclusive et à ne pas avoir de relations sexuelles ou romantiques avec d'autres personnes.

La fidélité est souvent considérée comme un élément clé de la confiance dans une relation amoureuse. Lorsqu'un partenaire est infidèle, cela peut causer une douleur émotionnelle profonde et briser la confiance dans la relation. La fidélité peut également être considérée comme un signe de respect et de considération pour l'autre personne, montrant que l'on est prêt à faire des sacrifices pour maintenir une relation saine et heureuse.

Cependant, il est important de souligner que la définition de la fidélité peut varier en fonction de chaque couple. Certains couples peuvent avoir des accords ou des arrangements qui leur permettent d'avoir des relations sexuelles ou romantiques avec d'autres personnes, tant que cela se fait en toute transparence et dans le respect des limites établies. Pour d'autres couples, la fidélité peut signifier quelque chose de différent, comme la fidélité émotionnelle ou la loyauté envers des engagements financiers ou familiaux.

En France, l'infidélité est une réalité largement répandue. Selon plusieurs études, environ 55 % des hommes et 32 % des femmes admettent avoir déjà été infidèles au moins une fois dans leur vie. Ce chiffre reflète une tendance à la banalisation des comportements extraconjugaux, particulièrement influencée par les évolutions sociales et l'accessibilité des technologies comme les applications de rencontres. Bien que souvent mal perçue, l'infidélité est devenue un phénomène moins tabou et elle est malheureusement parfois perçue comme inévitable dans certains couples, en raison de la routine ou du manque de communication.

fist

Le terme *fist-fucking* fait référence à un acte sexuel qui consiste à introduire le poing dans un orifice, soit le vagin, soit l'anus, après stimulation, de son/sa partenaire.

flexible

Qui est attiré·e par un seul genre, mais peut exceptionnellement être attiré·e par un autre genre.

frein

Petit mais essentiel, le frein du pénis, également connu sous le nom de « frein préputial », est une fine bande de peau qui relie le gland du pénis à l'intérieur du prépuce. Il est souvent présent sur les pénis non circoncis, et peut varier en taille et en forme d'un individu à l'autre. Son rôle est d'aider à stabiliser le prépuce pendant l'érection et de limiter le mouvement excessif du prépuce pendant les rapports sexuels. La rupture du frein est un accident assez fréquent. Bien qu'impressionnante, elle est sans gravité et n'entraîne pas de problèmes d'érection par la suite.

N.B. : le frein est très sensible au toucher donc à manier avec précautions lors de pratiques orales notamment.

friendzone

Qui n'y est jamais allé ?

Situation où une personne a des sentiments amoureux pour une autre personne qui ne partage que des sentiments amicaux en retour. Cela peut créer un déséquilibre émotionnel entre les deux personnes impliquées. Et ça pique sévère.

frigidité

Le terme « frigidité » était utilisé pour décrire une incapacité à éprouver du plaisir sexuel ou à atteindre l'orgasme chez les femmes. Cependant, ce terme est désuet et inapproprié car il est basé sur des croyances sexistes selon lesquelles les femmes ne sont pas naturellement intéressées par le sexe.

Le terme est stigmatisant et péjoratif, car il implique que les femmes sont anormales ou dysfonctionnelles si elles ne peuvent pas éprouver de plaisir sexuel de la manière attendue. Cela peut également contribuer à la pression sociale et à la honte pour les femmes qui ont des difficultés à éprouver du plaisir sexuel.

Il est important de comprendre que la difficulté à éprouver du plaisir sexuel ou à atteindre l'orgasme est une expérience courante et normale pour de nombreuses femmes. Les causes peuvent être multiples, allant du stress et de l'anxiété à des problèmes physiques ou psychologiques sous-jacents, mais aussi (et surtout) à une incapacité de leur partenaire à les stimuler correctement.

frotteurisme

Paraphilie où une personne éprouve une excitation sexuelle en se frottant contre une personne non consentante, souvent dans des lieux publics et bondés. Cette pratique est illégale et constitue une agression sexuelle.

En France, le frotteurisme est considéré comme une agression sexuelle et est puni par la loi. Selon le Code pénal français, les agressions sexuelles autres que le viol sont passibles de cinq ans d'emprisonnement et de 75 000 euros d'amende (Article 222-27 du Code pénal). Le consentement est essentiel dans toute interaction sexuelle, et toute forme de contact non consensuel est strictement interdite et condamnée par la loi.

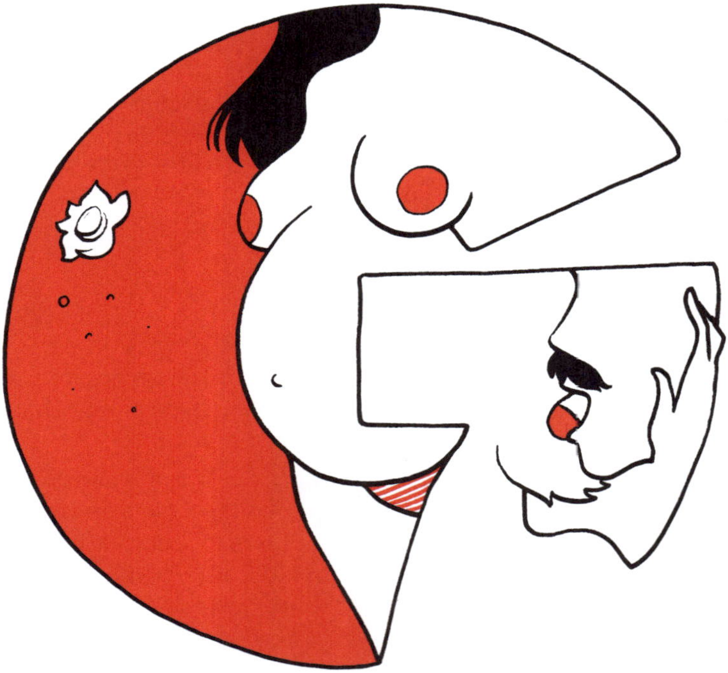

G (zone) · Gang bang · Gâterie
Gaule · Gay · Gaydar · Génital
Génitalité · Genre · Ghosting
Gland · Gloryhole · Gonades
Gonorrhée · Gonzo · Gorge profonde
Grapefruiting · Grossesse · Gynécologue

g (zone)

Tant de fois explorée, mais rarement dénichée !

La « zone G » popularisée par le gynécologue allemand Ernst Gräfenberg, qui a décrit cette zone dans un article scientifique de 1950, fait référence à la zone du point G, une zone érogène située à l'intérieur du vagin, sur la paroi antérieure, généralement à quelques centimètres de l'entrée vaginale. Cette zone a été décrite comme étant particulièrement sensible et pouvant provoquer une réponse sexuelle intense chez certaines femmes.

Anatomiquement, la zone G est le complexe clito-urétro-vaginal (CUV) qui englobe une zone bien plus large que le simple « point G » souvent mentionné. En effet, la zone G est une région qui implique plusieurs structures anatomiques : le clitoris (partie interne), l'urètre, les glandes para-urétrales (aussi appelées glandes de Skene) et le vagin. Sa taille est généralement comparable à celle d'une pièce de 2 euros, ce qui explique pourquoi on parle plutôt d'une zone que d'un point. Elle est souvent décrite comme rugueuse ou en relief. La stimulation de cette zone peut provoquer des sensations très agréables et, chez certaines personnes, conduire à l'orgasme.

Cependant, il est important de noter que la sensibilité de la zone G et sa réponse aux stimulations peuvent varier considérablement d'une personne à l'autre.

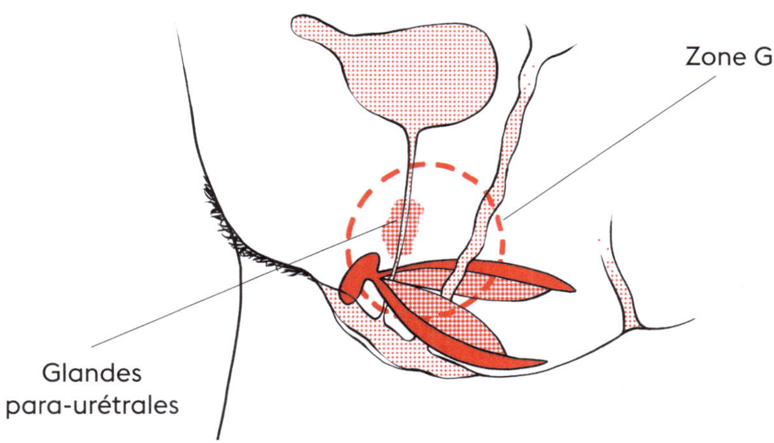

Zone G

Certains discutent même de l'existence de cette zone en tant qu'entité anatomique distincte. L'exploration de la sexualité individuelle est donc essentielle pour comprendre les préférences et les réponses spécifiques de chaque personne.

gang bang

Ce terme est souvent utilisé dans des contextes pornographiques, mais il peut également être abordé dans le cadre d'une discussion sur la sexualité consensuelle entre adultes. Un gang bang est une pratique sexuelle qui implique une personne ayant des rapports sexuels avec plusieurs partenaires simultanément ou successivement. Cela peut se produire dans le cadre de rencontres privées, de soirées organisées ou d'autres situations consenties au cours desquelles plusieurs partenaires sexuels sont présents. Les individus impliqués peuvent être de tous les genres et toutes les orientations sexuelles, et chaque personne peut participer de manière volontaire et consentante.

gâterie

« Faire une gâterie » est une expression familière et vulgaire utilisée pour idécrire une pratique sexuelle orale sur le pénis, généralement appelée « fellation ».

gaule

Terme argotique français qui désigne de manière familière et directe le pénis en érection.

gay

Hommes attirés émotionnellement, romantiquement et/ou sexuellement par d'autres hommes. Le terme peut aussi être utilisé de manière générale pour désigner toute personne attirée par le même genre.

gaydar

Mot-valise combinant « gay », qui se réfère aux personnes attirées par le même sexe, et « radar », un dispositif de détection. Le terme suggère une sorte de « sixième sens » pour détecter l'orientation sexuelle des autres. Les indices peuvent inclure des aspects de la présentation physique, des gestes, de la voix, de la manière de parler, des intérêts et des comportements. Il est important de noter que ces indices sont basés sur des stéréotypes et peuvent ne pas être fiables.

génital

Terme faisant fait référence aux organes sexuels et reproducteurs de chaque personne. Ces organes peuvent être internes ou externes, et sont impliqués dans la reproduction, ainsi que dans les expériences et les réponses sexuelles. Chez les humains, les organes génitaux varient considérablement d'une personne à l'autre et incluent les parties telles que le pénis, le scrotum, la vulve, le vagin, l'utérus et les ovaires. Il est important de reconnaître et de respecter la diversité des corps et des expériences liées à la génitalité (en un mot : to-lé-rance), car chaque individu a une relation unique avec ses organes génitaux, indépendamment de son sexe assigné à la naissance ou de son identité de genre.

génitalité

Ensemble des caractéristiques, fonctions et sensations liées aux organes génitaux, incluant la reproduction et le plaisir sexuel.

genre

Le genre se réfère à un ensemble de rôles, comportements, attentes et identités associés à la masculinité, à la féminité, ou à d'autres expressions de genre. Il englobe la diversité des expériences de genre et reconnaît que celles-ci ne se limitent pas à des catégories binaires, mais peuvent être fluides et variées (n'en déplaise à tonton Roger).

ghosting

« Fantôme, es-tu là ? »

Pratique consistant à mettre fin à une relation ou un contact (amical, romantique ou sexuel) en cessant toute communication avec une personne, sans explication. Le *ghosting* peut se produire dans divers contextes, comme les rencontres en ligne, les relations amoureuses ou les amitiés. Cette pratique peut avoir un impact émotionnel négatif sur la personne qui en est victime, car elle peut se sentir confuse, blessée ou rejetée. Il est important de communiquer ouvertement et honnêtement dans les relations afin d'éviter de causer du tort aux autres.

gland

Un chapeau bien ajusté, toujours prêt à couronner le plaisir !

Le gland du pénis, également appelé « gland », est la partie distale et arrondie du pénis. C'est la zone qui se trouve à l'extrémité du pénis et qui est généralement plus large que le reste de celui-ci. Le gland est composé de tissu érectile et est recouvert par une peau appelée « prépuce ».

Le rôle principal du gland est d'être une zone très sensible aux sensations. Il est particulièrement riche en terminaisons nerveuses, ce qui le rend extrêmement réceptif au toucher et aux stimuli sexuels. Lorsque le gland est stimulé, il peut provoquer une sensation de plaisir et contribuer à l'excitation sexuelle.

Le gland du pénis est également important pour la fonction sexuelle : pendant l'érection, les vaisseaux sanguins du pénis se dilatent, ce qui entraîne un afflux de sang vers le tissu érectile, y compris le gland. Cela permet au gland de devenir plus dur et plus sensible, facilitant ainsi la pénétration lors des rapports sexuels.

Il convient de noter que toutes les personnes ayant un pénis ne sont pas nécessairement à l'aise avec la stimulation directe du gland, en raison de la sensibilité accrue de cette zone. Chaque personne a ses propres préférences et limites en matière de stimulation sexuelle. Il est donc important de communiquer et de respecter les limites et les préférences de son/sa partenaire.

Et ce n'est pas fini ! Le clitoris aussi a un gland (avouez, vous ne le saviez pas !)

Le gland du clitoris est la partie visible du clitoris. Il se trouve au sommet de ce dernier, là où les lèvres internes se rencontrent. Le gland est généralement recouvert par un pli de peau appelé « capuchon du clitoris ». Lorsque la personne est excitée sexuellement, le gland peut s'élargir et devenir plus sensible. Le rôle principal du gland du clitoris est de procurer du plaisir sexuel. Il est extrêmement riche en terminaisons nerveuses et est donc très sensible au toucher et à la stimulation. Lorsque le gland est stimulé, il peut provoquer des sensations agréables et conduire à l'excitation sexuelle, qui peut ensuite mener à l'orgasme. Il est important de garder en tête que chaque personne est différente, et que les préférences et les sensations peuvent varier d'une personne à l'autre. Certaines personnes préfèrent une stimulation directe du gland, tandis que d'autres peuvent préférer une stimulation plus douce et indirecte autour de la zone du clitoris. Il n'y a pas de bonne ou de mauvaise façon de ressentir du plaisir, et chaque individu est unique dans ses préférences. Tous les clitoris sont différents : certaines personnes peuvent avoir un gland du clitoris plus petit ou moins apparent, mais cela ne signifie pas qu'elles ne peuvent pas éprouver du plaisir sexuel. L'important est de comprendre et de respecter les préférences et les besoins individuels de chaque personne, et de s'assurer que la communication et le consentement sont au cœur de toute expérience sexuelle.

gloryhole

Un petit trou dans le mur, pour des rencontres où l'anonymat devient la règle du jeu…

Terme qui fait référence à un trou pratiqué dans une cloison, et qui permet à des personnes séparées par celle-ci d'avoir une interaction sexuelle anonyme, généralement orale ou manuelle, sans se voir. Le concept étant associé à des pratiques sexuelles anonymes, il peut présenter des risques en termes de santé sexuelle et de sécurité.

gonades

Les gonades sont des organes reproducteurs qui produisent des cellules sexuelles (gamètes) et des hormones sexuelles. Chez les personnes avec un pénis, les gonades sont les testicules, tandis que chez les personnes avec un utérus, les gonades sont les ovaires.

Les testicules sont situés dans le scrotum et produisent des spermatozoïdes ainsi que des hormones sexuelles masculines telles que la testostérone.

Les ovaires sont situés dans le bassin et produisent des ovules ainsi que des hormones sexuelles féminines telles que l'œstrogène et la progestérone.

Il est important de noter que certaines personnes peuvent avoir des gonades intersexes, qui ne correspondent pas aux caractéristiques typiques des gonades dites masculines ou féminines. Ces différences peuvent être causées par des variations génétiques, hormonales ou anatomiques.

gonorrhée

Infection sexuellement transmissible causée par une bactérie appelée *Neisseria gonorrhoeae.*

En hausse de 19 % entre 2019 et 2022 en France, la gonorrhée est une IST à surveiller de près, surtout chez les jeunes. Je ne le répéterais jamais trop : allez vous faire dépister régulièrement ! Cette infection peut affecter les organes génitaux, la gorge et les yeux.

D'un point de vue pédagogique, il faut souligner que la gonorrhée se transmet principalement par contact sexuel non protégé, c'est-à-dire lors de rapports sexuels vaginaux, anaux ou oraux avec une personne infectée. Les symptômes courants de la gonorrhée chez les personnes ayant des organes génitaux incluent des écoulements anormaux du pénis ou du vagin, une douleur ou une sensation de brûlure lors de la miction, des douleurs pelviennes et des douleurs testiculaires. Je ne le rèpèterais jamais trop : allez vous faire dépister régulièrement ! Cependant, il est important de noter que certains individus peuvent être porteurs de la bactérie sans présenter de symptômes visibles.

gonzo

Sans artifice ni mise en scène, le gonzo plonge dans une vision crue de la sexualité, souvent au détriment du plaisir partagé.

Le porno gonzo est un type de contenu pornographique qui se concentre sur une action sexuelle explicite, souvent sans scénario ou mise en scène préalable. Contrairement à la pornographie traditionnelle, qui peut proposer des histoires ou des personnages, le porno gonzo est généralement composé de scènes de sexe brutales, souvent filmées en caméra subjective ou en vue à la première personne. Le terme « gonzo » vient du journalisme, où il désigne un style de reportage subjectif et engagé. Dans le contexte de la pornographie, cela signifie que la caméra est utilisée pour donner l'impression que le spectateur est directement impliqué dans l'action sexuelle, plutôt que d'être un simple observateur. Le porno gonzo peut contenir des actes sexuels extrêmes et non simulés, tels que la sodomie, le *fisting*, la double pénétration, le bondage, le BDSM et d'autres activités sexuelles alternatives. Il peut également inclure des acteur·rice·s pornographiques professionnel·les ou amateur·rice·s.

Il est important de noter que le porno gonzo peut être controversé en raison de son contenu souvent brutal et de son absence de contexte ou de consentement explicite. Ce type de pornographie peut renforcer des stéréotypes de genre et normaliser des comportements sexuels coercitifs ou violents.

Heureusement il existe d'autres alternatives.

Il existe des alternatives plus éthiques au porno gonzo. Plusieurs options existent, qui se concentrent sur le respect, le consentement et la diversité. Voici quelques pistes :

1. **Porno éthique :** des plateformes comme Erika Lust ou Make Love Not Porn proposent des contenus axés sur des relations authentiques et respectueuses, avec une approche inclusive.

2. **Porno féministe :** des réalisateurs et réalisatrices comme Ovidie cherchent à représenter une sexualité plus égalitaire et réaliste.

3. **Porno amateur respectueux :** certaines plateformes permettent aux créateurs et créatrices amateur·rice·s de publier des vidéos dans un cadre sécurisé et transparent.

gorge profonde

Forme avancée de fellation où le pénis est inséré profondément dans la bouche et la gorge du partenaire. Cette pratique requiert une coordination, une confiance et une communication importantes entre les partenaires.

Règles de sécurité :

1. **Communication :** avant de commencer, les partenaires doivent discuter de leurs limites, de leurs envies et de leurs craintes. Le consentement clair et enthousiaste est essentiel.

2. **Rythme et profondeur :** le partenaire qui reçoit doit avoir le contrôle sur la profondeur et le rythme de la pénétration pour éviter l'inconfort ou le gag reflex (réflexe nauséeux).

3. **Signaux :** mettez en place des signaux non-verbaux (comme une tape sur la jambe ou le bras) pour communiquer si la parole n'est pas possible.

4. **Hygiène :** une bonne hygiène est cruciale. Assurez-vous que le pénis est propre et considérez l'utilisation de préservatifs pour réduire les risques de transmission d'IST.

5. Respiration : le partenaire qui pratique la gorge profonde doit apprendre à contrôler sa respiration et à reconnaître ses propres limites pour éviter l'étouffement ou l'inconfort.

6. Santé : évitez cette pratique en cas de problèmes de gorge, de cou ou de problèmes respiratoires. En cas de douleur, de nausée ou d'inconfort sévère, il est important d'arrêter immédiatement.

7. Respect des limites : le partenaire « donneur » doit respecter les limites et les signaux du partenaire « receveur ». La pratique doit toujours être arrêtée immédiatement si l'un des partenaires se sent mal à l'aise ou en demande l'arrêt.

N.B. : popularisée par le porno, la gorge profonde n'est en rien une obligation pour une sexualité épanouie. Cette pratique, comme toute activité sexuelle, doit être abordée avec respect, compréhension et précaution pour assurer la sécurité et le plaisir de tous les participant·e·s.

grapefruiting

Une expérience fruitée !

Pratique sexuelle qui implique l'utilisation d'un pamplemousse (oui, oui, vous avez bien lu !). Cette technique consiste à découper un trou dans un pamplemousse, après avoir légèrement chauffé le fruit pour qu'il atteigne une température agréable. Le trou est ensuite utilisé pour simuler un acte sexuel oral sur un pénis. Cette pratique est connue pour son effet de chaleur et d'humidité, ainsi que pour les sensations particulières dues à l'acidité et à la texture du fruit.

N.B. : la youtubeuse Angel, également connue sous le nom d'Angel's Erotic Solutions, a popularisé la pratique du *grapefruiting* dans une vidéo devenue virale. Dans cette vidéo, elle explique de manière détaillée et humoristique comment utiliser un pamplemousse lors d'une fellation, créant ainsi une grande curiosité autour de cette pratique.

grossesse

État dans lequel se trouve une personne lorsqu'un embryon puis un fœtus se développe dans son utérus, généralement suite à la fécondation de l'ovule par un spermatozoïde. La grossesse dure environ 40 semaines jusqu'à la naissance.

La grossesse se divise en trois trimestres, commençant par la fécondation, suivie de l'implantation de l'embryon dans l'utérus, et du développement fœtal, jusqu'à l'accouchement.

Symptômes : absence de menstruations, nausées, fatigue et changements hormonaux.

Suivi médical : consultations prénatales, échographies et tests pour surveiller la santé de la personne enceinte et du fœtus.

La grossesse peut concerner des personnes de diverses identités de genre, y compris les hommes trans et les personnes non-binaires.

gynécologue *(ou gygy pour les intimes)*

Médecin spécialisé dans la santé reproductive et génitale dite féminine. Les gynécologues sont formés pour diagnostiquer, traiter et prévenir les maladies et les problèmes de santé liés aux organes génitaux internes et externes, y compris l'utérus, les ovaires, les trompes de Fallope, le vagin et les seins. Les gynécologues peuvent aider à gérer une variété de problèmes de santé, y compris les infections sexuellement transmissibles (IST), les infections vaginales, les problèmes de fertilité, les douleurs menstruelles, les fibromes utérins, les kystes ovariens, le cancer du col de l'utérus et du sein, et bien plus encore.

En plus de fournir des soins médicaux, les gynécologues peuvent également aider leurs patient·e·s à comprendre et à gérer leur santé reproductive, à choisir une méthode contraceptive appropriée, à gérer la ménopause et à effectuer des examens de dépistage réguliers pour détecter les potentiels problèmes de santé.

Il est généralement recommandé de consulter un·e gynécologue au moins une fois par an pour un suivi régulier, surtout après le début de la vie sexuelle. Cependant, la fréquence peut varier selon l'âge, les antécédents médicaux et les recommandations spécifiques du médecin.

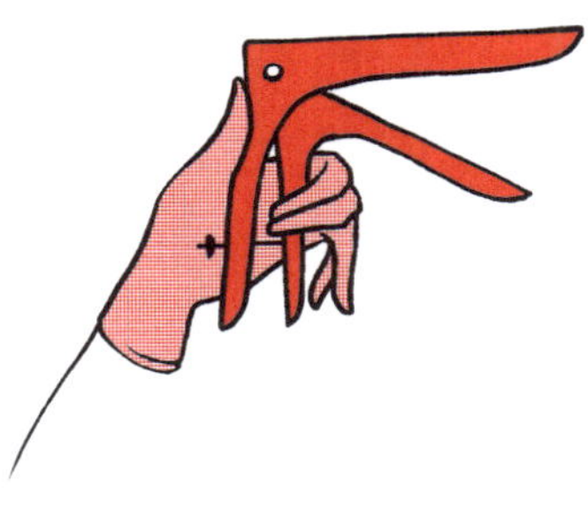

Herpès • Hétérocentrisme
Hétérocurieux·se • Hétéroflexible
Hétéronormativité • Hétérosexuel·le
Homosexuel.le • Hotdogging
HPV • Humping • Hymen
Hypersexualisation • Hypersexualité
Hypogonadisme • Hystérectomie

herpès

L'herpès est une infection virale causée par le virus de l'herpès simplex (HSV). Il existe deux types d'herpès : l'herpès labial, qui se manifeste généralement sous forme de boutons de fièvre autour de la bouche, et l'herpès génital, qui se manifeste sous forme de plaies ou de lésions dans la région génitale.

L'herpès génital (HSV-2) est une IST très répandue : environ 20 % des adultes en France en sont porteurs et jusqu'à 67 % de la population mondiale est infectée par le virus de l'herpès labial (HSV-1), qui peut aussi causer des infections génitales (pas besoin de vous faire un dessin, si ?). Beaucoup de personnes infectées ne présentent pas de symptômes, ce qui contribue à la transmission silencieuse de cette infection.

L'herpès est très contagieux et se propage facilement par contact direct avec une personne infectée ou par contact avec des objets contaminés. Les symptômes de l'herpès peuvent varier d'une personne à l'autre mais comprennent souvent des démangeaisons, des picotements, des brûlures et des douleurs dans la région infectée. Les éruptions cutanées et les vésicules remplies de liquide sont également courantes.

Bien qu'il n'y ait pas de traitement curatif pour l'herpès (c'est un virus qui s'incruste dans le corps pour de bon !), il existe des médicaments antiviraux qui peuvent aider à réduire la durée et la gravité des symptômes, ainsi que le risque de transmission de l'infection à d'autres personnes. Il est également important de prendre des précautions pour éviter de propager l'herpès telles que l'utilisation de préservatifs lors des rapports sexuels et l'évitement de tout contact avec la zone infectée pendant les périodes de crise.

hétérocentrisme

Notion qui décrit la tendance à considérer l'hétérosexualité comme étant la norme ou la seule orientation sexuelle valable. Cela peut se manifester dans la culture, la politique, la religion et d'autres domaines de la vie sociale où les personnes LGBTQIA+ sont souvent marginalisées ou discriminées en raison de leur orientation sexuelle ou identité de genre.

Pour faire court : l'hétérocentrisme perpétue l'idée que l'hétérosexualité est la seule manière « acceptable » d'aimer et d'être aimé, ce qui peut conduire à des préjugés et de l'exclusion envers les personnes LGBTQIA+.

hétérocurieux·se

S'ouvrir au champ de tous les possibles !

Décrit une personne qui s'identifie principalement comme hétérosexuelle mais qui est curieuse ou ouverte à explorer des expériences sexuelles ou romantiques avec des personnes du même sexe. Cette curiosité peut être motivée par un désir de mieux comprendre sa propre sexualité ou par l'ouverture à de nouvelles expériences.

Lorsqu'une personne hétérocurieuse décide de développer sa curiosité avec un·e partenaire du même sexe, il est essentiel de le faire de manière respectueuse et consensuelle : assurez-vous que toutes les parties impliquées donnent un consentement clair et enthousiaste. La communication ouverte et honnête sur les attentes et les limites de chacun·e est cruciale.

Il est également très important de ne pas traiter l'autre personne comme une simple expérience.

L'hétérocuriosité montre que la sexualité peut être fluide et variée. Respecter cette curiosité et offrir un environnement inclusif et non-jugeant est essentiel pour encourager l'exploration et la compréhension personnelle de la sexualité. En veillant à respecter et à communiquer avec ses partenaires, on garantit des expériences positives et consensuelles pour toutes les personnes impliquées.

hétéroflexible

Combine « hétéro », qui fait référence à l'hétérosexualité, et « flexible », indiquant une certaine souplesse ou ouverture à des expériences avec le même sexe. Les personnes hétéroflexibles se considèrent principalement hétérosexuelles, mais n'excluent pas la possibilité d'être attirées par des personnes du même sexe. Cette attirance pour le même sexe peut être rare, occasionnelle ou contextuelle. Contrairement aux personnes bisexuelles, qui sont attirées de manière significative par les deux sexes, les personnes hétéroflexibles ressentent une attraction principalement pour le sexe opposé.

hétéronormativité

Ensemble des normes qui font apparaître l'hétérosexualité comme cohérente, naturelle et privilégiée. L'hétéronormativité implique la présomption que toute personne est hétérosexuelle et la considération que l'hétérosexualité est idéale et supérieure à toute autre orientation sexuelle. Elle suppose donc que chaque individu doit s'identifier comme étant soit un homme, soit une femme et que les personnes de sexes différents sont attirées l'une par l'autre de façon exclusive. Elle crée une pression sociale qui pousse les individus à adopter ces rôles et ces comportements de genre stéréotypés, et peut conduire à l'exclusion, la discrimination ou l'invisibilisation des personnes LGBTQIA+.

hétérosexuel·le

Personne qui éprouve une attirance sexuelle et romantique principalement pour des personnes du sexe opposé. Cette orientation sexuelle est l'une des nombreuses formes d'attirance humaine.

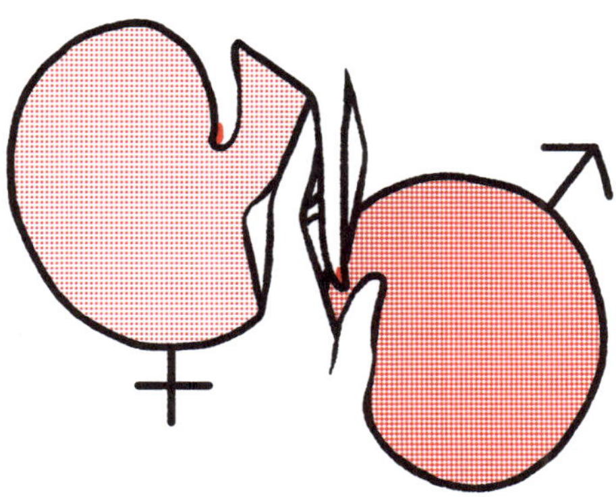

homosexuel·le

Désigne une personne qui éprouve une attirance sexuelle et romantique principalement pour des personnes du même sexe. Cette orientation sexuelle est l'une des nombreuses formes d'attirance humaine.

hotdogging

Avec ou sans moutarde ?

Pratique sexuelle qui consiste à ce qu'une personne place son pénis entre les fesses d'une autre personne, mais sans pénétration anale. Les deux partenaires peuvent alors effectuer des mouvements de va-et-vient pour créer une stimulation.

hpv

Le papillomavirus humain (HPV) est l'une des infections sexuellement transmissibles les plus courantes. Environ 80 % humains seront infectés par un ou plusieurs types de HPV au cours de leur vie. Bien que la majorité des infections soient bénignes et disparaissent d'elles-mêmes, certaines souches à haut risque peuvent causer des cancers, notamment le cancer du col de l'utérus (le plus fréquent lié au HPV), mais aussi le cancer de l'anus, de la vulve et du vagin, du pénis ou encore de la gorge (oropharynx), incluant la bouche et les amygdales.

L'OMS recommande la vaccination contre le HPV pour les enfants/adolescent·e·s âgés de 9 à 14 ans pour prévenir les infections et les cancers associés au HPV. Elle recommande également le dépistage régulier des lésions précancéreuses et cancéreuses du col de l'utérus.

Il est recommandé de faire un frottis cervico-vaginal tous les trois ans après deux premiers frottis normaux réalisés à un an d'intervalle, et cela entre 25 et 65 ans. La fréquence peut être adaptée en fonction des antécédents médicaux ou des recommandations spécifiques du médecin.

Il est important de noter que la prévention et le traitement précoces des infections à HPV peuvent aider à réduire le risque de développer des cancers associés au HPV. Il est donc essentiel de prendre des mesures pour prévenir et dépister les infections à HPV.

humping

« Ça te dit qu'on se frottifrotte ? »

Le *humping* (en français, on peut parfois utiliser le terme « frottage ») est une pratique sexuelle consistant à frotter son corps contre celui d'une autre personne ou contre un objet pour obtenir du plaisir sexuel. Cela peut inclure des mouvements de va-et-vient ou de friction.

Le *humping* peut être pratiqué avec un partenaire ou seul, en utilisant des objets comme des oreillers, des meubles ou d'autres surfaces. Cette pratique est souvent explorée à différents âges et peut être une partie normale de la découverte de la sexualité.

Le *humping* est une forme d'expression sexuelle et peut être une manière pour certaines personnes de découvrir leur propre corps et ce qui leur procure du plaisir. Cela peut se produire dans un contexte de jeu sexuel ou comme une activité autonome.

hymen

Petit bout de peau, grandement victime d'idées reçues, l'hymen n'est pas le gardien de la virginité qu'on croit !

Fine membrane située à l'entrée du vagin, l'hymen est partiellement ouvert pour permettre l'écoulement des menstruations et peut varier considérablement en forme, en taille et en épaisseur d'une personne à l'autre. Certaines personnes peuvent naître avec très peu ou pas du tout de tissu hyménal, tandis que d'autres peuvent avoir un hymen plus épais ou plus élastique. L'hymen ne couvre pas entièrement l'ouverture vaginale.

Contrairement à certaines croyances populaires, il n'a pas de fonction biologique clairement définie. Il ne joue pas de rôle protecteur significatif et n'est pas nécessaire pour la santé reproductive.

Il peut se modifier de manière naturelle au cours de la vie d'une personne : les activités comme le sport, l'utilisation de tampons, l'exploration sexuelle ou même simplement le mouvement quotidien peuvent affecter l'hymen.

Idées reçues sur l'hymen :

1. L'hymen et la virginité : l'idée que l'hymen est un indicateur de virginité est un mythe ! La présence ou l'absence d'un hymen intact ne peut pas déterminer si une personne a eu ou non des rapports sexuels. Certaines personnes peuvent avoir un hymen intact après avoir eu des rapports sexuels, tandis que d'autres peuvent ne plus avoir d'hymen intact pour des raisons sans rapport avec l'activité sexuelle.

2. Saignement lors du premier rapport pénétratif : c'est également un mythe de croire que toutes les personnes saignent lors de leur premier rapport sexuel en raison de la rupture de l'hymen. Certaines personnes ne saignent pas du tout, tandis que d'autres peuvent saigner légèrement. Le saignement ou l'absence de saignement ne devraient pas être utilisés comme preuves de « virginité ».

3. Douleur au premier rapport pénétratif : contrairement aux idées reçues, l'hymen n'est pas ou très peu innervé, et son écartement ne provoque donc pas nécessairement de douleur lors du premier rapport pénétratif.

hypersexualisation

Le corps, un objet de désir constant ?

Concept qui fait référence à la tendance à exagérer ou à accentuer la sexualité d'une personne ou d'un groupe dans les représentations culturelles, les médias et la société en général. Cela se produit souvent lorsque l'on met l'accent sur l'apparence physique, les attributs sexuels et la séduction, réduisant ainsi la personne à un objet sexuel.

L'hypersexualisation des femmes est particulièrement répandue dans de nombreux contextes sociaux. Elle se manifeste par des images, des messages et des normes culturelles qui présentent les femmes comme des objets de désir sexuel et qui encouragent l'accentuation de leur apparence physique, plutôt que de reconnaître leurs autres compétences et qualités.

Cela peut se manifester de différentes manières telles que des publicités ou des médias qui mettent en avant des images sexualisées de femmes, des normes de beauté irréalistes qui imposent des standards physiques inatteignables, des stéréotypes de genre qui assignent aux femmes un rôle principalement sexuel, ou encore des comportements de harcèlement sexuel ou de violence basés sur la perception de la femme comme un objet sexuel.

L'hypersexualisation des femmes contribue à la perpétuation des inégalités de genre, à la réduction de l'estime de soi chez les femmes et les jeunes filles, à la pression sociale pour se conformer à des normes de beauté irréalistes, à la victimisation sexuelle et à la violence fondée sur le genre.

Il est important de lutter contre l'hypersexualisation en encourageant une représentation équilibrée et respectueuse des femmes dans les médias et la société. Cela inclut la promotion de la diversité des corps et des apparences, la valorisation des talents, des compétences et des réalisations des femmes au-delà de leur apparence physique, et l'éducation de tous sur les normes de genre et la sexualisation précoce.

hypersexualité

Avoir un appétit sexuel supérieur à la norme.

Difficile de définir la norme car les chiffres avancés (autour de neuf rapports par mois pour les couples en France) sont peu pertinents : certaines personnes font l'amour sans être en couple et beaucoup mentent lors des enquêtes. Ce qui est donc vraiment important, c'est de différencier l'hypersexualité non problématique de celle pathologique.

Le docteur Matysiak, psychiatre et addictologue, explique que l'on peut faire un lien avec les problèmes d'alimentation : « Certains sont capables de faire des excès sans être malades. Il y a une addiction quand la vie de l'individu est centrée sur le sexe aux dépens du reste. » [1]

L'hypersexualité peut donc être très bien vécue *a contrario* de l'addiction sexuelle.

Comment différencier les deux ?

L'hypersexuel·le (non pathologique) est capable d'investir profondément et durablement une relation amoureuse. Il laisse libre cours à ses pulsions et ne s'interdit rien tout en gardant le contrôle. Il est épanoui dans sa vie sexuelle riche et intense, et prend du plaisir lors des rapports sexuels.

L'addict au sexe, lui/elle, a rarement des interactions sociales normales et n'a pas de relation amoureuse stable. Il/elle ne peut s'empêcher d'avoir des rapports sexuels fréquents, étant incapable de se refréner. Sa conduite sexuelle a des répercussions sur sa vie quotidienne et est une source de souffrance pour lui/elle

[1] Jean-Claude Matysiak, *Fantasmes et réalités sur les sex addicts*, éditions JC Lattès, 2016.

et ses proches. Il/elle prend peu de plaisir dans les rapports sexuels et se met en danger (ne se protège pas des IST, lésions des organes génitaux, etc.).

Les causes de l'hypersexualité sont le plus souvent hormonales (la puberté, par exemple), celles de l'addiction au sexe sont quant à elles psychologiques : l'individu vient combler de façon compulsive un vide affectif.

Si vous vous sentez dépassé·e par votre addiction au sexe, sachez qu'il existe des thérapies efficaces et des professionnel·les spécialisé·e·s pour vous aider à retrouver un équilibre et une relation saine à la sexualité.

Si vous êtes un·e hypersexuel·le, alors éclatez-vous, en vous protégeant !

hypogonadisme

Appelé aussi « déficit gonadotrope », c'est un défaut de l'appareil reproducteur entraîné par un déficit en testostérone, qui a pour conséquence une perte de fonction des gonades (ovaires ou testicules).

Les symptômes de l'hypogonadisme sont tous liés aux caractères sexuels primaires ou secondaires :

- organes génitaux de taille infantile
- taux bas d'hormones sexuelles dans le sang
- organes génitaux ambigus : ils ne sont pas clairement masculins ou féminins
- absence de règles ou ménopause prématurée
- retard, voire absence de puberté
- faible libido et fatigue
- altération des caractères sexuels secondaires : pilosité, voix, répartition des graisses, etc.

La carence en hormones sexuelles ayant rarement de conséquences dans l'enfance, l'hypogonadisme n'est souvent diagnostiqué qu'au moment de la puberté.

hystérectomie

Intervention chirurgicale qui consiste à enlever l'utérus. Cette opération peut être totale (enlevant l'utérus et le col de l'utérus) ou partielle (enlevant uniquement l'utérus, laissant le col intact).

L'hystérectomie peut être pratiquée pour diverses raisons :

1. Conditions médicales : fibromes utérins, endométriose, prolapsus, cancer, hyperplasie endométriale, cancer, saignements menstruels anormaux.

2. Considérations personnelles et qualité de vie : Douleur pelvienne chronique : lorsque d'autres traitements ont échoué.

3. Amélioration de la qualité de vie : pour certaines personnes, l'hystérectomie peut offrir un soulagement significatif des symptômes chroniques et améliorer leur bien-être général.

Les hommes trans et les personnes non-binaires peuvent également recourir à une hystérectomie dans le cadre de leur transition médicale et pour traiter des dysphories liées aux organes reproducteurs internes. Cette intervention peut être essentielle pour leur bien-être mental et physique, en réduisant la dysphorie de genre et en alignant leur corps avec leur identité de genre.

L'hystérectomie est une intervention chirurgicale majeure qui peut être nécessaire pour traiter diverses conditions médicales affectant l'utérus. Les décisions concernant cette opération doivent être prises en consultation avec des professionnel·les de santé, en tenant compte des bénéfices, des risques et des alternatives possibles. Elle peut avoir un impact significatif sur la santé et la qualité de vie, y compris pour les hommes trans et les personnes non-binaires, et il est important de bien comprendre les raisons et les implications de cette procédure.

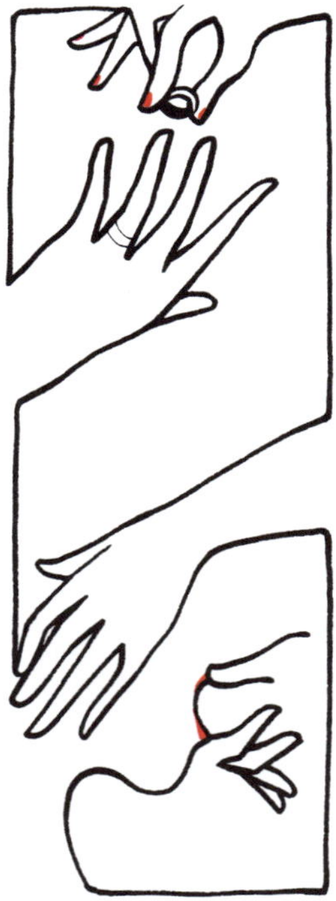

Identité de genre • Incel
Inceste • Infidélité • Intersexe
Intimité • Irrumation • IST • IVG

identité de genre

Notion qui décrit la manière dont une personne se perçoit elle-même en termes de masculinité, de féminité ou de tout autre genre. L'identité de genre est différente de l'orientation sexuelle, qui décrit par qui une personne est attirée sexuellement.

Certaines personnes se sentent identifiées à leur sexe de naissance et se considèrent donc comme étant cisgenres. D'autres personnes, en revanche, peuvent ne pas se sentir à l'aise avec leur sexe de naissance et s'identifier comme transgenres. Les personnes transgenres peuvent ressentir un fort désir de changer leur apparence physique pour correspondre à leur identité de genre, ou peuvent préférer vivre d'une manière qui ne correspond pas aux stéréotypes de genre traditionnels.

Il est important de comprendre que l'identité de genre est une expérience personnelle et intime qui peut varier d'une personne à l'autre. Le respect et la reconnaissance de la diversité des identités de genre sont essentiels pour favoriser l'inclusion et l'égalité pour toutes les personnes, indépendamment de leur genre.

incel

Abréviation de *involuntary celibate* (« célibataire involontaire »). Il désigne une personne, généralement un homme, qui éprouve des difficultés à trouver une partenaire romantique ou sexuelle malgré son désir d'en avoir une. Le terme est souvent associé à une communauté en ligne où les membres partagent leurs frustrations et leurs expériences.

Le terme incel a été initialement créé dans les années 1990 par une femme pour décrire sa propre difficulté à trouver des relations amoureuses. Cependant, au fil du temps, le terme a été adopté principalement par des hommes et est associé à des forums en ligne où les membres discutent de leurs frustrations.

Les communautés incels en ligne peuvent varier, mais la majorité d'entre elles sont connues pour promouvoir des discours négatifs sur les femmes et les relations. Cela peut inclure des sentiments de ressentiment, de misogynie et parfois même de violence. Il est important de noter que tous les incels ne partagent pas ces points de vue extrêmes.

inceste

En droit français, l'inceste est défini à l'article 222-31 du Code pénal. Selon cet article, l'inceste est caractérisé par des relations sexuelles entre ascendants et descendants légitimes ou naturels, ainsi qu'entre frères et sœurs, même s'ils sont adoptifs. L'infraction est punie de peines criminelles sévères en vertu des dispositions légales en vigueur.

Quelques chiffres effrayants :

En France, un sondage Ipsos réalisé pour l'association Face à l'inceste en novembre 2020 révèle qu'un Français sur dix a été victime d'inceste, soit environ 6,7 millions de personnes. Cela équivaut à trois élèves dans une classe de trente. Ce chiffre a augmenté par rapport à 2009, où 2 millions de victimes étaient recensées. La libération de la parole, notamment grâce au mouvement #MeToo, a contribué à cette hausse. Les filles sont les principales victimes, représentant huit victimes sur dix, avec une première agression se produisant en moyenne autour de l'âge de 9 ans.

La majorité des agresseurs (96 %) sont des hommes, incluant souvent le père, l'oncle, le frère ou le grand-père. Une étude de l'Ined publiée en 2023 montre que 35,7 % des femmes victimes d'inceste l'ont subi par un homme de leur famille, principalement par le père ou le beau-père (32,7 %), les oncles (17,9 %), les cousins (14,4 %) et les frères (14,1 %). Les garçons sont principalement agressés par leurs frères (21,8 %), suivis des pères ou beaux-pères (20,7 %), des cousins (17,8 %) et des oncles (16,7 %).

Chaque année, environ 160 000 enfants sont victimes d'agressions sexuelles, et un enfant meurt tous les cinq jours dans son environnement familial à cause de ces violences. Les enfants en situation de handicap ont un risque 2,9 fois plus élevé d'être agressés, et ceux avec une déficience intellectuelle y sont 4,6 fois plus exposés.

Malgré ces chiffres alarmants, l'inceste est souvent sous-déclaré en raison de la honte, de la peur et du secret entourant ces situations. De nombreux cas ne sont pas signalés aux autorités, ce qui rend difficile la collecte de données précises. Rappelons que 70 % des plaintes pour violences sexuelles sur des enfants sont classées sans suite. De plus, dans neuf cas sur dix, la famille prend parti pour l'agresseur et rejette la victime pour préserver la cohésion familiale.

L'hashtag #MeTooInceste, lancé en janvier 2021, a recueilli plus de 80 000 témoignages en deux jours, révélant l'ampleur du phénomène.

Les conséquences économiques de l'inceste sont importantes, avec un coût annuel estimé à 10 milliards d'euros, principalement en raison des impacts à long terme sur la santé mentale et physique des victimes.

Ces chiffres soulignent la nécessité absolue d'éduquer à la vie sexuelle et affective. Une éducation complète et inclusive peut aider à prévenir les violences sexuelles en permettant aux jeunes de comprendre leurs droits, de reconnaître les comportements inappropriés et de savoir comment demander de l'aide. Elle favorise également des relations saines et respectueuses, contribuant à une société plus sûre et plus équitable pour toustes.

infidélité

Ne signe pas forcément la fin d'une histoire, mais est souvent le début d'une vérité que l'on s'était refusé à voir…

L'infidélité dans le couple fait référence à une violation des attentes de fidélité émotionnelle et/ou sexuelle au sein d'une relation amoureuse. Cela se produit lorsqu'une personne engagée dans une relation romantique ou sexuelle établit une connexion intime ou sexuelle avec une autre personne en dehors de cette relation, en cachant généralement cette relation à son/sa partenaire.

Il est important de noter que la définition de l'infidélité peut varier en fonction des valeurs, des attentes et des accords établis au sein d'un couple.

Cependant, voici quelques situations courantes qui peuvent être considérées comme de l'infidélité :

1. Infidélité sexuelle : elle se produit lorsque l'un des partenaires a des relations sexuelles avec une personne autre que son/sa partenaire actuel. Cela peut inclure des relations sexuelles ponctuelles, des aventures ou même une liaison prolongée.

2. Infidélité émotionnelle : elle survient lorsqu'une personne développe une connexion émotionnelle profonde avec quelqu'un d'autre en dehors de la relation principale. Cela peut impliquer des sentiments amoureux, des confidences intimes, des échanges réguliers de messages, ou même une relation amoureuse platonique sans activité sexuelle.

3. Infidélité virtuelle : avec l'avènement de la technologie et des réseaux sociaux, l'infidélité virtuelle est devenue plus courante. Cela se produit lorsque quelqu'un s'engage dans des conversations sexuellement explicites ou émotionnellement intimes en ligne avec une autre personne, même s'il n'y a pas de contact physique direct.

4. Infidélité financière : bien qu'elle soit moins souvent discutée, l'infidélité financière se produit lorsque l'un des partenaires dissimule des informations financières, dépense de l'argent conjoint sans consentement ou entretient des dettes secrètes sans en informer l'autre partenaire.

Chaque couple peut avoir des limites différentes en matière d'infidélité. Certains couples peuvent avoir des relations ouvertes au sein desquelles des activités sexuelles ou émotionnelles avec d'autres personnes sont acceptées avec le consentement de tous les partenaires impliqués. Cependant, dans les relations exclusives et monogames traditionnelles, la plupart des gens considéreraient les exemples susmentionnés comme des formes d'infidélité.

La communication ouverte, la transparence et le respect mutuel des limites et des accords sont essentiels pour maintenir la confiance et l'intégrité dans une relation de couple. Si un acte est susceptible de blesser ou de trahir la confiance de votre partenaire, il est important d'en discuter et d'établir des attentes claires dès le début de la relation.

Chaque couple est unique et il est crucial d'avoir des discussions franches et honnêtes sur la définition de l'infidélité et les attentes de chacun afin de prévenir les malentendus et maintenir une relation solide et saine.

intersexe

Personne qui naît avec des caractéristiques sexuelles ni typiquement « mâle », ni typiquement « femelle » : c'est une variation anatomique. On estime qu'environ 1,7 % de la population mondiale naît avec des traits intersexes. Ces traits intersexes couvrent un large éventail de variations, certaines apparaissant à la naissance, d'autres étant seulement découvertes plus tard dans la vie. Cela ne concerne pas forcément les organes génitaux, et peut être interne, externe, chromosomique, etc.

Certaines variations intersexes peuvent concerner d'autres aspects biologiques, comme les chromosomes, les hormones ou les caractéristiques sexuelles internes, et ne se manifestent pas forcément au niveau des organes génitaux visibles.

intimité

Le vrai ciment du couple ?

Désigne un sentiment profond de proximité, de connexion et de confiance entre deux personnes. Elle se manifeste par la connaissance mutuelle, l'ouverture émotionnelle et le partage de moments significatifs. L'intimité va bien au-delà des relations sexuelles et constitue un élément fondamental pour le bien-être et la durabilité des relations affectives, notamment au sein d'un couple.

Quelques exemples d'intimité dans le couple :

1. **Communication ouverte et honnête :** partager ses pensées, ses sentiments, ses espoirs et ses peurs sans crainte de jugement crée une base solide de confiance et de compréhension mutuelle. Cette transparence renforce la connexion émotionnelle.

2. **Temps de qualité ensemble :** passer du temps ensemble, qu'il s'agisse de promenades, de dîners, de voyages ou simplement de moments tranquilles à la maison, permet de renforcer le lien affectif. Ce temps partagé sans distractions externes favorise une relation plus profonde.

3. **Gestes de tendresse :** les câlins, les baisers, les caresses et les mots doux sont des expressions physiques d'affection qui nourrissent l'intimité. Ces gestes montrent l'attention et l'amour que l'on porte à son/sa partenaire.

4. **Soutien mutuel :** être présent pour son/sa partenaire dans les moments difficiles, offrir une écoute attentive et un soutien émotionnel, tout cela renforce le sentiment de sécurité et de confiance. Le fait de savoir que l'on peut compter l'un sur l'autre est essentiel pour une relation intime.

5. **Partage des expériences et des souvenirs :** créer et partager des souvenirs ensemble, que ce soit à travers des activités communes, des célébrations ou des moments marquants, contribue à tisser des liens plus forts et à construire une histoire commune.

6. **Respect et acceptation :** accepter l'autre tel·le qu'il/elle est, avec ses forces et ses faiblesses, et respecter ses limites et ses besoins, est fondamental pour une intimité saine. Cette acceptation mutuelle crée un espace où chacun peut être authentique et vulnérable.

7. Rituels et traditions : développer des rituels ou des traditions spécifiques au couple, comme une soirée hebdomadaire dédiée ou des habitudes partagées, renforce le sentiment d'appartenance et de connexion.

L'intimité est donc, selon moi, le véritable ciment du couple, car elle repose sur la confiance, le respect et l'amour mutuel.

Contrairement à la sexualité, qui peut être fluctuante, l'intimité émotionnelle et affective est ce qui maintient une relation solide et épanouie à long terme. Elle permet de construire une relation où chaque partenaire se sent compris, valorisé et aimé.

irrumation

Pratique sexuelle qui consiste en la pénétration de la bouche par le pénis. Contrairement à la fellation, où la personne recevant le pénis dans sa bouche est généralement active, l'irrumation implique que la personne avec le pénis soit active dans le mouvement.

ist *(Infection sexuellement transmissible)*

Infection qui se transmet principalement par des contacts sexuels, y compris les rapports vaginaux, anaux et oraux. Les IST peuvent être causées par des bactéries, des virus, des parasites ou des champignons. Parmi les IST les plus courantes figurent le VIH/sida, la chlamydia, la gonorrhée, la syphilis, l'herpès génital et le papillomavirus humain (HPV).

Il est important de se protéger et de protéger ses partenaires en utilisant des préservatifs, des digues dentaires et en se faisant dépister régulièrement. Les IST peuvent toucher toute personne sexuellement active, indépendamment de son orientation sexuelle, de son genre ou de son âge. Une éducation sexuelle inclusive et complète aide à prévenir ces infections et à réduire la stigmatisation associée, en favorisant une approche respectueuse et informée de la santé sexuelle.

ivg *(Interruption volontaire de grossesse)*

Procédure médicale permettant à une personne enceinte de mettre fin à sa grossesse de manière légale et sécurisée. C'est un droit reconnu dans de nombreux pays, dont la France.

En France, l'IVG est autorisée jusqu'à 12 semaines de grossesse (soit 14 semaines après le premier jour des dernières règles) en comptant depuis le début de la grossesse. Cependant, elle peut également être pratiquée jusqu'à 14 semaines de grossesse (soit 16 semaines après le premier jour des dernières règles) si la personne se trouve dans une situation de détresse. Au-delà, l'IVG peut être réalisée si la grossesse met en danger la vie de la personne enceinte ou en cas de malformation grave du fœtus.

Les statistiques récentes en France indiquent qu'environ 200 000 IVG sont pratiquées chaque année. Il est important de souligner que l'IVG est un choix personnel et que chaque personne a le droit de décider de poursuivre ou non une grossesse, en fonction de ses propres circonstances, considérations et choix de vie.

La loi française garantit le droit à l'avortement depuis 1975. Elle stipule que toute personne majeure ou mineure émancipée peut demander une IVG, et que le consentement de la personne enceinte est nécessaire pour procéder à l'intervention. La loi prévoit également le respect de la confidentialité, la gratuité de l'IVG pour toutes les personnes assurées sociales et l'accès à des soins de qualité dans un délai raisonnable.

Il existe des structures médicales spécialisées, comme les centres de planification familiale et les hôpitaux, où les personnes peuvent obtenir des informations, des conseils et des soins liés à l'IVG. Les professionnel·les de la santé sont tenu·e·s de fournir une information complète et impartiale sur les différentes options disponibles, ainsi que sur les risques et les conséquences.

Les droits à l'avortement ont connu des régressions significatives dans certaines régions du monde, notamment aux États-Unis.

Dans d'autres régions du monde, cependant, la tendance est opposée : des pays comme le Mexique, l'Argentine, et la Colombie ont récemment libéralisé leurs lois sur l'avortement, soutenus par de puissants mouvements sociaux. En France, en 2024, le droit à l'avortement a été inscrit dans la Constitution, renforçant ainsi les protections légales.

Cette opposition entre régression et progrès mondial souligne la nécessité de continuer à défendre l'idée fondamentale que le corps appartient à la personne qui le porte. Le droit à l'avortement est un droit essentiel, garantissant non seulement l'autonomie corporelle mais aussi la santé, la dignité et l'égalité des personnes enceintes.

Ainsi, rappeler le slogan **« Mon corps, mon choix »** n'a jamais été aussi pertinent, car ces reculs montrent que l'accès à l'avortement n'est jamais acquis et doit être vigoureusement protégé partout dans le monde.

Jalousie • Jouet sexuel
Jouir • Jouissance

jalousie

La jalousie naît souvent là où la confiance vacille, transformant l'amour en une bataille silencieuse pour l'attention et la possession… Aïe !

Elle est néanmoins une émotion naturelle souvent ressentie lorsqu'une personne perçoit une menace potentielle pour une relation qui lui est précieuse. Elle peut se manifester par des sentiments d'insécurité, de peur, ou d'envie vis-à-vis d'une tierce personne. Bien qu'elle soit une réaction humaine courante, la jalousie n'est pas en soi un signe d'amour. L'amour véritable implique confiance et respect, tandis que la jalousie excessive peut conduire à des comportements violents (souvent sous-estimés), comme le contrôle ou la possessivité. Il est important de reconnaître et de gérer sainement la jalousie, en communiquant ouvertement ses sentiments, et en travaillant sur la confiance en soi et dans la relation.

jouet sexuel

Un outil de plaisir et d'exploration, invitant à repousser les frontières de l'intimité...

Objet ou dispositif utilisé pour faciliter le plaisir sexuel. Ils peuvent varier considérablement en termes de forme, de taille, de fonction et de matériel.

Ils sont conçus pour stimuler les zones érogènes, aider à l'exploration sexuelle ou augmenter le plaisir pendant les activités sexuelles, que ce soit en solo ou avec un·e partenaire. Les jouets sexuels incluent, sans s'y limiter, des vibromasseurs, des dildos, des anneaux péniens, des plugs et des stimulateurs clitoridiens... L'utilisation de ces objets doit toujours respecter les principes de consentement, de sécurité et d'hygiène. Ils peuvent jouer un rôle important dans l'enrichissement de la vie sexuelle des individus et des couples, en favorisant la découverte de nouvelles sensations et en contribuant à une plus grande satisfaction sexuelle.

Des concurrents ? Bien que les jouets sexuels soient (malheureusement) parfois perçus comme des concurrents par certaines personnes, ils ne sont en réalité que des alliés dans la quête du plaisir partagé. Loin de remplacer le/la partenaire, ils sont conçus pour enrichir l'expérience intime, favoriser la communication des désirs et explorer ensemble de nouvelles dimensions du plaisir. Dans un cadre de confiance et de respect mutuel, leur usage peut même renforcer la complicité dans le couple.

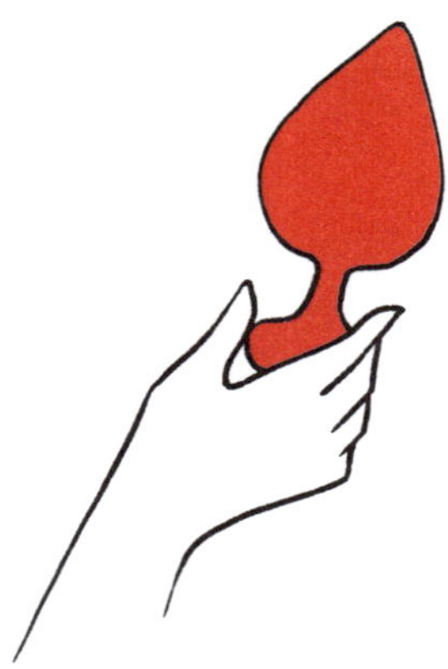

jouir

Terme souvent utilisé pour désigner l'atteinte d'un pic de plaisir sexuel, communément appelé « orgasme ».

Cependant, « jouir » peut avoir une portée plus large. Historiquement et dans un sens plus large, il signifie éprouver un plaisir intense, qu'il soit sexuel ou non. Dans le contexte sexuel, cela peut inclure une variété d'expériences agréables et de satisfactions émotionnelles ou physiques qui ne se limitent pas, ni n'impliquent pas nécessairement l'orgasme.

jouissance

Plaisir que l'on goûte pleinement pendant le rapport sexuel. Elle est vaste et puissante, et englobe l'être tout entier !

Kamasutra • Kink
Knismolagnie • Kunyaza

kamasutra

Ancien traité indien de l'amour et de la sexualité qui a été rédigé au IVe siècle avant J.-C. par Vātsyāyana. Il offre une exploration détaillée des relations intimes et des positions sexuelles, tout en mettant l'accent sur la recherche du plaisir mutuel et la création d'une connexion émotionnelle profonde entre les partenaires. Il est important de noter que le Kamasutra est principalement basé sur des relations hétérosexuelles.

kink

Quand la sexualité s'épanouit au-delà des frontières habituelles, explorant des pratiques alternatives en toute liberté et consentement.

Le terme kink est souvent utilisé pour décrire des pratiques sexuelles qui sortent des normes conventionnelles ou qui sont considérées comme non-traditionnelles. Il peut s'agir de fantasmes, de jeux de rôles, d'actes ou de comportements sexuels qui peuvent inclure des éléments de domination, de soumission, de fétichisme ou d'autres pratiques sexuelles moins courantes. Le fait d'avoir des kinks n'est pas quelque chose de honteux ou de répréhensible, tant que les pratiques sont expérimentées avec consentement et en toute sécurité.

knismolagnie

« Chatouille-moi, si tu peux ! »

Le fétichisme des chatouilles est une forme de fétichisme sexuel dans laquelle une personne ressent de l'excitation ou du plaisir à travers les chatouilles, que ce soit en les recevant ou en les infligeant à quelqu'un d'autre. Ce fétichisme se manifeste généralement par une attirance pour l'idée ou l'acte de provoquer des rires incontrôlables, une vulnérabilité ou une excitation sensorielle intense.

Ce type de fétichisme fait partie des pratiques où la stimulation physique par les chatouilles devient une source de plaisir, souvent en lien avec une dynamique de domination/soumission, bien que cela ne soit pas systématique. Comme pour toutes les pratiques sexuelles, le consentement mutuel des partenaires est essentiel.

kunyaza

Pratique sexuelle traditionnelle d'Afrique de l'Est et plus particulièrement du Rwanda, le kunyaza se concentre sur la stimulation des parties génitales externes dites féminines, notamment le clitoris. Cette méthode implique des mouvements rythmés et ciblés, souvent effectués par un·e partenaire avec son pénis, ses doigts ou parfois d'autres objets, dans le but de créer une stimulation intense. Cette pratique est respectée pour sa capacité à favoriser le plaisir et est souvent associée à la recherche d'une expérience sexuelle épanouissante pour les deux partenaires.

Langage • Lapeyronie • Lesbienne
Levrette • LGBTQIA+
LGBT phobie/homophobie
Libido • Licorne • Liquide pré-séminal
Liquide séminal • Love bombing
Lubrifiant • Lubrification

langage *(de l'amour)*

Les « cinq langages de l'amour » est un concept théorisé par le docteur Gary Chapman, un conseiller conjugal et auteur, qui a introduit cette idée dans son livre Les langages de l'amour, publié pour la première fois en 1992. Selon Chapman, chaque personne a un « langage de l'amour » principal qui détermine comment elle exprime l'amour et se sent aimée. Reconnaître et comprendre le langage de l'amour de son/sa partenaire peut améliorer considérablement la communication et renforcer les liens dans une relation.

1. Les paroles valorisantes : utiliser des mots pour affirmer et encourager l'autre personne. Cela peut inclure des compliments, des mots d'encouragement, des paroles affectueuses, et l'expression verbale de l'amour et de l'appréciation.

2. Les moments de qualité : passer du temps de qualité ensemble en donnant à l'autre personne une attention non partagée. Cela signifie être pleinement présent·e lorsqu'on est avec son/sa partenaire, écouter activement et partager des moments qui créent une connexion profonde.

3. Les cadeaux : offrir des présents qui montrent que l'on pense à l'autre. Les cadeaux sont des symboles d'amour, et leur valeur ne réside pas dans leur coût matériel mais dans le geste et l'intention cachée derrière.

4. Les services rendus : faire des choses que l'on sait que l'autre appréciera, comme des tâches ménagères, préparer un repas, ou toute autre action visant à alléger les responsabilités de l'autre.

5. Le contact physique : utiliser le toucher physique pour exprimer son affection, ce qui peut inclure des câlins, des baisers, des caresses, et d'autres formes de contact physique rapproché.

Gary Chapman suggère que bien que nous puissions apprécier et exprimer l'amour de toutes ces manières, chacun de nous a un langage de l'amour principal qui nous touche plus profondément que les autres. Comprendre et parler le langage de l'amour de son partenaire peut contribuer à une relation plus épanouie et plus durable.

N.B. : bien que populaire et utile pour certaines personnes, ce concept reste une approche subjective des relations et n'est pas universellement reconnu par les professionnel·les de la psychologie.

lapeyronie *(maladie de)*

La maladie de Lapeyronie se caractérise par l'apparition d'une déviation de la verge qui survient généralement après 50 ans. Elle est liée au développement d'une fibrose des corps caverneux. Sa fréquence est estimée à 9 % dans la population française.

lesbienne

Femme qui éprouve une attirance romantique, émotionnelle et/ou sexuelle envers d'autres femmes. Le terme peut désigner une identité sexuelle et/ou une orientation romantique. Être lesbienne fait partie de la diversité des orientations sexuelles, et chaque personne peut vivre et exprimer cette identité de manière unique.

levrette

Position sexuelle lors de laquelle un·e partenaire, se place à quatre pattes, tandis que l'autre partenaire, le/la pénètre par derrière. Cette position permet une pénétration profonde et offre également une vue et un accès agréable à l'anus et au vagin de son/sa partenaire.

lgbtqia+

Acronyme inclusif utilisé pour représenter diverses identités sexuelles et de genre.

Ce sigle est important pour reconnaître et respecter la diversité des expériences humaines en matière de genre et de sexualité.

Le sigle LGBTQIA+ représente une diversité d'orientations sexuelles, d'identités de genre et de caractéristiques sexuelles. Il est utilisé pour inclure et reconnaître la richesse des expériences et des identités au sein des communautés marginalisées en raison de leur sexualité ou de leur genre. Voici ce que chaque lettre signifie :

L : Lesbienne (voir p. 136)

G : Gay (voir p. 100) Hommes attirés émotionnellement, romantiquement et/ou sexuellement par d'autres hommes. Le terme peut aussi être utilisé de manière générale pour désigner toute personne attirée par le même genre.

B : Bisexuel·le **(voir p. 27)**
T : Transgenre **(voir p. 235)**
Q : Queer **(voir p. 199)** Terme inclusif pour désigner les identités et orientations sexuelles et de genre non hétérosexuelles et non cisgenres. Certaines personnes l'utilisent pour exprimer une identité fluide ou en dehors des normes traditionnelles.
I : Intersexe **(voir p. 122)** Personnes nées avec des caractéristiques sexuelles (chromosomes, gonades, hormones ou anatomie) qui ne correspondent pas aux définitions typiques des corps masculins et féminins.
A : Asexuel·le **(voir p. 19)**
+ : Symbole inclusif représentant toutes les autres identités et orientations sexuelles et de genre non spécifiquement mentionnées dans le sigle, comme pansexuel, agenre, genderqueer et bien d'autres encore.
Le sigle LGBTQIA+ souligne l'importance de la diversité et de l'inclusion. Il reflète la reconnaissance de la complexité des expériences humaines en matière de sexualité et de genre, et promeut le respect, l'égalité et la visibilité pour toutes les personnes, indépendamment de leur identité ou de leur orientation.

lgbt phobie/homophobie

L'homophobie ou LGBTphobie désigne l'ensemble des attitudes et comportements de rejet, de discrimination ou de violence à l'encontre des personnes homosexuelles, bisexuelles ou transgenres. Contrairement à une simple opinion, ces comportements constituent un délit en France.

L'homophobie peut se manifester sous différentes formes :

- **Verbale :** insultes, menaces, ou plaisanteries à caractère homophobe.
- **Physique :** agressions, coups ou autres formes de violence physique.
- **Institutionnelle :** discrimination dans le cadre du travail, du logement ou des services publics.
- **Symbolique :** diffusion de discours de haine ou de rejet à travers les médias et/ou les réseaux sociaux.

En France, la loi condamne fermement les actes homophobes. La loi du 30 décembre 2004 relative à la lutte contre les propos discriminatoires a renforcé les sanctions contre les discriminations liées à l'orientation sexuelle. Elle inscrit l'homophobie comme une circonstance aggravante de certains délits (par exemple, une agression physique). Ainsi, toute discrimination fondée sur l'orientation sexuelle ou l'identité de genre est punissable par la loi, que ce soit au travail, dans l'accès aux services publics ou dans les relations sociales.

L'article 225-1 du Code pénal précise que toute distinction faite en raison de l'orientation sexuelle d'une personne constitue une discrimination passible de sanctions pénales.

Ces lois visent à protéger les droits fondamentaux des personnes LGBTQIA+ et à garantir leur sécurité et leur dignité, en rappelant que le respect de l'égalité est un principe fondamental en société.

libido

En avoir ou pas, telle est la question…

Souvent perçue comme le moteur de notre désir sexuel, la libido est un sujet qui fait couler beaucoup d'encre, nourri par des attentes sociales parfois écrasantes, où chacun est confronté à la pression de « bien » ou « suffisamment » désirer.

Mais qu'est-elle vraiment ?

C'est une énergie relative à la pulsion sexuelle : elle se manifeste par l'envie de s'engager dans un comportement sexuel. Pour résumer : elle englobe nos pensées, nos désirs, nos pulsions et nos fantasmes qui, tous additionnés, donnent notre appétit sexuel. La libido est une composante naturelle de la sexualité humaine.

Il est important de comprendre que la libido n'implique pas forcément un passage à l'acte (masturbation, rapport sexuel). C'est plutôt la somme de notre imaginaire sexuel et de notre activité sexuelle réelle.

Elle varie naturellement d'une personne à l'autre et peut fluctuer tout au long de la vie en fonction de divers facteurs physiques, émotionnels et contextuels.

Ce qui nourrit la libido :

1. Santé physique : une bonne santé générale, une alimentation équilibrée et une activité physique régulière peuvent stimuler le désir sexuel.

2. Équilibre hormonal : les hormones, comme la testostérone et les œstrogènes, jouent un rôle clé dans le désir sexuel. Des niveaux hormonaux équilibrés peuvent favoriser une libido saine.

3. Bien-être émotionnel : le fait de se sentir bien dans sa peau, de gérer le stress et de maintenir une bonne santé mentale peuvent augmenter le désir sexuel.

4. Relations positives : une relation basée sur la confiance, la communication et l'intimité émotionnelle peut renforcer la libido.

5. Stimulation mentale : les fantasmes, les lectures érotiques et les pensées positives à l'égard de la sexualité peuvent également augmenter le désir.

Ce qui inhibe la libido :

1. Stress et fatigue : le stress chronique et la fatigue peuvent diminuer considérablement le désir sexuel.

2. Problèmes de santé : des conditions médicales telles que le diabète, les maladies cardiaques ou les troubles hormonaux, peuvent réduire la libido.

3. Médicaments : certains médicaments, comme les antidépresseurs ou les traitements hormonaux, peuvent avoir des effets secondaires qui réduisent le désir sexuel.

4. Problèmes relationnels : les conflits, le manque de communication ou les tensions dans une relation peuvent inhiber la libido.

5. Facteurs psychologiques : l'anxiété, la dépression, les expériences traumatiques ou une faible estime de soi peuvent diminuer le désir sexuel.

6. Insatisfaction sexuelle : une expérience sexuelle insatisfaisante ou répétitive peut diminuer le désir sexuel.

À partir de quand le manque de libido est-il considéré comme pathologique ?

Le désir sexuel hypoactif est une condition définie par une diminution ou une absence de pensées sexuelles et de désir d'activité sexuelle, causant une détresse significative ou des difficultés dans les relations. Selon le *DSM-5* (*Manuel diagnostique et statistique des troubles mentaux*, 5e édition), cette condition est diagnostiquée lorsqu'une personne éprouve un manque de désir sexuel persistant ou récurrent pendant au moins six mois, entraînant une détresse personnelle notable. Il est important de noter que ce diagnostic ne s'applique que si cette absence de désir n'est pas mieux expliquée par un autre trouble mental, une condition médicale ou l'effet de substances (comme des médicaments).

Si un couple traverse une baisse de libido, il est important de rappeler que les fluctuations du désir sexuel sont normales et que chaque couple peut trouver son propre équilibre pour être épanoui, même sans une sexualité active.

Voici quelques pistes à explorer :

1. **Communication ouverte :** parler honnêtement de ses sentiments, de ses désirs et de ses préoccupations avec son/sa partenaire peut aider à comprendre les besoins et les attentes de chacun. La communication est essentielle pour résoudre les malentendus et renforcer la connexion émotionnelle.

2. **Acceptation des fluctuations :** reconnaître que la libido peut naturellement varier en fonction des circonstances de la vie, comme le stress, la fatigue ou les changements hormonaux, peut aider à réduire la pression et l'anxiété concernant le désir sexuel.

3. **Gestion du stress :** le stress est un facteur majeur de diminution de la libido. Pratiquer des techniques de relaxation telles que la méditation, le yoga ou des exercices de respiration peut aider à réduire le stress et à améliorer le bien-être général.

4. **Thérapie de couple ou sexothérapie :** consulter un·e thérapeute spécialisé·e en relations ou en sexologie peut fournir un espace sécurisé pour discuter des problèmes sexuels et relationnels. Un·e professionnel·le peut aider à identifier les causes sous-jacentes et à proposer des stratégies adaptées.

5. **Explorer de nouvelles expériences :** parfois, la routine peut éteindre le désir. Essayer de nouvelles activités ensemble, que ce soit des loisirs partagés, des vacances ou des nouvelles expériences sexuelles, peut raviver l'excitation et l'intérêt.

6. **Temps de qualité ensemble :** passer du temps ensemble sans distractions, comme les enfants ou les écrans, permet de se reconnecter émotionnellement. Planifier des rendez-vous réguliers ou des moments intimes peut renforcer le lien affectif.

7. **Prendre soin de sa santé :** une bonne alimentation, une activité physique régulière et un sommeil adéquat contribuent à une meilleure santé générale et peuvent avoir un impact positif sur la libido.

8. **Réévaluation des médicaments :** certains médicaments peuvent affecter la libido. Si c'est le cas, discuter avec un médecin de la possibilité de changer de traitement ou d'ajuster les doses peut être utile.

9. Auto-exploration et éducation sexuelle : comprendre son propre corps et ses réactions, ainsi que s'éduquer sur la sexualité, peut aider à mieux communiquer ses besoins à son/sa partenaire et à trouver de nouvelles sources de plaisir.

10. Accord sur les attentes sexuelles : discuter ouvertement des attentes et des besoins sexuels pour s'assurer que les deux partenaires se sentent satisfaits et compris.

11. Épanouissement sans sexualité active : il est tout à fait possible pour un couple d'être épanoui sans une sexualité active. L'amour, l'affection, la tendresse et le soutien mutuel peuvent suffire à créer une relation riche et satisfaisante. La proximité émotionnelle et les activités partagées sont tout aussi importantes que la sexualité.

En adoptant ces pistes, les couples peuvent souvent trouver des moyens de surmonter les défis liés à la baisse de libido et de renforcer leur relation sur le plan émotionnel et sexuel, tout en reconnaissant que l'épanouissement en couple ne dépend pas uniquement de la sexualité active.

licorne

Terme utilisé dans le contexte des relations polyamoureuses ou de rencontres sexuelles pour désigner une personne, souvent une femme bisexuelle, qui accepte de rejoindre un couple existant pour une relation ou une expérience sexuelle à trois. Le terme souligne la rareté et le caractère recherché de cette dynamique.

Cependant attention ! La « chasse à la licorne » qui désigne la recherche, par un couple, d'une femme bisexuelle pour former un trio (une pratique courante sur les sites de rencontres) est souvent mal perçue par les femmes bisexuelles, car elle les réduit à des objets de fantasme destinés à satisfaire les désirs du couple, sans prendre en compte leurs propres attentes ou besoins. Cette dynamique peut être déshumanisante et renforcer des stéréotypes biphobes, en présentant la bisexualité comme une orientation toujours disponible pour des expériences multiples, plutôt que comme une orientation légitime. Pour que cette approche fonctionne de manière respectueuse, il est essentiel que toutes les parties soient sur un pied d'égalité et que leurs désirs soient pris en considération.

liquide pré-séminal

Également appelé « liquide pré-éjaculatoire », c'est un fluide clair et visqueux sécrété par les glandes de Cowper (glandes bulbo-urétrales) chez les personnes ayant un pénis. Ce liquide est libéré avant l'éjaculation lors de l'excitation sexuelle.

Le liquide pré-séminal aide à lubrifier l'urètre et le pénis, facilitant ainsi la pénétration lors des rapports sexuels. Ce liquide neutralise l'acidité de l'urètre causée par les traces d'urine, créant un environnement plus favorable pour le passage des spermatozoïdes.

Connaître la présence de spermatozoïdes dans le liquide pré-séminal souligne l'importance d'utiliser des préservatifs dès le début des rapports sexuels pour éviter les grossesses non désirées et les infections sexuellement transmissibles (IST).

liquide séminal

Voir « Sperme » p. 223

love bombing

Attention danger !

Le *love bombing* est une technique de manipulation émotionnelle par laquelle une personne inonde une autre de démonstrations excessives d'affection, d'attention et de flatteries dans le but de gagner rapidement sa confiance et son affection. Ce comportement peut sembler romantique au début, mais il est souvent utilisé pour établir un contrôle émotionnel ou psychologique sur la victime.

Caractéristiques du *love bombing* :

- **Démonstrations d'affection excessives :** cadeaux, compliments constants et déclarations d'amour exagérées peu de temps après le début de la relation.
- **Attention intense :** messages fréquents, appels téléphoniques et désir de passer tout leur temps ensemble, laissant peu de temps à l'autre personne pour elle-même ou pour ses amis et sa famille.
- **Flatteries et promesses grandioses :** promesses irréalistes ou déclarations sur un futur ensemble, comme parler de mariage ou d'enfants très tôt dans la relation.

- **Manipulation émotionnelle :** utilisation de la culpabilité, du chantage émotionnel ou de la victimisation pour contrôler les comportements et les émotions de l'autre personne.

Dangers et conséquences :

- La victime peut devenir dépendante émotionnellement de la personne qui pratique le *love bombing*, réduisant son autonomie et son estime de soi.
- La personne manipulée peut être isolée de ses amis et de sa famille, ce qui la rend plus vulnérable au contrôle de l'autre.
- Le *love bombing* est souvent le précurseur de comportements abusifs, où le manipulateur utilise l'affection initiale pour exercer un contrôle coercitif.

Reconnaître et réagir au *love bombing* :

Soyez attentif·ve à la rapidité avec laquelle la relation progresse. Les relations saines se développent généralement à un rythme naturel et équilibré.

Faites confiance à vos instincts. Si quelque chose semble trop beau pour être vrai ou vous met mal à l'aise, prenez le temps de réfléchir à la situation.

Conservez vos propres intérêts, ami·e·s et temps personnel pour éviter de devenir trop dépendant·e de l'autre personne.

Discutez de vos préoccupations avec des ami·e·s, des membres de la famille ou des professionnel·les pour obtenir des perspectives extérieures et du soutien.

lubrifiant

L'indispensable de votre table de nuit !

Un lubrifiant sexuel est une substance utilisée pour réduire la friction pendant les activités sexuelles. Il peut être à base d'eau, de silicone, d'huile ou hybride. Son utilisation peut améliorer le confort, prévenir les irritations et faciliter la pénétration. C'est particulièrement utile en cas de sécheresse vaginale, de rapports prolongés ou pour rendre les expériences plus agréables.

- **Lubrifiant à base de silicone :** il est plus épais que le lubrifiant à base d'eau et a un pouvoir lubrifiant cinq fois supérieur. Attention, ce lubrifiant tache et n'est pas recommandé pour le sexe oral.
- **Lubrifiant à base d'huile :** hydratant, ce lubrifiant peut s'utiliser dans l'eau. Il convient aux rapports anaux et peut

s'utiliser avec des sextoys. Attention, il n'est pas compatible avec les préservatifs car ils les rendent poreux. Pour les pénétrations vaginales, il peut provoquer des infections dues à une différence de pH.

- **Lubrifiant à base d'eau :** il est plus léger que les autres lubrifiants. Il ne tache pas et ne colle pas. Il convient aux rapports vaginaux, anaux et oraux, et est compatible avec les sextoys et les préservatifs.

La salive est-elle un bon lubrifiant ? Sur le papier, la salive pour lubrifier les rapports, c'est une super idée : gratuite, écolo, naturelle et bio, disponible à chaque instant, elle est en plus compatible avec les capotes !

Malheureusement, dans les faits, c'est moins sympa et je vous explique pourquoi :

- **Elle ne lubrifie pas.** La salive est essentiellement constituée d'eau. Son rôle naturel est d'hydrater la muqueuse de la bouche, et elle n'a pas un rôle de lubrifiant dans la bouche, mais d'humidifiant. Donc, sexuellement, dans le vagin, sur la vulve ou le gland, elle hydrate, donne une sensation de mouillé, d'humidité, mais n'apporte pas le glissement idéal, d'autant qu'elle sèche très rapidement. Dans la bouche, elle est produite en permanence... Du coup, lors des relations sexuelles, il peut y avoir un inconfort et/ou l'obligation d'en remettre plusieurs fois. En bref : son efficacité est un leurre.
- **Elle favorise la transmission des IST.** Nous nous pensons souvent hors de danger car nous utilisons des préservatifs (*I hope* !) lors de la pénétration, mais rappelons que de nombreuses maladies s'attrapent par la salive. En effet, la bouche est un organe sexuel à part entière. De nombreuses infections peuvent donc être contractées sans pénétration à cause de l'utilisation de la salive comme lubrifiant ou lors du sexe oral : l'herpès génital, le virus papillomavirus humain (HPV), la syphilis, la chlamydia et même la gonorrhée.[2]
- **Elle peut provoquer un assèchement des muqueuses :** en effet, notre salive contient des enzymes qui favorisent la digestion. En l'appliquant sur la vulve, l'anus ou le gland, vous y déposez ces mêmes enzymes, ce qui peut assécher vos muqueuses, voire les fissurer.[3]

En résumé : un bon lubrifiant à l'eau sera votre meilleur ami si vous désirez lubrifier vos rapports sexuels.

[2] Source : Docteur Kolade Johnson et ZAVA, qui est l'expert européen de la téléconsultation pour la santé intime.

lubrification

Processus par lequel le corps produit des fluides pour réduire la friction lors des rapports sexuels, facilitant ainsi le confort et le plaisir.

Les glandes de Bartholin, situées de part et d'autre de l'entrée vaginale, produisent un fluide qui aide à lubrifier le vagin.

Les glandes de Cowper (ou glandes bulbo-urétrales), situées près de l'urètre, sécrètent un liquide pré-éjaculatoire qui lubrifie l'urètre et le pénis.

La lubrification est essentielle pour des rapports sexuels agréables et sans douleur, quel que soit le sexe. Elle joue un rôle crucial dans la santé sexuelle en facilitant les mouvements et en réduisant les risques de blessures.

N.B. : détrompez-vous ! Un manque de lubrification ne signifie pas nécessairement un manque de désir. De nombreux facteurs, comme le stress, les médicaments ou les changements hormonaux, peuvent affecter la production de lubrification.

À l'inverse, la présence de lubrification peut être un réflexe physiologique et ne signifie pas toujours qu'il y a excitation ou désir sexuel.

[3] Source : Claire Chang, cosmétologue et dermatologue à New York

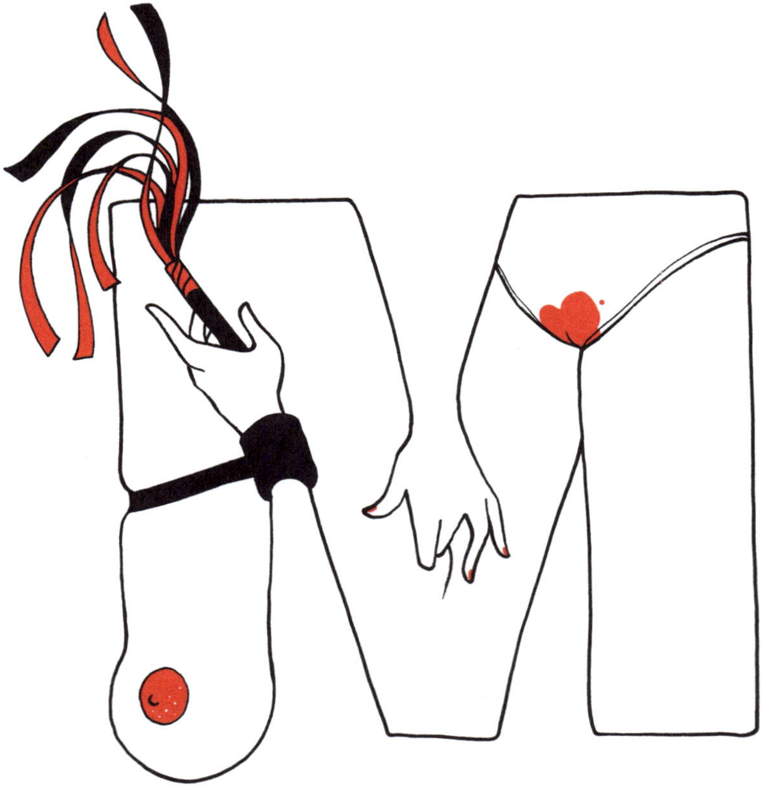

Mamelon • Mammectomie • Masculiniste
Masochisme • Masturbation • #Metoo
Ménopause • Menstruations • Métamour
Micropénis • MILF • Missionaire
Money slave • Mont de vénus • Morpions
Morsure • MST • Mycose vaginale

mamelon

Désigne la région située au centre de l'aréole et d'où sort le lait à une extrémité. Il est aussi appelé « ostium papillaire » ou « papille ». Il a un muscle sphincter qui permet au téton de se contracter : quand les fibres musculaires du mamelon se contractent, il durcit ou pointe vers l'extérieur. La peau du mamelon est particulièrement fine afin de laisser passer le lait maternel au moment de l'allaitement. Le mamelon est une zone sensible et peut avoir une érection au niveau du téton quand il fait froid ou sous l'effet d'une excitation ou d'une stimulation sexuelle.

En résumé : c'est une formidable zone érogène !

mammectomie

Aussi appelée « mastectomie », c'est une opération chirurgicale qui correspond à l'ablation de la glande mammaire, de graisse et parfois aussi d'une certaine surface de peau.

La mammectomie peut être réalisée pour différentes raisons. D'une part, elle peut être pratiquée chez les personnes transgenres masculines ou non-binaires dans le cadre de leur transition, afin d'obtenir un torse d'apparence plus masculine. D'autre part, elle est pratiquée pour des raisons médicales, notamment en cas de cancer du sein, où elle est utilisée pour retirer une ou les deux glandes mammaires afin de traiter ou prévenir la maladie.

N.B. : le terme « torsoplastie » correspond à un autre type d'opération sans lien avec la transidentité, et il est utilisé dans la communauté trans pour désigner la mammectomie non pas comme une opération ablative, mais comme une opération de construction/modification.

masculiniste

Un masculiniste est une personne qui croit que les hommes sont discriminés et opprimés dans la société en raison de leur genre. Les masculinistes prétendent souvent que les femmes ont des avantages et des privilèges injustes, et qu'elles sont responsables des problèmes que rencontrent les hommes dans la société. Cependant, il faut noter que cette vision des choses ne reflète pas la réalité. Les femmes sont confrontées à de nombreuses inégalités et discriminations telles que l'inégalité salariale, la violence domestique, le harcèlement et les violences sexuelles ainsi que les stéréotypes de genre.

masochisme

« Oh oui, fais-moi mal ! »

Le masochisme sexuel est une préférence ou une pratique sexuelle dans laquelle une personne trouve du plaisir, de la satisfaction ou de l'excitation en recevant des douleurs, des humiliations ou d'autres formes de traitements érotiquement stimulants de la part de son/sa partenaire. Il est important de noter que, dans le contexte du BDSM (Bondage, Discipline, Domination, Soumission, Sadisme, Masochisme), le masochisme est pratiqué de manière consensuelle et sécuritaire : les rôles de dominant·e et de soumis·e sont établis avec des limites et des accords préalables.

Dans une dynamique masochiste, le plaisir peut être obtenu par des activités telles que la fessée, le bondage, la domination légère, la soumission, l'utilisation de pinces ou de fouets, ou toute autre forme de stimulation physique ou psychologique qui peut être ressentie comme douloureuse ou humiliante.

Il est important de souligner que le masochisme sexuel ne doit pas être confondu avec des comportements ou des situations non consensuels ou qui causent des blessures physiques ou psychologiques. Dans une relation masochiste saine, toutes les activités sont basées sur un consentement mutuel, des limites claires et une communication ouverte entre les partenaires. Le masochisme sexuel peut être une expression consensuelle de la sexualité, où les personnes impliquées trouvent du plaisir et de la satisfaction dans les rôles de pouvoir et les jeux de domination et de soumission.

Le masochisme sexuel relève de la sphère privée et des préférences individuelles. Tant que toutes les personnes impliquées sont consentantes, majeures et que les activités sont pratiquées de manière sécuritaire, respectueuse et sans causer de préjudice, le masochisme sexuel peut être une expression saine de la sexualité pour ceux qui l'apprécient.

masturbation

Quand faire l'amour avec soi-même est le plus sûr moyen de se faire plaisir sans être déçu·e !

Pratique sexuelle individuelle par laquelle une personne stimule ses propres organes génitaux pour obtenir du plaisir sexuel. Cela peut inclure des caresses, des frottements ou d'autres formes de stimulation physique. La masturbation est une activité naturelle et courante, pratiquée par des personnes de tous âges, genres et orientations sexuelles.

Les bienfaits de la masturbation sont nombreux, pas de raison de s'en priver !

- **Réduction du stress :** la masturbation peut aider à libérer des endorphines, qui sont des hormones de bien-être, réduisant ainsi le stress et favorisant une sensation de relaxation.
- **Amélioration du sommeil :** après l'orgasme, le corps libère des hormones comme la prolactine, qui peut favoriser le sommeil. De nombreuses personnes trouvent plus facile de s'endormir après s'être masturbées.
- **Amélioration de l'humeur :** en stimulant la production de neurotransmetteurs comme la dopamine et la sérotonine, la masturbation peut contribuer à une meilleure humeur et réduire les sentiments d'anxiété et la dépression.

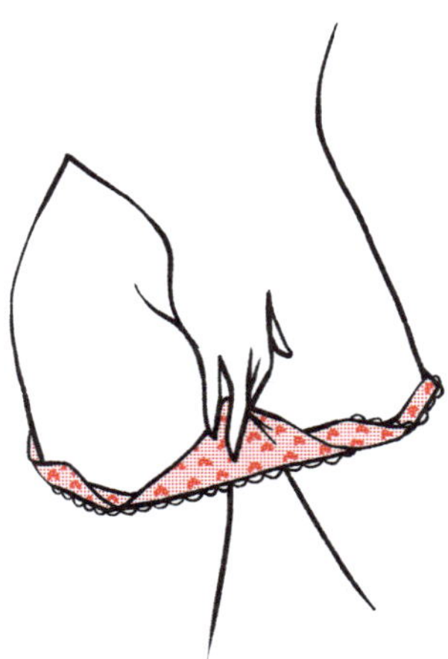

- **Meilleure connaissance de soi :** en explorant son propre corps, une personne peut mieux comprendre ce qui lui procure du plaisir, ce qui peut améliorer sa vie sexuelle et ses relations intimes.
- **Santé sexuelle :** la masturbation peut aider à maintenir la santé des organes génitaux. Chez les personnes ayant un pénis, elle peut contribuer à la santé de la prostate en augmentant le flux sanguin et en aidant à éliminer les vieilles cellules. Chez les personnes ayant un vagin, elle peut aider à lubrifier naturellement le vagin.
- **Renforcement du système immunitaire :** certaines études suggèrent que l'orgasme peut renforcer le système immunitaire en augmentant le niveau de certaines cellules de défense dans le corps.

La masturbation est une activité normale et saine. Il n'y a pas de fréquence « normale » ou « anormale ». Ce qui compte, c'est le confort et le bien-être de chaque individu.

#metoo

Mouvement social mondial qui lutte contre les violences sexuelles et sexistes, encourageant les victimes à s'exprimer et à dénoncer les abus qu'elles ont subis. Le mouvement a pris une ampleur considérable à partir de 2017, mais son origine remonte à 2006, lorsque l'activiste américaine Tarana Burke a créé l'expression afin de soutenir les femmes noires et les jeunes filles victimes de violences sexuelles.

En 2017, le mouvement a explosé à l'échelle mondiale lorsque l'actrice Alyssa Milano a utilisé le hashtag #MeToo sur Twitter, à la suite des révélations sur les abus du producteur de cinéma Harvey Weinstein. Le hashtag est devenu viral et des millions de femmes, et parfois d'hommes, ont partagé leurs expériences de harcèlement et d'agression sexuelle.

Les conséquences positives :

1. Libération de la parole : en France et dans le monde, le mouvement MeToo a permis à des millions de victimes de briser le silence autour des violences sexuelles et du harcèlement. Des hashtags comme #BalanceTonPorc ont émergé en France dans le sillage du mouvement MeToo, pour dénoncer des violences spécifiques dans différents secteurs.

Ces hashtags visent à amplifier les voix des victimes et à lutter contre les violences sexistes dans des contextes spécifiques :

- **#BalanceTonRappeur :** pour dénoncer les violences sexistes dans l'industrie musicale.
- **#MeTooInceste :** pour dénoncer les violences intrafamiliales et l'inceste.
- **#MeTooGay :** pour les violences subies dans la communauté LGBTQIA+.
- **#MeTooHôpital :** contre les violences dans le secteur médical.

2. Prise de conscience sociétale : le mouvement a généré une prise de conscience importante autour du harcèlement au travail, dans les espaces publics et dans les relations intimes. Il a aussi forcé les entreprises et institutions à revoir leurs politiques pour prévenir les violences sexuelles, et à mettre en place des mesures concrètes de soutien aux victimes.

3. Conséquences judiciaires : plusieurs figures publiques, comme Harvey Weinstein, ont été traduites en justice, montrant que les comportements abusifs pouvaient enfin être sanctionnés. Les lois contre le harcèlement et les agressions ont été renforcées dans plusieurs pays, dont la France.

Cependant, malgré l'ampleur du mouvement MeToo, les violences sexistes et sexuelles persistent. Il est donc essentiel de rappeler que le chemin est encore long et que la lutte doit se poursuivre. La libération de la parole ne suffit pas : il faut continuer à éduquer, à légiférer et à soutenir les victimes pour que les violences cessent véritablement.

ménopause

Une nouvelle étape où le corps change, mais où l'énergie de vivre ne s'arrête pas !

Période de la vie au cours de laquelle les ovaires réduisent leur production d'hormones sexuelles (œstrogènes) : les règles s'arrêtent progressivement. On dit que la ménopause est véritablement installée lorsque les règles sont absentes depuis une année.

Elle survient généralement autour de l'âge de 50 ans, bien que cela puisse varier d'une personne à l'autre. Cela peut entraîner un certain nombre de changements dans le corps, y compris des effets sur sa sexualité.

Les principaux symptômes liés à la ménopause sont de deux types :

- bouffées de chaleur, insomnie, fatigue, irritabilité, prise de poids ;
- risque augmenté de certaines maladies (ostéoporose, maladies cardiovasculaires).

Les effets positifs sur la sexualité à la ménopause :

- **Libération de la contraception :** la ménopause met fin à la nécessité de se préoccuper de la contraception, ce qui peut rendre les rapports sexuels plus spontanés et moins préoccupants sur le plan pratique.
- **Épanouissement personnel :** certaines personnes rapportent un regain de confiance en elles et une plus grande connaissance de leur corps après la ménopause, ce qui peut se traduire par une meilleure communication avec leur partenaire et une expérience sexuelle plus satisfaisante.
- **Fin des douleurs menstruelles :** l'arrêt des menstruations signifie la fin des douleurs menstruelles, ce qui peut rendre les rapports sexuels plus confortables et agréables pour certaines femmes.

Les effets négatifs sur la sexualité à la ménopause :

- **Sécheresse vaginale :** la diminution des hormones peut entraîner une diminution de la lubrification vaginale, ce qui peut rendre les rapports sexuels douloureux. L'utilisation de lubrifiants peut aider à atténuer ce problème.
- **Baisse de la libido :** certaines femmes peuvent connaître une diminution de leur désir sexuel au cours de la ménopause en raison des fluctuations hormonales. Cela peut être frustrant, mais il existe des moyens de stimuler la libido, notamment par la communication ou la recherche de nouvelles expériences.
- **Atrophie vaginale :** la ménopause peut entraîner une atrophie vaginale, c'est-à-dire un amincissement et une fragilité des parois vaginales. Cela peut causer des douleurs pendant les rapports sexuels.

Il est essentiel de noter que les effets de la ménopause sur la sexualité varient d'une personne à l'autre, et de nombreuses personnes continuent à vivre une vie sexuelle épanouissante pendant et après cette période.

menstruations

Ce moment du mois où ton corps te rappelle qui est vraiment le patron !

Également appelées « règles », les menstruations sont un processus physiologique qui se produit chez les personnes assignées femmes à la naissance. Elles débutent généralement à la puberté et consistent en un écoulement mensuel de sang et de tissus de l'utérus.

Pendant le cycle menstruel, l'ovulation se produit, libérant un ovule. En prévision de la fécondation de l'ovule par un spermatozoïde, l'utérus prépare la muqueuse pour une potentielle grossesse. En l'absence de grossesse, la muqueuse utérine est rejetée, entraînant les menstruations.

Le rôle principal des menstruations est donc de préparer le corps à une éventuelle grossesse et de maintenir la santé reproductive.

Le coût des menstruations sur toute une vie est souvent sous-estimé, mais il peut représenter une dépense conséquente. En moyenne, une personne menstruée a environ 450 cycles menstruels au cours de sa vie, ce qui signifie qu'elle peut dépenser sur plusieurs décennies pour des produits tels que les tampons, serviettes hygiéniques, culottes ou coupes menstruelles. En prenant en compte les produits de base, les antidouleurs et parfois même des sous-vêtements spécifiques, le coût total des menstruations peut atteindre plusieurs milliers d'euros. Certaines études estiment que le montant peut varier entre 3 000 et 6 000 euros, en fonction des besoins individuels et du pays !

N.B. : La précarité menstruelle touche environ 1,7 million de personnes en France, qui rencontrent des difficultés à accéder aux protections hygiéniques nécessaires. Trente-neuf pour cents des jeunes personnes menstruées ont déjà manqué de moyens pour se procurer des protections, les poussant parfois à des alternatives risquées pour la santé. Cette précarité a aussi des impacts sur la vie scolaire et professionnelle, certaines personnes manquant des jours de cours ou de travail. Pour lutter contre ce phénomène, des initiatives de distributions gratuites voient le jour, inspirées notamment par l'Écosse, premier pays à rendre ces protections gratuites pour toustes.

métamour

Partenaire amoureux de son propre partenaire, avec qui on n'a pas de relation amoureuse directe. Par exemple, dans un triangle polyamoureux où A est en relation avec B et C, B et C sont les métamours l'un de l'autre.

micropénis

Avant toute chose, je tiens à préciser que ça n'est pas la taille du pinceau qui fait l'artiste !

Condition médicale caractérisée par un pénis significativement en dessous de la norme attendue pour l'âge et le stade de développement d'un individu. Cette condition est diagnostiquée lorsqu'un pénis est plus de deux écarts-types en dessous de la moyenne pour l'âge et le stade de développement.

Les causes du micropénis :

- **Déséquilibres hormonaux :** la cause la plus courante du micropénis est un déséquilibre hormonal qui se produit pendant le développement fœtal. Cela peut inclure une insuffisance de la production de testostérone par les testicules ou une réponse insuffisante à cette hormone.
- **Conditions génétiques :** certaines anomalies génétiques peuvent affecter la production ou l'action des hormones sexuelles, conduisant à un développement incomplet du pénis.
- **Facteurs environnementaux :** l'exposition à certaines substances chimiques pendant la grossesse, comme les perturbateurs endocriniens, peut affecter le développement hormonal du fœtus.

Le traitement du micropénis dépend de la cause sous-jacente. Les options peuvent inclure :

- **administration de testostérone** pour stimuler la croissance du pénis, généralement efficace si le traitement est initié tôt ;
- **interventions chirurgicales :** dans certains cas, cela peut être envisagé pour améliorer la fonction ou l'apparence du pénis ;
- **soutien psychologique :** un soutien émotionnel et psychologique est souvent nécessaire pour aider les individus à faire face aux impacts sociaux et émotionnels de cette condition.

Il est important de noter que la taille du pénis n'est pas directement liée à la satisfaction sexuelle ou à la capacité à procréer.

milf

Acronyme anglais pour *Mother I'd Like to Fuck*, ce qui peut se traduire par « mère que j'aimerais baiser ». Ce terme est utilisé pour désigner une femme d'âge mûr qui est perçue comme attirante ou désirable sexuellement, souvent par des personnes plus jeunes.
Le terme MILF a gagné en popularité à la fin des années 1990, notamment par son usage dans les médias et la culture populaire. Il est souvent associé à des contextes sexuels et peut avoir des connotations péjoratives ou dégradantes s'il est utilisé de manière inappropriée.

Utiliser le terme MILF peut renforcer des stéréotypes sur l'âge et la sexualité, en objectifiant les femmes d'âge mûr et en réduisant leur identité à leur apparence physique ou à leur désirabilité sexuelle.

missionnaire

La position du missionnaire est une position sexuelle dans laquelle une personne se couche sur le dos, tandis que l'autre personne se positionne au-dessus d'elle, également couchée, mais face à son/sa partenaire. Les deux partenaires sont en contact direct, se faisant face, et peuvent se tenir mutuellement. Les jambes peuvent être soit étendues, soit pliées pour un meilleur confort. Cette position permet une intimité rapprochée et à chaque partenaire d'explorer et de stimuler différentes zones du corps de l'autre. La position du missionnaire offre plusieurs avantages : elle permet un contact visuel direct entre les partenaires, favorisant ainsi l'intimité émotionnelle et la connexion. De plus, cette position facilite le contact des corps et permet une stimulation clitoridienne ou pénienne, selon le genre des partenaires, par des mouvements de frottement ou de pénétration.

Souvent moqué pour sa simplicité, le missionnaire reste un classique où proximité rime avec complicité et plaisir partagé !

money slave

Pratique qui implique un arrangement entre deux personnes dans lequel l'une d'elles, souvent désignée comme le money slave ou « esclave financier », offre de l'argent ou des cadeaux à l'autre personne, souvent appelée « dominatrice » ou « dominant » en échange d'un sentiment de soumission ou de contrôle. Les transactions peuvent se faire en ligne ou en personne.

Les motivations des *money slaves* peuvent varier, certains recherchent une stimulation sexuelle ou un sentiment de pouvoir, tandis que d'autres peuvent chercher à compenser un manque de contrôle dans leur vie quotidienne. La pratique peut également impliquer des éléments de BDSM tels que la domination et la soumission.

Il est important de noter que la pratique de la domination financière peut être risquée si elle est mal gérée, car elle peut conduire à des problèmes financiers, à des abus ou à des fraudes. Il est donc essentiel de se renseigner, de communiquer clairement et de fixer des limites avant d'explorer cette pratique.

mont de vénus

Nom donné à la zone recouvrant le pubis dit féminin, c'est-à-dire celle située entre le bas-ventre et les organes génitaux. Le pubis est l'un des os du bassin et se trouve à la jonction des deux cuisses. Il est naturellement recouvert de graisse, de peau et de poils. Les cellules graisseuses sont situées un peu partout dans l'organisme, en dessous des tissus cutanés. Il est donc théoriquement possible d'accumuler de la graisse dans chacune des régions du corps. Cependant, ces adipocytes sont présents en plus grande concentration dans des zones très localisées, dont le mont de Vénus. Ainsi, en fonction de l'anatomie et de la physiologie de chacune, une prise de poids généralisée peut conduire à une accumulation de graisse au niveau du pubis (cette poisse !).

morpions

Ces invités surprises qu'on n'aimerait vraiment pas garder trop longtemps…

Les morpions, aussi appelés « poux du pubis », sont de petits insectes parasites qui vivent sur les poils pubiens et se nourrissent de sang humain. Les morpions peuvent être transmis par contact sexuel, mais ils peuvent également être transmis par des vêtements, des draps ou des serviettes contaminées. Les symptômes courants des morpions comprennent des démangeaisons et une irritation de la peau dans la région pubienne. Il est important de traiter les morpions avec des médicaments appropriés pour éviter la propagation de l'infestation.

Fun fact : les morpions sont en voie de disparition dans certaines régions. Les cas de morpions ont considérablement diminué au cours des dernières décennies, en grande partie grâce à la popularité croissante de l'épilation pubienne intégrale ou partielle. Les morpions ont besoin de poils pour se loger et survivre, l'épilation réduit donc considérablement leur habitat naturel !

morsure

Mordre par amour ?

Il est assez courant de mordre par amour ou par désir intense, un geste souvent impulsif et doux, qui traduit un trop-plein d'émotions positives. Ce réflexe peut être lié à une décharge d'énergie émotionnelle et physiologique. Psychiquement, la morsure exprime l'envie d'être en contact étroit avec l'autre, un besoin instinctif d'externaliser la passion ressentie. Sur le plan physiologique, le système nerveux est fortement sollicité par les émotions intenses, ce qui peut inciter à des gestes parfois involontaires, comme une morsure, pour soulager cette surcharge émotionnelle. Dans ce contexte, la morsure n'a pas pour but de faire mal, mais de canaliser ce débordement d'amour ou de désir.

Dans le cadre d'un acte sexuel, la morsure peut également être un jeu excitant et sensuel, tant que cela reste consenti et apprécié des deux partenaires. **Grrrrrraou !**

mst

La terminologie « infections sexuellement transmissibles » (IST) est maintenant préférée à « maladies sexuellement transmissibles » (MST) car elle reflète plus précisément la nature de ces affections. Le terme « infection » est plus large que le terme « maladie », car il englobe également les infections bactériennes et virales qui ne présentent pas toujours de symptômes. De plus, certaines personnes peuvent être porteuses d'une infection sexuellement transmissible sans présenter de symptômes, mais elles peuvent tout de même transmettre l'infection à d'autres personnes.

Le changement de terminologie a également été motivé par l'objectif de réduire la stigmatisation associée aux infections sexuellement transmissibles. Le terme « maladie » peut donner l'impression que la personne atteinte d'une infection est responsable de sa propre maladie ou qu'elle est honteuse de son état, ce qui peut empêcher les gens de chercher un traitement ou de parler ouvertement de leur état de santé.

mycose vaginale

Aussi appelée « candidose vaginale », c'est une infection causée par un champignon. Ce champignon vit naturellement en petite quantité dans le vagin sans poser de problèmes. Cependant, lorsqu'il se multiplie de façon excessive, il peut provoquer une infection.

Les mycoses vaginales peuvent être causées par plusieurs facteurs qui déséquilibrent la flore vaginale naturelle. Parmi les plus courants, on trouve : les antibiotiques, les changements hormonaux, un système immunitaire affaibli, une hygiène intime non adaptée (l'utilisation excessive de produits parfumés, de douches vaginales ou de savons agressifs peut perturber l'équilibre naturel du vagin), les vêtements serrés (le port de vêtements très serrés, comme les pantalons moulants ou les sous-vêtements en matière synthétique, peut créer un environnement humide propice à la croissance des champignons).

Les symptômes d'une mycose vaginale peuvent inclure :

- **Démangeaisons intenses** dans la région vaginale.
- **Sensation de brûlure,** surtout pendant la miction ou les rapports sexuels.
- **Sécrétions vaginales** épaisses, blanches et sans odeur (semblables à du fromage cottage).
- **Rougeurs et gonflements de la vulve.**

Le traitement des mycoses vaginales implique généralement des antifongiques, disponibles sous forme de crèmes, d'ovules ou de comprimés. Il est important de suivre les recommandations médicales et de consulter un professionnel de santé pour un diagnostic précis.

Pour prévenir les mycoses vaginales, voici quelques conseils :

- **Éviter les vêtements trop serrés** et privilégier les sous-vêtements en coton.
- **Maintenir une bonne hygiène** sans utiliser de produits irritants.
- **Limiter l'utilisation d'antibiotiques** à ce qui est strictement nécessaire.
- **Gérer le stress** et adopter une alimentation équilibrée pour renforcer le système immunitaire.

En comprenant les causes et en adoptant des pratiques de prévention, il est possible de réduire le risque de mycoses vaginales et de maintenir un bon équilibre de la flore vaginale.

Bon à savoir : en France, il est possible de se procurer en pharmacie des autotests pour les mycoses vaginales. Ces tests permettent de mesurer le pH vaginal pour aider à identifier une infection fongique (mycose) ou une autre infection vaginale. Cependant, ces tests ne remplacent pas une consultation médicale : ils peuvent orienter la personne mais un diagnostic précis par un·e professionnel·le de santé est toujours recommandé, surtout si les symptômes persistent.

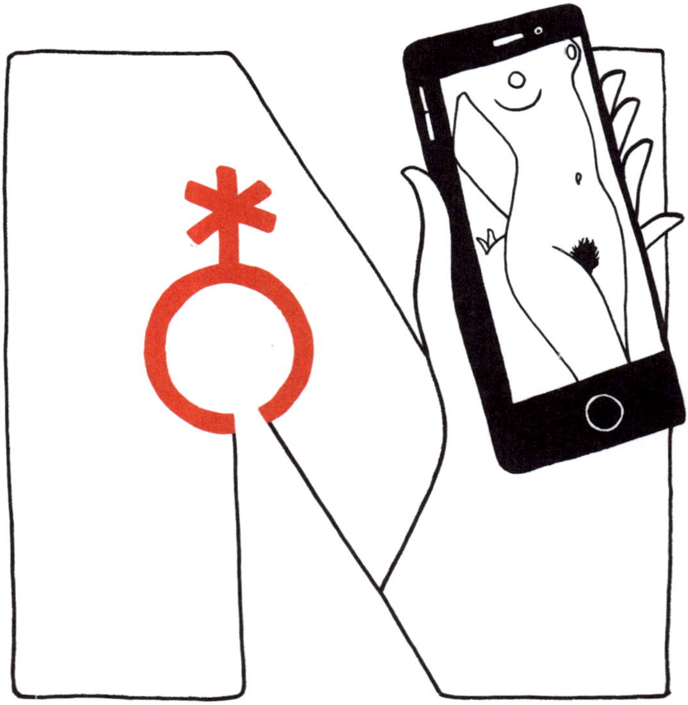

Non binaire • Nude
Nymphomanie

non binaire

Identité de genre qui ne correspond pas strictement aux catégories « traditionnelles » de masculin ou féminin. Les personnes non binaires peuvent se reconnaître comme ayant un genre qui mélange ou transcende ces deux catégories, ou elles peuvent se sentir complètement en dehors de ces catégories. Le genre non binaire est l'une des nombreuses identités de genre qui existent en dehors du binaire de genre masculin/féminin.

Les personnes non binaires peuvent s'identifier de diverses manières, y compris mais sans s'y limiter comme gender fluide, agenre, bigender ou genderqueer.

Les personnes non binaires peuvent exprimer leur genre de différentes façons. Leur expression de genre (apparence, vêtements, comportement) peut varier et ne doit pas nécessairement correspondre à des attentes traditionnelles. Par exemple, une personne non binaire peut choisir de s'habiller de manière masculine, féminine, androgyne ou autrement.

Il est essentiel de respecter les pronoms et le prénom que choisissent les personnes non binaires. Certains préfèrent les pronoms « ils/elles » en français, ou d'autres pronoms comme « iel ». Demander et utiliser les pronoms corrects est une marque de respect.

nude

Quand l'art de la séduction passe par un simple clic… mais attention, avec précaution et consentement !

Fait référence à l'envoi ou à la réception de photographies ou de vidéos dénudées ou sexuellement explicites, souvent de nature privée, via des appareils électroniques tels que les téléphones portables. L'envoi de nudes comporte certains risques et peut avoir des conséquences négatives. Voici quelques-uns des dangers potentiels :

- **Confidentialité compromise :** les nudes sont souvent destinés à être privés, mais il existe toujours un risque qu'ils soient partagés sans autorisation. Les photos ou vidéos peuvent être divulguées, diffusées en ligne ou même utilisées pour faire chanter ou intimider la personne concernée.

- **Consentement non respecté :** lorsque des nudes sont partagés, il est crucial de s'assurer que tous les participants donnent leur consentement libre et éclairé. Il est essentiel de respecter les limites et de ne jamais forcer quelqu'un à envoyer ou à recevoir des nudes si il ou elle ne se sent pas à l'aise.
- **Impact émotionnel :** l'envoi de nudes peut avoir des répercussions émotionnelles importantes. Si la relation se termine mal ou si les photos sont partagées sans consentement, cela peut causer de la détresse, de la honte, de l'anxiété et avoir un impact sur l'estime de soi.

Pour éviter ces problèmes, il est important de prendre des précautions lorsque vous choisissez de partager des nudes :

- **Consentement mutuel :** assurez-vous que tous les participants sont d'accord pour partager des nudes. Le consentement doit être clair, librement donné et révocable à tout moment.
- **Confiance et respect mutuels :** ne partagez des nudes qu'avec des personnes en qui vous avez confiance et qui vous respectent. Soyez attentif·ve à la personne à qui vous les envoyez et assurez-vous que vous partagez un niveau de confiance équivalent.
- **Sécurité en ligne :** protégez votre vie privée en prenant des mesures pour sécuriser vos appareils et vos comptes en ligne. Utilisez des mots de passe forts, activez l'authentification à deux facteurs et soyez prudent·e avec les applications et les sites que vous utilisez pour partager des nudes.

nymphomanie

Terme utilisé à tort et à travers pour dénigrer ! Le terme « nymphomanie » cache plus de préjugés que de vérités médicales.

La nymphomanie est un terme qui était autrefois utilisé pour décrire une condition supposée dans laquelle une femme avait un désir sexuel excessif ou insatiable. Cependant, il est important de noter que le terme est désormais obsolète et n'est plus utilisé dans le domaine médical ou psychiatrique. Il est considéré comme stigmatisant, pathologisant et basé sur des stéréotypes sexistes.

C'est un terme qui a souvent été utilisé pour étiqueter les femmes qui manifestaient une sexualité considérée comme déviante ou excessive par rapport aux normes sociales de l'époque. Cela reflétait une perception culturelle selon laquelle les femmes devaient être sexuellement passives et contrôlées, tandis que les hommes étaient encouragés à être sexuellement actifs.

L'emploi du terme « nymphomanie » est considéré comme misogyne car il pathologise et juge la sexualité des femmes, les réduisant à de simples objets sexuels. Il perpétue des stéréotypes négatifs selon lesquels les femmes ne devraient pas ressentir ou exprimer un désir sexuel fort, et qu'elles devraient être régulées ou contrôlées dans leur sexualité.

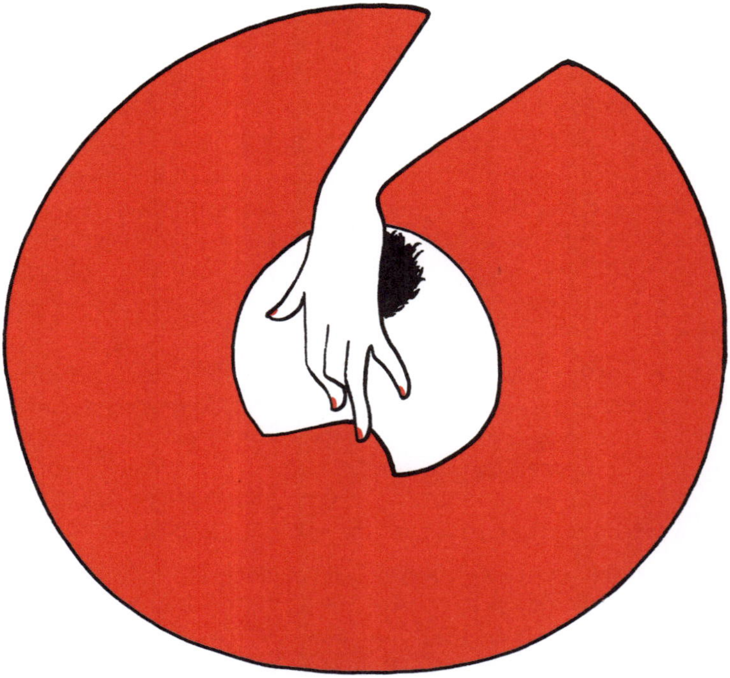

Œstrogènes • Onanisme
Ondinisme • Orgasme • Orgie
Orientation sexuelle • Orogénitalité
Outing • Ovaires • Ovulation

œstrogènes

Groupe d'hormones sexuelles principalement produites par les ovaires chez les personnes ayant un utérus, mais aussi en plus petites quantités par les testicules des personnes ayant un pénis, et par les glandes surrénales chez les deux sexes. Ces hormones jouent un rôle crucial dans le développement et le maintien des caractéristiques sexuelles et des fonctions reproductives.

onanisme

Souvent utilisé comme synonyme de « masturbation », c'est un terme issu d'une histoire biblique. Initialement, il se référait spécifiquement à l'acte d'éjaculer en dehors du vagin pour éviter la procréation. Cependant, dans un contexte moderne, l'onanisme est généralement compris comme toute forme d'autostimulation sexuelle, par laquelle une personne provoque du plaisir sexuel par la stimulation de ses propres organes génitaux ou d'autres parties érogènes. On n'est jamais mieux servi que par soi-même, n'est-ce pas ?

ondinisme

Pratique sexuelle dans laquelle les participants éprouvent une excitation ou une stimulation sexuelle en urinant sur eux-mêmes ou sur leur partenaire. Cette pratique peut prendre différentes formes, allant de l'échange mutuel de fluides corporels à l'utilisation de l'urine comme lubrifiant.

Il est important de noter que la pratique de l'ondinisme peut comporter certains risques pour la santé tels que la transmission de maladies sexuellement transmissibles ou d'infections urinaires. Il est donc nécessaire de prendre des précautions comme l'utilisation de préservatifs et de se laver soigneusement avant et après toute pratique sexuelle. Comme pour toutes les activités sexuelles, il est important de se renseigner, de communiquer clairement et de fixer des limites avant de passer à l'exploration. Il est également important de respecter les choix et les limites de son/sa partenaire.

orgasme

Et le monde s'arrête pendant quelques secondes...

Pic paroxystique de plaisir sexuel, caractérisé par des sensations de plaisir intense et une série de réactions involontaires dans le corps. Il s'agit d'une réponse neurologique et physique à la stimulation et/ou l'excitation sexuelle.

Conditions idéales à sa survenue :

- **Stimulation sexuelle :** l'orgasme est généralement le résultat d'une stimulation physique et/ou psychologique. Cela peut inclure la stimulation des zones érogènes, comme les organes génitaux, mais aussi une stimulation émotionnelle et mentale.
- **Relaxation et confort :** un environnement dans lequel la personne se sent détendue, en sécurité et à l'aise est souvent nécessaire pour atteindre l'orgasme.
- **Santé physique et mentale :** les conditions de santé, le stress, les médicaments et les problèmes de santé mentale peuvent affecter la capacité à atteindre l'orgasme (voir « Anorgasmie » p. 16).

Comment se manifeste il et peut-on l'observer ?

L'orgasme se manifeste par une série de contractions musculaires involontaires, principalement au niveau des organes génitaux, mais aussi dans d'autres parties du corps comme l'utérus ou l'anus. Il s'accompagne d'une montée rapide du rythme cardiaque, de la respiration et de la tension artérielle. Ces sensations intenses s'accompagnent souvent d'une libération d'endorphines, procurant une sensation de plaisir et de détente. Chez certaines personnes, l'orgasme peut également provoquer des frissons ou des spasmes musculaires généralisés, la dilatation des pupilles, un gonflement des organes génitaux et une augmentation de la lubrification.

L'expérience de l'orgasme varie considérablement d'une personne à l'autre. Certain·e·s peuvent trouver facile d'atteindre l'orgasme, tandis que d'autres peuvent rencontrer des difficultés. N'oubliez pas, l'orgasme n'est pas une nécessité pour une expérience sexuelle satisfaisante.

Savez-vous que nous ne sommes pas toustes égaux face à l'orgasme ?

Le *gap orgasme* ou « fossé orgasmique » fait référence à l'écart entre les hommes et les femmes (études binaires) en matière de fréquence d'orgasmes dans les relations hétérosexuelles. Plusieurs études ont montré que les hommes atteignent l'orgasme plus fréquemment que les femmes. Par exemple, une étude menée aux États-Unis a révélé que 95 % des hommes hétérosexuels atteignent systématiquement l'orgasme lors des rapports sexuels, contre seulement 65 % des femmes hétérosexuelles. Cet écart, qui persiste dans les relations hétérosexuelles, est souvent lié à une focalisation disproportionnée sur la pénétration, négligeant d'autres formes de stimulation comme la stimulation clitoridienne, pourtant essentielle pour de nombreuses femmes.

Des études montrent également que cet écart tend à diminuer dans les relations lesbiennes, dans lesquelles 86 % des femmes déclarent atteindre l'orgasme fréquemment, ce qui souligne l'importance d'une approche plus variée et centrée sur le plaisir mutuel. L'*orgasm gap* met ainsi en lumière des différences dans les dynamiques sexuelles, tout en soulignant la nécessité d'une meilleure communication et d'une compréhension accrue du plaisir dit féminin.

orgie

Quand le plaisir collectif réunit plusieurs corps dans un même élan de liberté… sous le signe du consentement !

Pratique sexuelle impliquant plusieurs partenaires simultanément, généralement dans un cadre de liberté et de plaisir partagé. Si cette pratique existe depuis des siècles, elle a été largement popularisée par l'industrie du porno *mainstream*, qui tend à en offrir une représentation souvent déformée et fantasmée. Il est important de rappeler que, comme toute pratique sexuelle, une orgie doit se dérouler dans un cadre de consentement mutuel, de respect des limites de chacun et de sécurité. L'utilisation de protections et une bonne communication entre partenaires sont essentielles pour garantir une expérience saine et sans risques.

orientation sexuelle

Fait référence à l'attraction sexuelle, romantique ou émotionnelle qu'une personne ressent envers les autres.

orogénitalité *(ou sexe oral)*

Désigne les pratiques sexuelles impliquant l'utilisation de la bouche, des lèvres et de la langue pour stimuler les organes génitaux ou la région anale d'une autre personne. Ces pratiques peuvent inclure le cunnilingus (stimulation des organes génitaux externes d'une personne avec une vulve), la fellation (stimulation du pénis), et l'anulingus (stimulation de l'anus).

Il est important de rappeler que le sexe oral, comme toutes les pratiques sexuelles, doit être consensuel, pratiqué avec respect et communication mutuels. L'usage de protections, comme les digues dentaires ou les préservatifs, peut aider à prévenir la transmission des infections sexuellement transmissibles (IST).

outing

Une violation du droit à l'intimité qui peut briser des vies…

Consiste à révéler publiquement, sans son consentement, l'orientation sexuelle ou l'identité de genre d'une personne. Cette pratique peut concerner des personnes LGBTQIA+ qui ne se sont pas encore déclarées ou qui choisissent de garder cette partie de leur vie privée. Le *outing* est problématique car il viole le droit fondamental à la vie privée, et peut exposer la personne à des conséquences graves : discrimination, harcèlement, rejet familial ou encore des répercussions professionnelles et sociales.

C'est une forme de violence psychologique qui prive une personne de la liberté de gérer elle-même son *coming out*, un moment souvent très personnel et délicat.

On parle également d'*outing* lorsque l'on dévoile le statut sérologique d'une personne sans son approbation.

ovaires

Organes reproducteurs présents chez les personnes assignées femmes à la naissance (AFAB). Chaque individu en possède généralement deux, situés de part et d'autre de l'utérus, dans le bas de l'abdomen. Les ovaires ont deux fonctions principales : produire des ovules (les cellules reproductrices) et sécréter des hormones, comme les œstrogènes et la progestérone, qui régulent le cycle menstruel et influencent diverses fonctions corporelles. Ils jouent un rôle crucial dans la fertilité et la santé hormonale.

ovulation

La période d'ovulation est le moment du cycle menstruel où un ovule est libéré par l'ovaire. Cela se produit au milieu du cycle, soit environ quatorze jours avant le début des règles. Pendant cette période, les chances de conception sont plus élevées, car l'ovule est disponible pour être fécondé par un spermatozoïde. Cependant, il est important de noter que la durée du cycle menstruel peut varier d'une personne à l'autre, et d'autres méthodes de suivi peuvent être utilisées pour déterminer la période d'ovulation avec précision.

N.B. : vous avez chaud en période d'ovulation ? C'est tout à fait normal : durant cette période, il est fréquent que la libido soit plus forte, influencée par les fluctuations hormonales.

N.B. bis : vous avez envie de casser toute la baraque ou fondre en larmes s'il n'y a plus de pâte à tartiner ? C'est tout à fait normal, votre humeur aussi est influencée par les fluctuations hormonales.

Pansexuel·le • Paraphilie • Peaking
Pegging • Pénétration • Pénis • Périnée
Période du plateau • Période réfractaire
Phallus • Phimosis • Pillow princess
Pilule contraceptive • Plaisir sexuel
Plan à trois • Podophilie
Point de non-retour • Point du mari
Point G • Polyamour • Polyamoureux·se
Pornographie • Préliminaires
Première fois • PrEP • Prépuce
Préservatif • Priapisme • Pride • Prostate
Prostitué·e • Proxénétisme • Puberté
Pubis • Puceau/pucelle • Pudendal

pansexuel·le

Qui est attiré·e pour tous les genres sans préférence. Pour la personne pansexuelle, le genre n'entre pas en ligne de compte dans l'attirance sexuelle et/ou l'amour.

paraphilie

Attirance sexuelle intense et persistante envers des objets, des situations ou des comportements spécifiques qui diffèrent des préférences sexuelles couramment acceptées. Les paraphilies sont considérées comme des variations rares et atypiques de la sexualité humaine. Elles impliquent souvent des fantasmes sexuels récurrents ou des comportements qui peuvent être nécessaires pour atteindre l'excitation et l'orgasme.

Il est important de noter que toutes les paraphilies ne sont pas illégales. Certaines paraphilies sont considérées comme inoffensives, tant qu'elles sont pratiquées de manière consensuelle entre adultes consentants et qu'elles n'impliquent pas de violences ou de préjudices envers autrui.

Il reste cependant important de faire la différence entre une paraphilie illégale et un fétichisme.

La différence clé réside dans le consentement et les actions associées. Une paraphilie illégale implique des comportements illégaux ou non consensuels, tels que la pédocriminalité, l'exhibitionnisme non consenti, le voyeurisme non consenti, la nécrophilie, la zoophilie, etc. Ces comportements sont répréhensibles parce qu'ils violent les droits et l'intégrité des autres personnes impliquées.

En revanche, le fétichisme, lorsqu'il est pratiqué entre adultes consentants, est considéré comme une préférence sexuelle acceptable et légitime. Par exemple, si un couple consentant trouve du plaisir dans l'exploration d'un fétiche particulier dans sa relation, tant que cela ne cause pas de dommage ou de souffrance à autrui, c'est généralement considéré comme admissible et privé.

Il est essentiel de distinguer clairement une paraphilie illégale et un fétichisme consensuel pour s'assurer du respect des droits et du bien-être de tous les individus concernés.

peaking

Voir « *Edging* » p. 75

pegging

Quand les rôles se renversent pour explorer de nouvelles formes de plaisir et d'intimité !

Pratique sexuelle où une personne pénètre le rectum de son partenaire à l'aide d'un godemiché ou d'un gode-ceinture. Cela implique généralement une femme pénétrant un homme, mais cela peut aussi se faire entre partenaires de même sexe. Cette pratique peut être source de plaisir pour les deux partenaires et repose sur la confiance, la communication et le consentement mutuel.

N.B. : l'homophobie peut jouer un rôle dans la réticence envers le *pegging*, car certaines personnes peuvent craindre d'être perçues comme homosexuelles en participant à des activités sexuelles qui ne correspondent pas aux normes hétéronormatives. Il est important de souligner que les préférences sexuelles et les pratiques ne définissent pas l'orientation sexuelle, et que chacun a le droit d'explorer sa sexualité de manière consensuelle et respectueuse. L'éducation et la communication ouverte peuvent contribuer à atténuer les préjugés et à favoriser une compréhension plus nuancée des diversités sexuelles.

pénétration

Souvent perçue comme le cœur des rapports sexuels, est loin d'être l'unique chemin vers le plaisir…

Acte d'introduction du pénis, d'un objet ou d'une partie du corps dans une cavité, généralement le vagin, l'anus ou une bouche, au cours d'un rapport sexuel.

Traditionnellement, elle est souvent considérée comme l'acte sexuel central, voire sacralisé, en partie en raison de son rôle dans la reproduction.

Cependant, cette vision est peut être réductrice. D'autres formes de sexualité, comme la sexualité lesbienne qui se passe généralement sans pénis, mettent en lumière l'importance de la diversité et de la richesse des pratiques sexuelles. Dans ces contextes, la stimulation et l'intimité peuvent être atteintes à travers une variété d'actes comme le cunnilingus, l'utilisation de doigts, de sextoys, ou d'autres formes de caresses et de stimulations érotiques.

Il est donc important de ne pas sacraliser la pénétration comme l'unique forme d'acte sexuel « valide » ou supérieur. Reconnaître et valoriser la diversité des pratiques sexuelles permet une compréhension plus riche et inclusive de la sexualité, respectant ainsi les expériences et préférences de chacun.

La durée moyenne d'un rapport sexuel pénétratif, de la pénétration à l'éjaculation, est généralement estimée entre 5 et 7 minutes (une étude de 2005 place précisément cette durée à environ 5,4 minutes !).

Selon certaines études, seulement 6 % des personnes ayant un clitoris parviennent à atteindre l'orgasme uniquement grâce à la pénétration. La grande majorité a besoin d'une stimulation directe du clitoris pour y parvenir (d'où l'importance d'aller voir la définition du clitoris p. 39 !)

Cette réalité démontre l'importance de ne pas focaliser le plaisir sexuel uniquement sur la pénétration et de prendre en compte la diversité des besoins individuels pour maximiser le plaisir partagé.

En résumé : il n'y a pas que la péné dans la vie, il y a les caresses, les baisers, et toutes ces petites attentions qui rendent l'expérience bien plus riche et variée, aussi !

pénis

Voici une version améliorée de la définition du mot « pénis » pour votre dico perso !

Organe complexe et polyvalent, à la fois source de plaisir, acteur clé de la reproduction, et sujet de fascination anatomique !

Le pénis est un organe sexuel externe dit masculin qui se compose de plusieurs parties essentielles, chacune ayant une fonction spécifique :

1. Le gland : extrémité du pénis, c'est la partie la plus sensible. Il est recouvert d'une fine peau appelée prépuce (retirée chez les personnes circoncises).

2. Le corps caverneux : deux colonnes de tissu érectile qui se gorgent de sang lors de l'excitation sexuelle, provoquant l'érection.

3. Le corps spongieux : situé sous les corps caverneux, il entoure l'urètre et forme également le gland. Il permet le passage de l'urine et du sperme sans être comprimé pendant l'érection.

4. L'urètre : canal qui transporte l'urine et le sperme vers l'extérieur du corps.

5. Le prépuce : chez les hommes non circoncis, ce repli de peau recouvre et protège le gland.

Ces différentes parties travaillent en harmonie pour assurer les fonctions reproductives, urinaires et sexuelles du pénis. Il permet la pénétration durant les rapports sexuels et la délivrance du sperme dans le tractus reproductif féminin, facilitant ainsi la fécondation. De plus, il sert de conduit pour l'évacuation de l'urine depuis la vessie vers l'extérieur du corps.

Le pénis est également une importante source de plaisir sexuel, en grande partie grâce aux nombreuses terminaisons nerveuses présentes, particulièrement dans le gland.

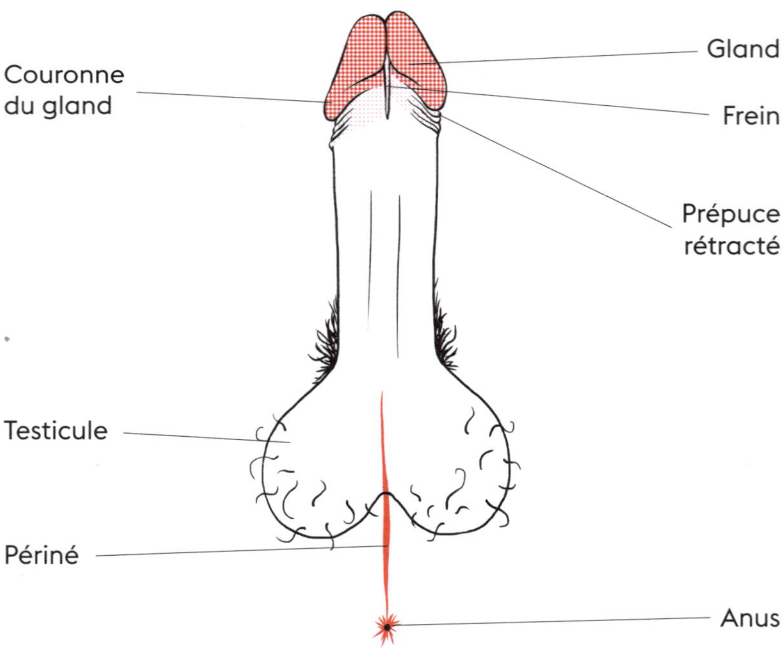

Pénis

Tous les pénis ne se ressemblent pas !

Les pénis varient grandement en termes de taille, forme, courbure et couleur. Il n'existe pas de « norme » unique, la diversité étant la règle. La peau du pénis peut différer en couleur de celle du reste du corps, et la texture ainsi que la visibilité des veines ajoutent à l'unicité de chaque pénis. Certains pénis sont circoncis, tandis que d'autres ne le sont pas, laissant le prépuce recouvrir le gland.

Les stéréotypes culturels et médiatiques peuvent créer une pression sur les personnes possédant un pénis, les amenant à croire que la taille ou la performance sexuelle sont des indicateurs de leur valeur ou de leur virilité. Cependant, ce n'est pas la longueur de la plume qui fait la beauté du poème ! L'anxiété liée à la capacité de maintenir une érection peut impacter la confiance en soi et la satisfaction sexuelle. Elle est renforcée par les comparaisons fréquentes avec les représentations médiatiques ou avec d'autres personnes, générant ainsi des insécurités sur l'image corporelle.

Le pénis, bien plus qu'un simple organe reproducteur, est une partie unique de l'anatomie humaine, où chaque variation contribue à la diversité et à la richesse des expériences personnelles.

périnée

Trop souvent oublié, le périnée est pourtant l'un des organes sexuels les plus essentiels, garant de plaisir et de bien-être intime.

Partie du corps située entre le vagin et l'anus chez les personnes ayant un clitoris, et entre le scrotum et l'anus chez les personnes ayant un pénis. Il est composé de muscles, de tissus conjonctifs et de nerfs. Le périnée joue un rôle important dans le soutien des organes pelviens, la fonction urinaire, la défécation et la sexualité.

En ce qui concerne la sexualité, le périnée a un rôle crucial dans l'expérience des orgasmes et de l'érection. Voici comment cela fonctionne :

- **Orgasmes chez les personnes à clitoris :** le périnée est impliqué dans les sensations orgasmiques. Pendant l'excitation sexuelle, les muscles du périnée se contractent et se relâchent de manière rythmique, ce qui peut intensifier les sensations de plaisir et contribuer aux contractions vaginales associées à l'orgasme.

- **Orgasmes chez les personnes à pénis :** le périnée est également impliqué dans l'expérience orgasmique. Pendant l'éjaculation, les muscles du périnée se contractent pour expulser le sperme et peuvent contribuer à l'intensité de l'orgasme.
- **Érection :** le périnée joue également un rôle dans le maintien de l'érection. Les muscles du périnée aident en effet à maintenir le flux sanguin vers le pénis en exerçant une pression sur les vaisseaux sanguins. Des muscles périnéaux forts peuvent favoriser une meilleure circulation sanguine dans la région génitale, ce qui peut contribuer à une érection plus ferme.

Il est important de noter que le périnée peut être renforcé et tonifié grâce à des exercices spécifiques appelés exercices de Kegel ou encore des sondes périnéales. Ces exercices consistent en des contractions et des relâchements volontaires des muscles du périnée, et peuvent être bénéfiques pour la santé et la satisfaction sexuelles de toustes.

N.B. : en cas de doute sur un relâchement ou une hypertonicité du périnée, il est essentiel de consulter un·e spécialiste, comme un·e kinésithérapeute ou un·e médecin spécialisé·e, afin de recevoir un diagnostic précis et des conseils adaptés pour préserver la santé de cette zone cruciale.

période du plateau

Deuxième phase du cycle de la réponse sexuelle, qui est une séquence de changements physiologiques et psychologiques se produisant lors de l'excitation sexuelle.

Cette phase survient après la phase d'excitation et précède la phase de l'orgasme. Pendant la phase de plateau, les réactions corporelles continuent d'augmenter en réponse à la stimulation sexuelle.

Voici quelques changements physiologiques qui peuvent alors se produire :

- **Réponse génitale :** pendant la phase de plateau, les organes génitaux peuvent connaître une augmentation du flux sanguin, ce qui peut entraîner l'érection du pénis chez les « hommes » et le gonflement du clitoris et des lèvres vaginales chez les

« femmes ». Ces changements sont souvent accompagnés d'une augmentation de la sensibilité sexuelle.

- **Tension musculaire :** les muscles du corps peuvent se tendre pendant la phase de plateau, préparant le corps à l'orgasme imminent. Cette tension musculaire peut être ressentie dans différentes parties du corps, y compris les muscles pelviens, les cuisses et les fesses.
- **Augmentation de l'excitation :** la stimulation sexuelle continue peut entraîner une augmentation de l'excitation et des sensations de plaisir. Cela peut se manifester par une respiration plus rapide, une augmentation du rythme cardiaque et de la tension sexuelle générale.

période réfractaire *(ou phase de résolution)*

Dernière phase de la réponse sexuelle qui survient après l'orgasme chez de nombreuses personnes. Elle est caractérisée par une diminution temporaire de l'excitabilité sexuelle et de la capacité à atteindre un nouvel orgasme. Il est important de noter que la durée et l'intensité de la période réfractaire varient d'une personne à l'autre et peuvent même changer au fil du temps.

phallus

Terme utilisé pour désigner le pénis en érection. Il peut également symboliser la puissance sexuelle et la virilité dans diverses cultures et contextes mythologiques, artistiques et psychanalytiques.

phimosis

Quand le décalottage est difficile, voire impossible…

Rétrécissement de l'extrémité du prépuce, ou orifice préputial, qui empêche de décalotter complètement et facilement le gland (le dégager en coulissant le prépuce). Cela peut causer divers problèmes, notamment lors du nettoyage du gland, des rapports sexuels ou de la miction.

Il est important de noter que le phimosis est une condition médicale courante et qu'il ne faut pas en avoir honte. Il peut toucher des personnes de tous les âges, y compris les nouveau-nés, les enfants et les adultes.

Le phimosis peut être classé en deux types :

1- Le phimosis physiologique : c'est une condition normale et temporaire chez les bébés et les jeunes enfants. Le prépuce est attaché au gland et ne peut pas être rétracté. Cependant, cela devrait s'améliorer naturellement au fil du temps à mesure que l'enfant grandit, généralement avant l'adolescence.
2- Le phimosis pathologique : c'est une condition dans laquelle le prépuce est trop serré chez les hommes plus âgés et peut entraîner des complications. Il peut être causé par une inflammation, des infections, des cicatrices ou d'autres problèmes médicaux.

Si le phimosis provoque des problèmes ou des inconforts, il est important de consulter un·e professionnel·e de la santé, comme un·e médecin généraliste ou un·e urologue. Ils pourront évaluer la situation et recommander le traitement approprié.

pillow princess

Terme utilisé pour désigner une personne, généralement une femme, qui préfère être passive ou réceptive dans les activités sexuelles, plutôt qu'être active ou donner du plaisir à son/sa partenaire. Elle implique souvent que cette personne aime recevoir des caresses et de l'attention sexuelle sans nécessairement rendre la pareille.

pilule contraceptive

Méthode de contraception hormonale prise quotidiennement par voie orale pour prévenir la grossesse. Elle agit en inhibant l'ovulation, en épaississant la glaire cervicale pour empêcher les spermatozoïdes d'atteindre l'ovule et en amincissant la paroi utérine pour réduire la probabilité d'implantation.

Souvent prescrite « à la légère » comme un simple bonbon, elle entraîne des effets secondaires sérieux, tandis que la charge contraceptive reste presque quasiment toujours assumée par les « femmes », malgré l'existence d'options pour les « hommes » (vous le sentez mon agacement ?).

Effets secondaires courants (et peu abordés au moment de la prescription) :

- Nausées
- Maux de tête
- Prise de poids
- Changements d'humeur
- Sensibilité des seins
- Risque accru de caillots sanguins

La pilule est prescrite de manière quasi systématique aux personnes ayant un utérus comme méthode contraceptive principale. En plus de passer sous-silence les effets secondaires, cette pratique reflète une inégalité dans la charge contraceptive. Il est important de promouvoir un dialogue inclusif et équitable sur les responsabilités contraceptives afin de favoriser un partage plus équilibré.

plaisir sexuel

Sensation agréable et gratifiante résultant de l'excitation et de l'activité sexuelles, incluant des aspects physiques, émotionnels et psychologiques. Il peut être éprouvé de différentes manières, seul·e ou avec des partenaires, et varie selon les préférences et les désirs individuels. Le plaisir sexuel est une expérience personnelle et subjective, qui doit respecter le consentement et le confort de toutes les personnes impliquées.

plan à trois

Voir « Triolisme » p. 238

podophilie

Quand l'expression « prendre son pied » prend tout son sens !

Également connue sous le nom de « fétichisme des pieds », c'est un intérêt sexuel ou une attirance particulière envers les pieds. Les personnes qui ont une podophilie peuvent trouver les pieds sexuellement excitants, esthétiquement agréables ou peuvent éprouver une attraction émotionnelle envers cette partie du corps. Il est important de noter que la podophilie est une préférence sexuelle relativement courante.

point de non-retour

Quand la machine est lancée, même un arrêt d'urgence ne pourrait plus empêcher l'inévitable pic de plaisir !

Également connu sous le nom de « point culminant » ou de « point de non-retour orgasmique », il fait référence à un stade spécifique de l'excitation sexuelle où une personne atteint le sommet de sa stimulation sexuelle et où l'orgasme est imminent et inévitable.

Pour les personnes avec un pénis, le point de non-retour sexuel est souvent associé à l'éjaculation, c'est-à-dire l'expulsion de sperme du pénis. Il s'accompagne généralement de sensations intenses et de contractions rythmiques dans la région génitale.

Pour les personnes ayant un clitoris, le point de non-retour sexuel est plus complexe et peut varier d'une personne à l'autre. Pour l'identifier, il est important de bien se connaître et d'être à l'écoute de son corps.

Le point de non-retour sexuel peut varier en fonction de nombreux facteurs tels que le niveau d'excitation, les préférences individuelles et la stimulation reçue. Certaines personnes peuvent avoir une plus grande sensibilité et d'autres une plus faible sensibilité dans cette phase, et cela peut varier d'une expérience à l'autre.

point du mari *(ou point de l'époux)*

Aussi archaïque que nuisible, cette pratique obstétricale controversée et problématique consiste à recoudre, à la suite de l'accouchement, une déchirure du périnée ou une épisiotomie Par un ou des points de suture supplémentaires et inutiles. L'objectif : réduire la taille de l'entrée du vagin afin d'accroître supposément le plaisir masculin à la pénétration, lors du rapport sexuel.

Cependant, cette pratique est largement critiquée car elle n'est pas médicalement nécessaire. C'est donc une mutilation gynécologique, qui peut entraîner des complications graves (douleurs répétées lors des rapports sexuels, baisse d'estime de soi), voire d'autres troubles psychologiques aggravés par le traumatisme.

Elle soulève aussi des questions éthiques, notamment en ce qui concerne le consentement éclairé de la personne qui vient d'accoucher et l'absence de justification médicale pour la procédure. Les professionnel·les de la santé soulignent l'importance de privilégier la santé et le bien-être de la mère, et toute intervention chirurgicale devrait être basée sur des critères médicaux légitimes plutôt que sur des considérations esthétiques ou sexuelles.

point g

Voir à la lettre « G » p. 99

polyamour

Quand l'amour s'épanouit librement en explorant plusieurs relations à la fois !

Orientation relationnelle qui désigne la capacité à aimer et/ou affectionner plusieurs personnes en même temps, pouvant se traduire par la pratique de relations non-exclusives, avec le consentement éclairé de tous les partenaires.

Contrairement à l'infidélité, le polyamour repose sur la transparence, l'honnêteté et le respect mutuel.

Il existe différentes formes de polyamour :

1. Relations hiérarchiques :

- **Relation primaire :** une relation principale est souvent priorisée en termes de temps, d'engagement et de responsabilités. Les autres relations sont considérées comme secondaires.
- **Relations secondaires :** relations additionnelles qui sont importantes mais ne prennent pas la priorité sur la relation primaire.

2. Relations non hiérarchiques :

- **Relations égales :** toutes les relations sont considérées comme égales en termes d'importance et de priorité. Il n'y a pas de relation principale ou secondaire, et chaque partenaire reçoit une attention et un engagement équivalents.

3. Polyfidelité :

o Fidélité multiple : un groupe de partenaires choisit de rester fidèles les uns aux autres, formant une unité fermée où ils ne cherchent pas de relations extérieures.

4. Solo polyamour :

o Indépendance relationnelle : une personne polyamoureuse préfère maintenir son indépendance, sans établir de relation primaire ou de cohabitation, tout en ayant plusieurs relations amoureuses.

5. Anarchie relationnelle :

Il n'y a pas de hiérarchie ni de règles prédéfinies. Les relations sont fluides et évoluent selon les besoins et les accords des partenaires, sans distinctions strictes entre les relations amoureuses et amicales.

Les principes du Polyamour :

1. Toutes les personnes impliquées doivent être pleinement informées et donner leur consentement pour que les relations soient éthiques et respectueuses.

2. Une communication honnête et transparente est essentielle pour aborder les besoins, les limites et les émotions de chacun.

3. Chaque partenaire doit respecter les sentiments et les accords des autres, en veillant à ce que les relations soient harmonieuses et équilibrées.

4. Le polyamour nécessite souvent de travailler sur la gestion de la jalousie et des insécurités, tout en renforçant la confiance et le soutien mutuel.

Le polyamour, comme toute autre forme de relation, doit être abordé avec respect et sans jugement. Il offre une alternative valide aux relations monogames, permettant à ceux qui le pratiquent de vivre des expériences amoureuses riches et variées.

polyamoureux·se

Se dit d'une personne qui entretient simultanément des relations polyamoureuses.

pornographie/porno

Représentation explicite d'actes sexuels dans divers médias, tels que les vidéos, les images, les magazines et les textes, créée dans le but de susciter l'excitation sexuelle chez les spectateur·rice·s.

La pornographie peut être utilisée comme un support de stimulation sexuelle et est un moyen valide pour explorer ses fantasmes et désirs. Elle peut aider certaines personnes à découvrir ce qui les excite et à enrichir leur vie sexuelle de manière individuelle ou avec un partenaire.

Néanmoins, il est important d'avoir en tête les problématiques du porno mainstream :

Le porno mainstream présente souvent des images et des scénarios sexuels irréalistes qui ne reflètent pas les expériences sexuelles courantes. Cela peut créer des attentes déformées sur la sexualité, les performances sexuelles et les corps humains.

Les contenus pornographiques courants peuvent perpétuer des stéréotypes de genre et des inégalités, en particulier en représentant les femmes de manière objectifiée ou en dévalorisant certaines pratiques sexuelles.

Le porno mainstream tend à manquer de diversité en termes de types de corps, d'orientations sexuelles et de pratiques sexuelles, ce qui peut limiter la compréhension de la sexualité humaine dans toute sa richesse et sa diversité.

La pornographie peut être un outil de stimulation sexuelle valable, mais il est important de la consommer avec discernement. Le porno mainstream peut présenter des problèmes en termes de réalisme et de représentation. C'est pourquoi il est crucial de contrebalancer son visionnage par une éducation à la sexualité qui favorise des rapports sexuels sains, respectueux et réalistes. En combinant une approche éclairée de la pornographie avec une solide éducation sexuelle, on peut éviter que le porno ne biaise les perceptions et les attentes concernant la sexualité.

Importance de l'éducation sexuelle vis-à-vis de la pornographie :

1. Une éducation sexuelle complète et ouverte aide à comprendre que la pornographie est une forme de divertissement et non un guide pratique de la sexualité. Cela permet de distinguer les fantasmes représentés dans le porno des réalités sexuelles.

2. L'éducation à la sexualité met l'accent sur le respect, le consentement et la communication dans les relations sexuelles. Elle aide à contrer les messages potentiellement nocifs véhiculés par certains contenus pornographiques.

3. Une bonne éducation sexuelle promeut la diversité des corps, des orientations sexuelles et des pratiques sexuelles, encourageant une vision plus inclusive et respectueuse de la sexualité humaine.

Les alternatives à la pornographie vidéo offrent d'autres moyens d'explorer et de stimuler la sexualité de manière saine et diversifiée. Parmi ces alternatives, on trouve la littérature érotique, qui permet de stimuler l'imagination et de créer des scénarios personnalisés à travers des récits sensuels et détaillés. Les podcasts/audio érotiques sont une autre option, offrant des histoires ou des discussions sur la sexualité qui peuvent être écoutées en privé et permettent une immersion différente. L'art érotique, incluant la peinture, la photographie et la sculpture, offre une exploration visuelle de la sexualité souvent plus nuancée et esthétique. Enfin, les ateliers et cours de sexualité peuvent fournir des informations éducatives et pratiques, favorisant une compréhension approfondie et une meilleure communication dans les relations intimes. Ces alternatives permettent une approche plus équilibrée et enrichissante de la sexualité, évitant les clichés et les stéréotypes souvent présents dans le porno mainstream.

préliminaires

Terme qui sent la poussière, comme si l'exploration du plaisir ne faisait que préparer à « l'acte principal », alors qu'en réalité, chaque moment compte en lui-même !

Les préliminaires sexuels font référence aux activités sexuelles qui précèdent la pénétration vaginale ou anale. Ils sont souvent considérés comme des moments d'exploration, de stimulation et de plaisir partagé entre les partenaires avant d'atteindre l'acte sexuel principal. Les préliminaires peuvent inclure une variété d'activités telles que les caresses, les baisers, les câlins, le sexe oral, la stimulation des zones érogènes, les massages sensuels, les jeux de rôles, etc. Les préliminaires sont importants pour plusieurs raisons. D'abord, ils permettent de créer une ambiance érotique, d'établir une connexion intime et de favoriser le désir sexuel entre les partenaires. Ils offrent également une occasion d'explorer les préférences et les zones sensibles de chacun, et d'apprendre à communiquer et à se familiariser avec les besoins et les limites de l'autre. Enfin, les préliminaires peuvent contribuer à augmenter l'excitation sexuelle et à préparer le corps en stimulant l'engorgement des organes génitaux et en favorisant la lubrification naturelle.

Cependant, le terme « préliminaires » suggère une hiérarchie implicite dans laquelle la pénétration est considérée comme l'acte sexuel principal et les autres pratiques sont perçues comme un prélude ou une étape préparatoire. Cette hiérarchie implique une vision limitée de la sexualité en ne mettant pas suffisamment en valeur la diversité et l'importance des autres pratiques sexuelles. La sexualité est un spectre large et varié, et toutes les pratiques sexuelles peuvent être valorisées et appréciées indépendamment de leur relation avec la pénétration.

Il n'y a pas de « bonne » ou de « mauvaise » pratique sexuelle, tant que toutes les activités sont consensuelles, respectueuses et mutuellement satisfaisantes pour les partenaires impliqué·e·s. Au lieu de considérer les autres pratiques comme de simples « préliminaires », on peut utiliser des termes plus neutres tels que « jeux sexuels », « exploration mutuelle » ou « activités intimes ». Cela contribue à reconnaître l'égalité des pratiques et à promouvoir une approche holistique et inclusive de la sexualité. Pas de limites à l'imagination, tant que ça fait plaisir à toustes !

première fois

Fait référence à une expérience initiale dans le contexte de la sexualité et/ou de l'amour. Traditionnellement, cette expression est souvent associée à la première expérience de pénétration sexuelle. Cependant, il est important de reconnaître que la « première fois » peut englober une variété d'expériences significatives et intimes qui ne se limitent pas à la pénétration.

En abordant la « première fois » sous un angle plus large et inclusif, on peut reconnaître que toute expérience où les individus explorent consciemment leur intimité, leurs désirs et leur sexualité avec eux-mêmes ou avec d'autres peut être considérée comme une « première fois ». Cela peut inclure le premier baiser, la première expérience de caresses, la première fois que l'on partage des sentiments intimes avec quelqu'un, la première exploration de sa propre sexualité par la masturbation, ou encore un premier plan à trois.

Il est crucial de désacraliser l'idée que la pénétration est l'unique ou la principale forme de sexualité valable. Valoriser toutes les formes d'exploration sexuelle et affective permet de créer un environnement plus ouvert et accueillant pour toustes, indépendamment des choix et expériences personnels.

prep

Ou « prophylaxie pré-exposition », « prophylaxie » signifiant « éviter une infection » et « pré-exposition » que le traitement doit démarrer avant (et se poursuivre après) un éventuel contact avec le VIH.

Traitement préventif destiné à réduire le risque d'infection par le VIH chez les personnes séronégatives. Il consiste à prendre un médicament antirétroviral avant une exposition potentielle au virus, pour bloquer son installation dans l'organisme. Ce traitement est très efficace, à condition d'être pris régulièrement ou avant et après des rapports sexuels à risque.

En France, la PrEP est accessible sous certaines conditions :

1. Population à risque : elle est principalement recommandée pour les personnes de plus de 15 ans ayant un risque élevé d'exposition au VIH, comme les travailleur·euse·s du sexe, les usagers de drogues injectables (en complément des autres outils de la réduction des risques), les personnes ayant des partenaires multiples ou encore celles ayant des partenaires séropositifs sans traitement efficace. Toutefois, toute personne, selon sa situation et son souhait de prévention, doit pouvoir demander et obtenir la PrEp.

2. Consultation médicale : pour accéder à la PrEP, il faut passer par un médecin (souvent dans un centre de santé sexuelle ou un hôpital). Un bilan médical, comprenant un dépistage VIH et d'autres infections sexuellement transmissibles (IST) est nécessaire avant de commencer le traitement.

3. Suivi régulier : une fois sous PrEP, un suivi médical est obligatoire avec des rendez-vous réguliers (tous les trois mois) pour contrôler la bonne tolérance du traitement et s'assurer de l'absence de contamination par le VIH.

La PrEP est remboursée à 100 % par la Sécurité sociale en France, ce qui la rend accessible sans frais pour les personnes qui en ont besoin.

prépuce

Repli mobile de la peau qui recouvre plus ou moins le gland de la verge et celui du clitoris.

Son rôle est multiple :

- **Protection :** il protège le gland, particulièrement sensible, des frottements, des irritations et des agents pathogènes.
- **Sensibilité :** le prépuce contient de nombreuses terminaisons nerveuses, contribuant à la sensibilité sexuelle.
- **Lubrification :** il aide à maintenir l'humidité naturelle du gland (du pénis ou du clitoris).

préservatif

En plus d'être un moyen de contraception, il reste l'outil de prévention le plus sûr pour se protéger à la fois des grossesses non désirées et des infections sexuellement transmissibles.

Il en existe deux types principaux : le préservatif externe (souvent appelé « masculin ») et le préservatif interne (souvent appelé « féminin »). Le préservatif externe se déroule sur le pénis en érection, tandis que le préservatif interne s'insère dans le vagin ou l'anus, avec une bague interne pour le maintenir en place.

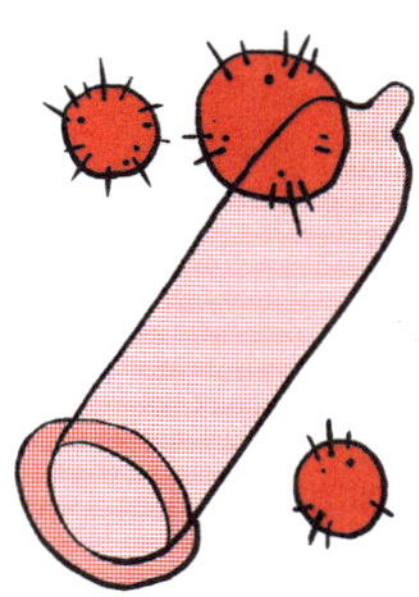

En France, il est possible d'obtenir des préservatifs gratuitement de plusieurs façons :

- **Centres de planification et d'éducation familiale :** ces centres distribuent gratuitement des préservatifs et offrent des conseils en matière de santé sexuelle.
- **Associations et ONG :** de nombreuses associations de lutte contre le VIH et les IST, comme AIDES, distribuent des préservatifs gratuitement.
- **Infirmeries scolaires et universitaires :** les établissements scolaires et universitaires mettent souvent des préservatifs à disposition gratuitement pour les étudiants.
- **Pharmacies et consultations médicales :** depuis janvier 2023, les jeunes de moins de 26 ans peuvent obtenir gratuitement des préservatifs en pharmacie, sur simple présentation de leur carte d'identité ou de leur carte Vitale. Pour les personnes âgées de 26 ans et plus, ces contraceptifs sont remboursés à hauteur de 60 % sur présentation de la prescription d'un médecin ou d'une sage-femme.

Lorsqu'il est utilisé correctement à chaque rapport sexuel, le préservatif masculin est efficace à environ 98 % pour prévenir les grossesses et très efficace contre la transmission des IST comme le VIH, la chlamydia ou la gonorrhée.

Conseils pour bien utiliser un préservatif :

- **Vérifier la date de péremption :** un préservatif périmé peut être fragilisé, ce qui augmente les risques de rupture.
- **Choisir la bonne taille :** un préservatif mal ajusté peut nuire à son efficacité.
  - **Trop grand :** s'il est trop large, il risque de glisser pendant le rapport, ce qui pourrait entraîner une fuite de sperme ou un contact direct avec la peau, augmentant ainsi les risques de transmission d'IST ou de grossesse.
  - **Trop petit :** s'il est trop serré, il peut se déchirer plus facilement pendant l'utilisation, rendant la protection inefficace et exposant aux mêmes risques.

Pour garantir la meilleure protection, il est donc essentiel de choisir un préservatif adapté à la taille du pénis. Pour vous assurer de choisir la bonne taille de préservatif, il est recommandé d'utiliser des outils adaptés pour mesurer précisément le pénis.

Le site MySize.ch propose un outil en ligne qui aide à mesurer correctement la circonférence et la longueur du pénis afin de sélectionner la taille de préservatif la plus adaptée. Cela permet d'éviter les risques liés à un préservatif trop grand ou trop petit, et de garantir une protection maximale.

- **Utiliser un préservatif à chaque rapport :** que ce soit pour les rapports vaginaux, anaux ou oraux, un nouveau préservatif doit être utilisé à chaque fois.
- **Mettre le préservatif avant tout contact :** il est essentiel de mettre le préservatif avant tout contact génital pour éviter la transmission d'IST et les grossesses.
- **S'assurer qu'il est bien en place :** après avoir ouvert l'emballage avec précaution (sans les dents ou des objets coupants), pincez le bout pour laisser un espace permettant de recueillir le sperme, puis déroulez-le sur le pénis en érection jusqu'à la base.
- **Lubrification :** utiliser un lubrifiant à base d'eau ou de silicone peut réduire les risques de rupture. Évitez les lubrifiants à base d'huile (comme les lotions ou l'huile de coco), car ils peuvent endommager le latex.
- **Retrait après l'éjaculation :** retirez le pénis en tenant la base du préservatif avant que l'érection ne disparaisse pour éviter tout glissement ou fuite.
- **Jeter correctement :** une fois utilisé, le préservatif doit être noué et jeté à la poubelle, pas dans les toilettes ! Je vous vois !

Avec une bonne utilisation, le préservatif reste un moyen fiable de se protéger, mais il est important d'avoir conscience des petites erreurs qui peuvent réduire son efficacité !

priapisme

Quand l'érection décide de jouer les prolongations : aïe, aïe, aïe !

Érection prolongée et douloureuse qui persiste pendant plusieurs heures, en l'absence de stimulation sexuelle. Cette condition peut survenir à tout âge.

Il est important de noter que le priapisme n'est pas la même chose qu'une érection normale qui survient en réponse à une stimulation sexuelle. Une érection normale disparaît après l'orgasme ou lorsque l'excitation diminue. Le priapisme, en revanche, ne disparaît pas spontanément et peut causer une douleur intense et des complications si le traitement n'est pas administré rapidement.

Le priapisme peut être classé en trois types principaux :

1. Le priapisme ischémique : c'est la forme la plus fréquente de priapisme. Il se produit lorsque le sang est piégé dans le pénis, empêchant le retour veineux normal. Cela peut être causé par divers facteurs tels que des médicaments, des troubles sanguins, des traumatismes ou des infections.

2. Le priapisme non ischémique : c'est une forme moins courante de priapisme. Il se caractérise par une érection prolongée sans douleur. Contrairement au priapisme ischémique, le flux sanguin est généralement préservé, mais il peut être causé par des problèmes neurologiques ou des lésions de la moelle épinière.

3. Le priapisme récurrent : c'est une forme rare de priapisme qui se caractérise par des épisodes récurrents d'érection prolongée et douloureuse. La cause sous-jacente de ce type de priapisme peut être difficile à déterminer et nécessite une évaluation médicale approfondie.

Il est important de consulter immédiate en cas de priapisme. Le priapisme, surtout lorsqu'il est prolongé (plus de quatre heures), empêche le sang de circuler correctement dans le pénis. Ce manque d'oxygénation des tissus peut entraîner des lésions graves, allant jusqu'à la nécrose (mort des tissus), ce qui pourrait provoquer des complications irréversibles, y compris des troubles permanents de l'érection. C'est pourquoi le priapisme est considéré comme une urgence médicale et nécessite une prise en charge rapide.

Le traitement du priapisme dépend du type et de la cause sous-jacente. Les interventions médicales peuvent inclure des méthodes pour drainer le sang piégé, des médicaments vasoconstricteurs pour réduire le flux sanguin vers le pénis ou, dans les cas graves et résistants aux traitements conservateurs, une intervention chirurgicale.

pride

Également connue sous les noms de Gay Pride ou Marche des Fiertés, c'est un mouvement mondial célébrant la diversité, l'acceptation et les droits des personnes lesbiennes, gays, bisexuelles, transgenres, queer et d'autres identités sexuelles et de genre diverses.

L'histoire de la Pride remonte aux émeutes de Stonewall, qui ont eu lieu à New York en juin 1969. À cette époque, la société était marquée par une forte stigmatisation et discrimination envers les personnes LGBTQIA+. La police menait régulièrement des descentes dans les bars fréquentés par la communauté LGBTQIA+ et les personnes arrêtées étaient souvent harcelées et maltraitées.

Cependant, le 28 juin 1969, lors d'une descente de police au Stonewall Inn, un bar fréquenté principalement par des personnes LGBTQIA+, les clients ont résisté et ont déclenché des émeutes qui ont duré plusieurs jours. Ces émeutes de Stonewall ont été un moment décisif, marquant le début du mouvement de libération homosexuelle. Un an après les émeutes, en juin 1970, les premières Marches de la fierté gay ont eu lieu à New York, Los Angeles, San Francisco et Chicago, pour commémorer l'anniversaire des émeutes de Stonewall. Ces marches étaient une affirmation publique de l'identité et des droits des personnes LGBTQIA+.

Au fil des ans, la Pride s'est étendue à travers le monde, devenant un mouvement mondial de visibilité et de célébration. Les Marches de la fierté ont évolué pour inclure des défilés colorés, des événements culturels, des conférences et des festivals, qui mettent en avant la diversité de la communauté LGBTQIA+, et renforcent la solidarité et l'acceptation. La Pride est également un moment pour faire entendre les revendications en faveur de l'égalité des droits. Les participants à la Pride demandent souvent des lois antidiscriminatoires, des protections contre les violences basées sur l'orientation sexuelle et l'identité de genre, et la reconnaissance légale des relations entre personnes du même sexe.

La Pride est importante non seulement pour les personnes LGBTQIA+, mais aussi pour l'ensemble de la société, car elle vise à promouvoir l'inclusion, la tolérance et l'égalité. Elle encourage la compréhension mutuelle et le respect envers les personnes de toutes les orientations sexuelles et identités de genre.

prostate

Cette petite glande souvent négligée cache pourtant un potentiel de plaisir encore bien trop sous-exploré !

Glande de l'appareil reproducteur dit masculin, de la taille et de la forme d'une noix, située sous la vessie et devant le rectum. Elle entoure une partie de l'urètre, le canal qui évacue l'urine de la vessie.

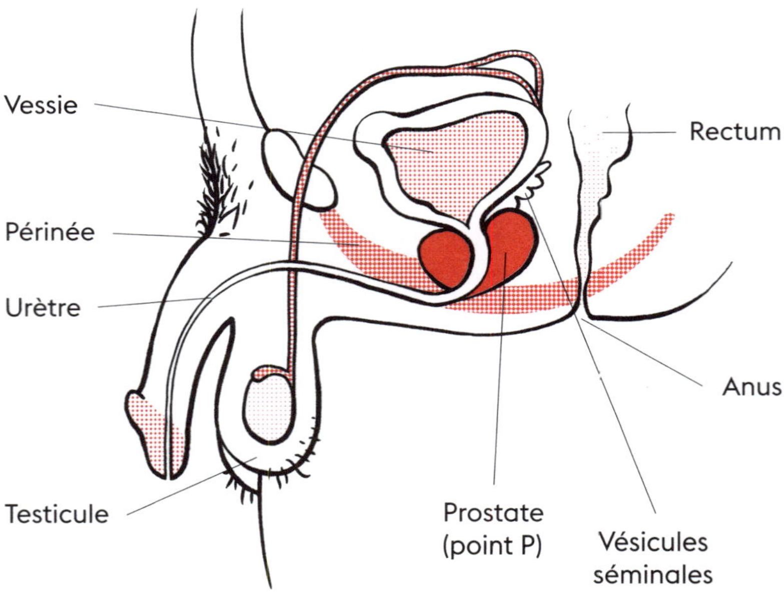

Prostate

Le rôle principal de la prostate est de produire une partie du liquide séminal, qui compose le sperme. Ce liquide séminal aide à transporter et à nourrir les spermatozoïdes.

La prostate est également (et c'est ce qui nous intéresse ici !) une véritable zone érogène peu connue, qui peut procurer des orgasmes d'une intensité unique à celles et ceux qui la stimulent à des fins de plaisir.

La stimulation de la prostate, souvent taboue dans les discussions sur la sexualité, est un sujet mal compris et parfois stigmatisé. Cette pratique n'est pas liée à l'orientation sexuelle, elle représente plutôt une facette des nombreuses pratiques sexuelles possibles. La prostate, parfois appelée le « point P », peut être une source de plaisir intense lorsqu'elle est stimulée. Cependant, en raison de malentendus et de stéréotypes, de nombreuses personnes hésitent à explorer cette forme de plaisir sexuel. Il est important de dissocier l'orientation sexuelle des pratiques sexuelles pour permettre une meilleure compréhension et acceptation de la diversité des plaisirs sexuels.

prostitué·e

Personne qui échange des services sexuels contre de l'argent ou d'autres formes de compensation. Ce terme peut avoir des connotations négatives et stigmatisantes. Il est donc préférable d'utiliser l'expression TDS (travailleur·euse du sexe), qui est plus respectueuse et reconnaît le travail sexuel comme une profession légitime.
En France, la loi concernant les travailleurs et travailleuses du sexe repose sur un cadre légal qui vise principalement à pénaliser l'achat de services sexuels plutôt que leur vente ce qui est critiquable. Je vous explique :

Les points clés de la législation actuelle :

1. Pénalisation des clients : la loi de 2016 interdit l'achat d'actes sexuels et les clients des TDS risquent une amende pouvant aller jusqu'à 1 500 euros (et jusqu'à 3 750 euros en cas de récidive). L'objectif affiché est de réduire la demande et de dissuader les clients, dans une tentative de lutter contre l'exploitation sexuelle. Cependant, cette mesure déplace la pression sur les TDS, les obligeant à exercer dans des conditions plus précaires.

2. Non-criminalisation directe des TDS : les travailleurs et travailleuses du sexe ne sont pas directement pénalisé·e·s pour la vente de leurs services. Toutefois, la loi encadre et limite fortement leur activité par d'autres mesures indirectes.

3. Absence de reconnaissance du travail : la prostitution n'est pas reconnue comme un travail légitime en France. Les TDS ne bénéficient donc pas de protection sociale ou de droits similaires à ceux des autres travailleurs (comme les congés payés, la retraite ou la protection contre les abus).

4. Aides à la réinsertion : la loi de 2016 prévoit un programme d'accompagnement pour les personnes souhaitant quitter la prostitution, comprenant une aide financière temporaire et un accompagnement vers d'autres formes d'emploi. Cependant, cette aide est jugée insuffisante par de nombreux acteurs du secteur.

Il est important de reconnaître le travail du sexe comme une activité légitime, en mettant l'accent sur la protection des TDS contre la violence, les abus et la stigmatisation, plutôt que sur la répression de leur activité. Les TDS devraient avoir le droit d'exercer leur métier dans des conditions de sécurité et de dignité. La criminalisation des clients, au lieu de protéger les TDS, les rend plus vulnérables, car ils/elles doivent accepter des clients dans des conditions plus risquées, souvent dans des lieux moins sécurisés et sans pouvoir négocier les termes de l'échange en toute sérénité. La décriminalisation est vue comme une solution pour améliorer les conditions de travail des TDS car elle leur permettait d'accéder à des droits et à une protection sociale, tout en réduisant leur exposition à la violence et à l'exploitation.

proxénétisme

Activité consistant à tirer profit de la prostitution d'autrui, à en faciliter ou à en organiser les conditions. En France, le proxénétisme est considéré comme une infraction pénale grave. Il englobe diverses actions telles que le fait de diriger, gérer, financer ou participer à l'exploitation d'un établissement de prostitution, d'assister une personne se prostituant pour en tirer profit, ou encore de recruter, contraindre ou influencer une personne à se prostituer.

La loi française réprime sévèrement le proxénétisme. Selon le Code pénal français (articles 225-5 à 225-12), le proxénétisme est puni de dix ans d'emprisonnement et de 1 500 000 euros d'amende. Les peines peuvent être aggravées dans certaines circonstances, par exemple si la victime est mineure, si l'auteur est un ascendant de la victime ou une personne ayant autorité sur elle, ou encore si l'infraction est commise en bande organisée. Ces dispositions reflètent la volonté de protéger les individus contre l'exploitation sexuelle et de lutter contre les réseaux de prostitution.

puberté

Cette période fascinante où le corps se transforme et révèle ses premières notes de l'âge adulte, apportant autant de surprises que de questions !

Période de transition biologique et physiologique durant laquelle un enfant devient capable de reproduction sexuelle. Cette étape marque le passage de l'enfance à l'adolescence et s'accompagne de changements physiques, hormonaux et émotionnels. Bienvenue dans les montagnes russes !

Elle débute généralement entre 9 et 14 ans. Pour la puberté dite féminine, elle se manifeste par le développement des seins, la croissance rapide en taille, l'apparition des poils pubiens et sous les bras, et le début des menstruations (première période menstruelle), signalant que les ovaires ont commencé à fonctionner.

Lors de la puberté dite masculine, les changements incluent la croissance du pénis et des testicules, l'apparition de poils pubiens, sous les bras, sur le visage et parfois sur le reste du corps, un changement de la voix (qui devient plus grave) et une augmentation rapide de la taille. La production des spermatozoïdes commence également.

La puberté est aussi marquée par des changements psychologiques et émotionnels. Les adolescents peuvent expérimenter de nouveaux sentiments et émotions, et leur façon de penser peut devenir plus abstraite. Ils commencent à développer une identité personnelle et à comprendre leur sexualité.

Elle se termine généralement entre 18 et 21 ans, même si cela peut varier d'une personne à l'autre. C'est à cet âge que les changements physiques se stabilisent et que la croissance s'achève pour la plupart des jeunes adultes, marquant ainsi la fin de cette période de développement. Il est important de noter que chaque personne vit la puberté à son propre rythme et que ces changements peuvent varier considérablement d'une personne à l'autre.

pubis

Région anatomique se situant dans la zone inférieure de l'abdomen. Il se compose principalement de l'os pubien, qui fait partie du bassin, et de la région environnante, comprenant des muscles, des nerfs et des tissus mous.

Le rôle du pubis est multiple :

- **Soutien structurel :** l'os pubien, en tant que partie du bassin, joue un rôle crucial dans le soutien des organes internes et dans la structure globale du corps. Il aide également à supporter le poids du corps, en particulier en position assise.
- **Protection :** il protège les organes génitaux internes, comme l'utérus et les ovaires, et contribue à la protection de la prostate et de la vessie.
- **Fonction sexuelle :** la région du pubis est riche en terminaisons nerveuses et en vaisseaux sanguins, ce qui la rend sensible au toucher et importante pour la stimulation sexuelle (le mont de Vénus, qui est la partie rembourrée au-dessus de l'os pubien, fournit un coussinet protecteur pendant les rapports sexuels pénétratifs).
- **Rôle dans la reproduction :** l'écartement et la flexibilité des os du pubis jouent un rôle essentiel lors de l'accouchement, permettant au bébé de passer à travers le canal de naissance.

Fun fact : saviez-vous que tout comme d'autres parties du corps, on peut également « grossir du pubis » ? Ce phénomène, où la graisse s'accumule au-dessus de l'os pubien, a même un nom : la FUPA (*Fat Upper Pubic Area*). C'est un terme souvent utilisé de manière humoristique pour désigner ce petit « coussin » inattendu, et rassurez-vous, c'est parfaitement normal !

puceau/pucelle

Terme historiquement employé pour désigner une personne qui n'a pas encore eu de rapports sexuels. Bien que se référant initialement à une expérience sexuelle, ce terme a souvent été chargé de connotations sociales et culturelles. Dans certains contextes, il peut être utilisé de façon péjorative ou insultante pour remettre en question la maturité sexuelle, la masculinité ou la compétence sociale d'un individu.

pudendal *(nerf)*

Nerf qui innerve la région du périnée, y compris les organes génitaux externes et l'anus.

Le nerf pudendal est comme un messager, transmettant des informations sensorielles des organes génitaux au cerveau et vice versa. Lorsqu'une personne est sexuellement stimulée, ce nerf envoie des signaux au cerveau qui peuvent provoquer des sensations agréables, contribuant ainsi à l'expérience du plaisir sexuel et de l'orgasme. En retour, le cerveau peut envoyer des signaux via ce nerf pour déclencher certaines réponses physiologiques, comme l'érection ou la lubrification.

N.B. : il était autre fois appelé « nerf de la honte »... Le terme « pudendal » vient du latin *pudenda*, qui signifie « les parties dont on doit avoir honte ». Dans les cultures anciennes et dans certaines sociétés, les organes génitaux étaient souvent associés à la pudeur ou à la honte, particulièrement dans les contextes publics ou dans les discussions. Cette perspective était influencée par les attitudes culturelles, religieuses et sociales de l'époque, qui considéraient souvent la sexualité et les organes génitaux comme tabous ou indécents.

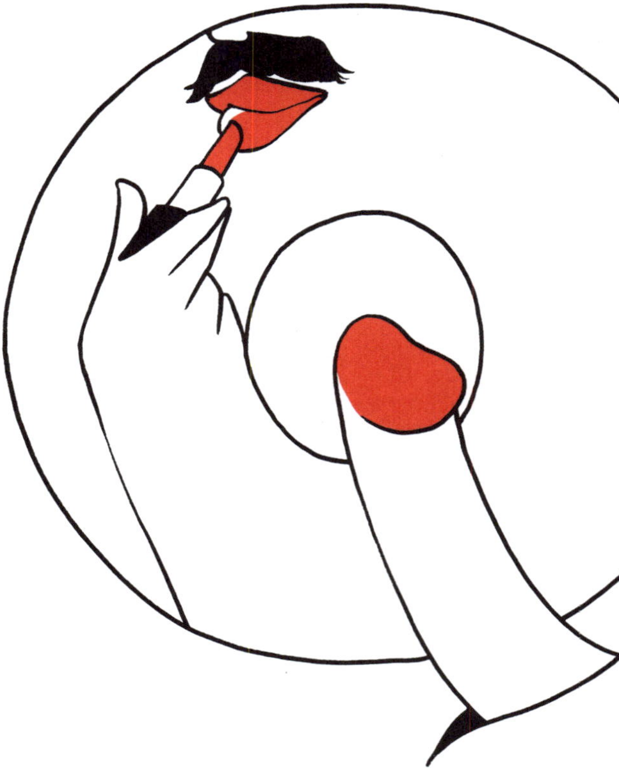

Queer • Queue
Quickie

queer

Terme générique et inclusif qui englobe un large éventail d'identités, y compris les personnes homosexuelles, lesbiennes, bisexuelles, transgenres, non binaires, pansexuelles et aussi toutes les personnes qui ne se retrouvent pas dans l'acronyme LGBTQIA+. Ce qui distingue le terme « queer » des autres identités LGBTQIA+ c'est qu'il est souvent utilisé comme un parapluie ou une catégorie plus large qui permet aux individus de se définir en dehors des étiquettes traditionnelles et binaires. Il met l'accent sur la fluidité, la diversité et la remise en question des normes sociales et des catégories fixes.

Pour certaines personnes, s'identifier comme « queer » est une affirmation politique qui rejette les normes de genre et d'orientation sexuelle imposées par la société. Cela peut également être une manière pour certaines d'entre elles de reconnaître et d'honorer leur propre complexité et leur identité en évolution. La signification du terme peut varier d'une personne à l'autre, et le respect des préférences individuelles est primordial lorsqu'il s'agit d'utiliser ce terme.

queue

Terme familier désignant le pénis. L'usage de ce terme peut être considéré comme vulgaire ou décontracté, et il est important de comprendre le contexte culturel et social dans lequel il est utilisé.

quickie

L'art de savourer un moment de plaisir intense et spontané, en un temps record, mais sans sacrifier la passion (enfin, je l'espère !).

Expression informelle qui fait référence à un acte sexuel rapide et spontané. Cela signifie généralement avoir une relation sexuelle de courte durée. Il s'agit d'un moment de plaisir partagé qui, même s'il est bref, peut être très satisfaisant pour les deux partenaires. Parfois, ce n'est pas la durée ou la complexité qui compte, mais la connexion intime que ce moment procure. Un *quickie* peut être l'occasion de se rapprocher rapidement avant de dormir ou lors d'un moment de passion spontanée, sans avoir besoin de fioritures.

Rainbow kiss • Règles
Réponse sexuelle • Résolution
Retrait • Rôles • Rupture

rainbow kiss

Activité sexuelle spécifique impliquant l'échange de fluides entre deux personnes lors d'un baiser. Il se produit lorsqu'un·e partenaire pratique un cunnilingus sur une personne pendant ses menstruations, et échange ensuite un baiser avec son/sa partenaire, qui a réalisé une fellation. Cette pratique combine les fluides sexuels des deux partenaires dans le baiser (sperme et menstruations), d'où le terme « arc-en-ciel » (*rainbow*) pour décrire le mélange des différentes couleurs.

Il est important de noter que cette pratique, comme toute activité sexuelle, nécessite le consentement mutuel et informé des participants. De plus, il est crucial de considérer les risques de transmission de infections sexuellement transmissibles (IST) et d'utiliser des méthodes de protection appropriées pour réduire ces risques.

règles

Voir « Menstruations », p. 153

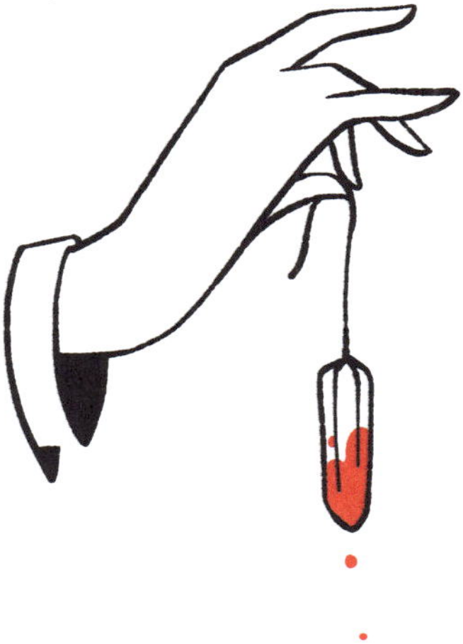

réponse sexuelle

La réponse sexuelle est le processus physiologique et psychologique qui se produit lorsque nous sommes sexuellement stimulé·e·s. Elle peut légèrement varier en fonction du sexe et de l'âge.

L'info pour briller en société : le cycle de la réponse sexuelle a été théorisé par les sexologues William Masters et Virginia Johnson dans les années 1960, mettant en évidence quatre phases : l'excitation, le plateau, l'orgasme et la résolution.

1. Excitation : c'est la première phase de la réponse sexuelle. Elle est déclenchée par une stimulation sexuelle, qui peut être physique ou mentale. Cette phase est caractérisée par une augmentation du flux sanguin vers les organes génitaux, ce qui provoque une érection et une lubrification. Les mamelons peuvent également durcir et les organes sexuels peuvent commencer à gonfler.

2. Plateau : c'est la deuxième phase de la réponse sexuelle. Elle est caractérisée par une intensification de l'excitation et de la tension sexuelles. Les organes génitaux peuvent devenir plus sensibles et la respiration s'accélérer. Cette phase peut durer de quelques minutes à plusieurs heures.

3. Orgasme : c'est la troisième phase de la réponse sexuelle. Elle est caractérisée par une libération soudaine de la tension sexuelle accumulée pendant les phases précédentes. Cette libération se traduit par des contractions musculaires involontaires et un pic de plaisir intense.

4. Récupération ou encore résolution : c'est la dernière phase de la réponse sexuelle. Elle est caractérisée par un retour progressif du corps à son état de repos normal. Cette phase peut durer de quelques minutes à plusieurs heures, pendant lesquelles le corps récupère et reprend sa respiration et son rythme cardiaque normaux.

En résumé : la réponse sexuelle est un processus physiologique et psychologique complexe qui se produit en réponse à une stimulation sexuelle. Elle est généralement divisée en quatre phases, chacune caractérisée par des changements physiques et émotionnels spécifiques.

résolution

Voir « Période réfractaire », p. 177

retrait

Ou l'art de jouer avec le feu ! N'est pas un moyen fiable de contraception : entre oublis, timing imparfait et spermatozoïdes précoces, le risque de grossesse reste bien réel !

Également connue sous le nom de « méthode du retrait pré-éjaculatoire », c'est une méthode de contraception où le partenaire retire son pénis de l'orifice vaginal avant l'éjaculation afin d'éviter la fécondation. Elle est basée sur l'idée que l'éjaculation se produit en général à la fin de l'excitation sexuelle et que le sperme est présent uniquement dans le liquide séminal éjaculé (aïe, aïe, aïe, mauvaise réponse !).

Il faut noter que la méthode du retrait n'est pas considérée comme une méthode contraceptive fiable. Elle est sujette à un risque élevé d'échec, principalement en raison de l'incapacité à contrôler efficacement l'émission de liquide pré-éjaculatoire qui peut contenir des spermatozoïdes.

Les statistiques d'efficacité de la méthode du retrait varient en fonction de divers facteurs tels que l'expérience du partenaire et d'autres facteurs individuels. Et même, il est important de souligner que même lorsque la méthode du retrait est utilisée correctement et de manière cohérente, elle n'offre pas une protection contraceptive aussi efficace que d'autres méthodes plus fiables telles que les contraceptifs hormonaux ou les méthodes de barrière (comme les préservatifs).

Selon les études, le taux typique d'échec de la méthode du retrait est d'environ 22 %. Cela signifie que sur une période d'un an, environ vingt-deux personnes menstruées sur cent utilisant uniquement cette méthode tomberont enceintes. En comparaison, les contraceptifs hormonaux tels que la pilule contraceptive ont un taux d'échec d'environ 0,3 à 0,5 % lorsqu'ils sont utilisés correctement.

Il est donc essentiel que les personnes qui souhaitent éviter une grossesse non désirée envisagent d'utiliser des méthodes contraceptives plus fiables et efficaces.

rôles *(jeu de)*

« Toc toc, c'est le plombier ! »

Forme de jeu érotique dans lequel les participant·e·s adoptent et jouent des rôles spécifiques afin d'engendrer une excitation sexuelle. Ces jeux impliquent souvent des scénarios fantastiques ou des situations où chaque partenaire prend le rôle d'un personnage, comme une scène de séduction, une situation de pouvoir ou d'autres dynamiques. Le but est d'explorer des désirs et des fantasmes dans un environnement sûr et consensuel, permettant ainsi aux participant·e·s de vivre des expériences sexuelles créatives et variées. Cela peut inclure des costumes, des accessoires et des dialogues adaptés au rôle choisi. Les jeux de rôles sexuels encouragent la communication, l'expression de soi et peuvent renforcer l'intimité entre les partenaires.

rupture

Ce moment qui marque la fin d'une histoire, mais souvent le début d'une nouvelle page à écrire.

Processus par lequel une relation entre des individus prend fin. Ce terme est souvent associé aux relations amoureuses, mais il est important de comprendre qu'une rupture peut survenir dans divers types de relations, y compris l'amitié, les relations professionnelles ou même les liens familiaux.

Les ruptures, quel que soit leur type, peuvent être difficiles à gérer. Il est normal de ressentir de la tristesse, de la confusion ou de l'incertitude. Cependant, il est important de chercher du soutien auprès d'amis, de la famille ou de professionnels, si nécessaire.

Prendre soin de soi, pratiquer des activités qui apportent de la joie et se donner le temps pour le processus de guérison sont des étapes clés dans la gestion d'une rupture.

Les ruptures sont une partie naturelle de la vie et peuvent être une opportunité de croissance personnelle. Comprendre qu'elles ne sont pas limitées aux relations amoureuses aide à reconnaître l'impact qu'elles peuvent avoir sur différents aspects de notre vie.

Si la douleur d'une rupture persiste, affecte votre humeur et dure depuis longtemps, n'oubliez pas qu'il est tout à fait normal et bénéfique de consulter un·e professionnel·le de la santé mentale pour vous accompagner dans ce processus de guérison.

Sadisme • Safe sex • Safe word
Saint-Valentin • Salpingite
Santé sexuelle • Saphique • Satyriasis
Scatophilie • Scrotum • Sécheresse vaginale
Sein(s) • Semence • Séminophagie
Septième ciel • Sexe • Sexisme
Sexologie • Sexomnie • Sextoy
Sexualité • Sexuation • Sida • Simulation
Sitophilie • Skene • Slut shaming • Sodomie
Sperme • SPM • Squirt • Stealthing • Stem
Stéréotypes de genre • Stérilité
Stérilisation • Syphilis

sadisme

Dans le contexte BDSM, le sadisme sexuel se réfère à la dérive de plaisir ou de satisfaction sexuelle de l'infliction de douleur, d'humiliation ou de domination sur une autre personne. Il est crucial de souligner que toutes les pratiques BDSM, y compris le sadisme sexuel, reposent sur des règles de bonnes pratiques (voir « BDSM » p. 25).

safe sex

Le plaisir est toujours meilleur quand il est bien protégé !

Ou « sexe sûr », il désigne les pratiques sexuelles visant à réduire le risque de contracter ou de transmettre des infections sexuellement transmissibles (IST) et à prévenir les grossesses non désirées.

Principes du *Safe sex* :

- **Utilisation de dispositifs de protections des IST :**
  - **Externes :** enroulés sur le pénis en érection pour empêcher le contact avec les fluides corporels.
  - **Internes :** insérés dans le vagin ou l'anus pour offrir une protection similaire.
  - **Barrières dentaires/digues :** utilisées pour le sexe oral.
- **Communication et consentement :**
  - **Parler** de ses envies et de ses limites avec ses partenaires.
  - **S'assurer** que toutes les activités sexuelles sont consenties.

Dépistage régulier :

Se faire dépister régulièrement pour les IST et partager les résultats de dépistage avec ses partenaires.

Adopter des pratiques sûres, communiquer avec les partenaires et s'informer régulièrement est essentiel pour une sexualité épanouie et responsable.

safe word

Terme employé dans le contexte de la sexualité, particulièrement dans les pratiques impliquant un jeu de domination et de soumission, pour assurer la sécurité et le consentement des participants. Il s'agit d'un mot ou d'une phrase prédéfinie que les partenaires conviennent d'utiliser pour communiquer de manière claire et immédiate qu'une limite a été atteinte ou qu'ils souhaitent arrêter l'activité.

Ce mot doit être choisi en amont et être suffisamment distinct pour ne pas être confondu avec les échanges habituels durant l'activité. Par exemple, des mots comme « ananas », « éclipse » ou « saucisson » peuvent être choisis car ils sont peu susceptibles d'être utilisés accidentellement !

Il est crucial que tous les partenaires comprennent et respectent le *safe word*. Lorsqu'il est prononcé, l'activité doit cesser immédiatement et les partenaires doivent vérifier le bien-être de chacun.

Dans certains contextes, la parole peut être limitée ou impossible (par exemple, si l'un des partenaires est bâillonné ou s'il est difficile de parler en raison de l'intensité de l'expérience). Dans de tels cas, un geste ou un signal non verbal (*safe code*) peut être préétabli comme alternative au *safe word*. Ce signal peut être un mouvement spécifique de la main, un clin d'œil, ou tout autre geste facile à identifier et à exécuter.

Il est essentiel d'aborder ces sujets avec ouverture et respect, en s'assurant que toutes les personnes impliquées se sentent à l'aise et en sécurité. La communication avant, pendant et après l'activité est primordiale pour maintenir un environnement consensuel et sécuritaire.

saint-valentin

Qu'on la trouve ennuyante à mourir, cucul ou qu'on l'adore, on ne peut pas vraiment y échapper !

Cette fête des amoureux est célébrée le 14 février. Elle est parfois marquée par l'échange de cartes, de fleurs, de chocolats et d'autres cadeaux entre partenaires romantiques.

La fête tire son nom de saint Valentin, un martyr chrétien du IIIe siècle. Au fil du temps, cette journée est devenue associée à l'amour et au romantisme, en particulier en Occident.

Rappel : il n'y a aucune obligation à célébrer la Saint-Valentin. Chacun est libre de choisir comment, ou même si, il souhaite marquer cette journée.

La Saint-Valentin peut parfois créer une pression sociale pour être en couple ou pour démontrer son affection d'une certaine manière. Il est important de se rappeler que les expressions d'amour et d'affection peuvent se faire à n'importe quel moment de l'année, selon ce qui est significatif pour chaque individu et chaque couple.

Il n'y a aucune injonction à avoir des relations sexuelles ce jour-là. Les décisions concernant les activités intimes doivent être basées sur le consentement mutuel et le confort des partenaires, sans influence des attentes culturelles ou sociales.

Chacun·e doit se sentir libre de célébrer la Saint-Valentin à sa manière, que ce soit en couple, entre amis, seul·e, ou pas du tout !

salpingite

La salpingite est une inflammation des trompes de Fallope. Elle peut être causée par une infection bactérienne, généralement transmise sexuellement. Les symptômes de la salpingite peuvent inclure de la douleur dans le bas-ventre, des saignements anormaux, de la fièvre, des nausées et des vomissements. Si elle n'est pas traitée, la salpingite peut causer des dommages permanents aux trompes de Fallope, ce qui peut entraîner des complications telles que l'infertilité, la grossesse extra-utérine ou l'absence de règles.

santé sexuelle

Un droit fondamental !

L'Organisation Mondiale de la Santé (OMS) définit la santé sexuelle comme un état de bien-être physique, mental et social en lien avec la sexualité, et elle inclut des droits tels que l'accès à l'information, aux soins de santé sexuelle, et la possibilité de vivre sa sexualité de manière épanouie et sans discrimination ni violence. La santé sexuelle fait partie intégrante des droits humains. Cela inclut le droit à la vie privée, le droit de choisir librement ses partenaires sexuels, d'accéder à des services de santé, de bénéficier d'une éducation sexuelle complète et de vivre à l'abri de toute coercition ou violence. Ces droits sont reconnus par des organisations internationales comme les Nations Unies et sont promus dans le cadre de la lutte pour les droits reproductifs et sexuels.

En France, la santé sexuelle est également encadrée par des lois qui garantissent l'accès à la contraception, à l'avortement ainsi qu'à la protection contre les infections sexuellement transmissibles, renforçant ainsi son statut de droit fondamental.

saphique

Adjectif qui fait référence à l'attirance romantique ou sexuelle entre femmes. Il est dérivé du nom de la poétesse grecque antique Sappho, qui est connue pour ses écrits sur l'amour et la sexualité entre femmes.

satyriasis

Ou l'homme nympho !

Terme historiquement utilisé pour décrire une libido excessivement élevée chez un homme. Il est aujourd'hui considéré comme obsolète dans le domaine médical. Cette évolution s'explique par plusieurs raisons :

- **Changement dans la compréhension et la classification des troubles sexuels :** avec les progrès de la psychologie et de la médecine, la compréhension des troubles sexuels a évolué.
- **Les diagnostics et les terminologies** se sont affinés pour mieux refléter la complexité et la diversité des comportements et des conditions sexuels.
- **Stigmatisation et généralisations :** des termes comme « satyriase » peuvent porter en eux une connotation négative et stigmatisante. Ils simplifient excessivement des comportements et des états qui sont en réalité complexes et multifactoriels.
- **Préférence pour une terminologie plus précise et descriptive :** les professionnel·les de la santé préfèrent désormais utiliser des termes plus spécifiques et descriptifs qui permettent une meilleure compréhension et prise en charge des troubles. Par exemple, des termes tels que « trouble de l'hypersexualité » ou « comportement sexuel compulsif » sont souvent privilégiés.

- **Évolution des normes sociales et culturelles :** la perception de ce qui constitue une libido « normale » peut varier en fonction des normes sociales et culturelles, ce qui rend des termes comme « satyriase » moins pertinents ou utiles.

scatophilie

Également connue sous le nom de « coprophilie », c'est un intérêt sexuel particulier dans lequel la gratification ou l'excitation sexuelle sont liées à l'excrément ou aux actes défécatoires (on parle bien de caca, là). Cela peut inclure le désir de regarder une personne déféquant, le contact direct avec les matières fécales ou d'autres pratiques impliquant les excréments.

La pratique de la scatophilie doit se dérouler dans un cadre de consentement mutuel et dans le respect des limites de chaque partenaire. Il est crucial de veiller à des pratiques d'hygiène rigoureuses car le contact avec les matières fécales peut exposer à des risques d'infections graves.

scrotum *(bourse pour les intimes)*

Sac de peau situé sous le pénis. Il contient et protège les testicules, ainsi que les structures associées telles que l'épididyme et une partie des canaux déférents, contre les traumatismes physiques. Le scrotum aide à maintenir une température optimale pour la production de spermatozoïdes en se contractant ou en se relâchant pour rapprocher ou éloigner les testicules du corps selon les besoins thermiques.

Il joue un rôle crucial dans la santé reproductive dite masculine en assurant un environnement stable pour la spermatogenèse (production des spermatozoïdes).

sécheresse vaginale

Condition où la muqueuse vaginale ne produit pas suffisamment de lubrification naturelle. Cela peut entraîner des sensations de gêne, de brûlure ou de douleur, principalement pendant les rapports sexuels.

La sécheresse vaginale est courante, n'a rien d'anormal et peut être facilement traitée. Il est important de se rappeler que le corps change avec le temps et qu'il existe de nombreuses solutions pour retrouver confort et bien-être !

Les causes de cette sécheresse :

- **La baisse des niveaux d'œstrogènes**, notamment pendant la ménopause, l'allaitement ou à cause de certaines contraceptions hormonales, peut réduire la lubrification vaginale.
- **Certains médicaments** comme les antihistaminiques, les antidépresseurs et les traitements contre le cancer (chimiothérapie, radiothérapie) peuvent provoquer une sécheresse vaginale.
- **Le stress et l'anxiété** peuvent affecter la réponse sexuelle et la production de lubrification.
- **L'utilisation de produits d'hygiène intime agressifs**, de savons parfumés ou de certains détergents et la pratique de douches vaginales peuvent irriter la muqueuse vaginale.
- **Des infections vaginales (IST, mycoses...)** peuvent également provoquer une sécheresse vaginale.

À cela s'ajoutent des éléments du mode de vie qui peuvent agir sur la production de lubrification, comme le tabagisme, qui réduit la circulation sanguine et affecter la lubrification naturelle. De plus, une déshydratation peut également jouer un rôle, car si elle est insuffisante, elle impacte l'ensemble du corps, y compris les muqueuses vaginales. Il est donc essentiel de bien s'hydrater et de prendre soin de son mode de vie pour préserver le confort vaginal.

Les traitements :

- **Les lubrifiants** peuvent être utilisés pour soulager la sécheresse vaginale et rendre les rapports sexuels plus confortables
- **Les hydratants vaginaux** peuvent fournir un soulagement à plus long terme en maintenant l'humidité de la muqueuse vaginale.
- **Les crèmes, les anneaux ou les comprimés vaginaux** contenant des œstrogènes peuvent être prescrits pour traiter la sécheresse causée par des déséquilibres hormonaux.

Réduire le stress, maintenir une bonne hydratation et éviter les produits irritants peuvent aider à prévenir la sécheresse vaginale.

Si la sécheresse vaginale persiste, il est important de consulter un·e professionnel·e de la santé pour évaluer les causes sous-jacentes et discuter des options de traitement appropriées.

sein(s)

Aussi appelés « lolos », « boobs », « tétés » ou encore « nichons », ils sont à la fois source de fascination mais aussi, malheureusement, un vecteur de sexisme, car souvent réduits à des objets de désir plutôt qu'à une partie du corps liée à la santé, la maternité ou l'identité personnelle.

Organes dits féminins situés à l'avant du thorax. Le sein est composé de plusieurs parties essentielles qui travaillent ensemble pour remplir des fonctions à la fois reproductives et sexuelles.

1. Le tissu glandulaire : c'est la partie qui produit le lait lors de l'allaitement. Il est constitué de lobules et de canaux lactifères.

2. Les lobules : petites structures à l'intérieur du tissu glandulaire où le lait est produit.

3. Les canaux lactifères : fins conduits qui transportent le lait des lobules vers le mamelon.

4. Le mamelon ou téton : petite protubérance centrale d'où le lait est expulsé lors de l'allaitement. Il est entouré de l'aréole.

5. L'aréole : zone pigmentée qui entoure le mamelon, souvent plus foncée et sensible.

6. Le tissu adipeux : ce tissu graisseux entoure les autres structures et donne au sein sa forme et sa taille.

7. Les ligaments de Cooper : fibres de soutien qui maintiennent la structure du sein et le rattachent à la peau et aux muscles.

Les seins varient grandement en forme, taille et apparence. Toutes les formes et tailles de seins sont normales et valables. Il n'y a pas de « standard » de beauté ou de norme. Ils sont une zone érogène pour de nombreuses personnes : ils peuvent être sensibles au toucher et jouer un rôle dans l'excitation sexuelle. Cependant, cette sensibilité peut varier d'une personne à l'autre.

Les soins des seins incluent des pratiques comme les auto-examens réguliers pour détecter d'éventuelles anomalies et des consultations médicales pour le dépistage du cancer du sein (voir « Autopalpation », p. 19).

N.B. : les « hommes » peuvent également développer des seins, une condition connue sous le nom de « gynécomastie », qui se manifeste par une augmentation du tissu mammaire.

semence

Dans un contexte de sexualité, fait référence au sperme.

séminophagie

Pratique sexuelle consistant à ingérer du sperme.

Chaque individu ou couple trouve ce qui est plaisant et confortable pour lui, tout en respectant le consentement et les limites de chacun.

La séminophagie ne présente généralement aucun danger pour la santé, à moins que la personne qui produit le sperme ne soit porteuse d'une infection sexuellement transmissible (IST) comme le VIH, la chlamydia ou l'hépatite. Dans ce cas, il est possible de transmettre ces infections par voie orale. Il est donc important d'être vigilant·e, de connaître le statut de santé de son partenaire, et de pratiquer le *safe sex* pour se protéger contre les risques d'infections.

septième ciel

Douce expression française utilisée pour décrire un état d'extrême bonheur ou d'euphorie.

Dans le contexte de la sexualité, il fait généralement référence à un état de plaisir intense et de satisfaction éprouvé pendant ou après une activité sexuelle. Cette métaphore illustre le sentiment d'être au sommet du bonheur, comme si on atteignait le point le plus élevé du paradis, souvent associé à l'expérience de l'orgasme.

« Je grimpe aux rideaux », « Tu touches les étoiles », « Iel est sur un nuage », « Nous atteignons l'extase », « Vous culminez au sommet du plaisir », « Iels planent dans un nouveau monde »...

Ces expressions poétiques évoquent toutes un état de bonheur intense ou de jouissance !

sexe

Se réfère à une combinaison de caractéristiques biologiques qui distinguent traditionnellement les hommes des femmes. Ces caractéristiques comprennent, mais ne se limitent pas à, les organes génitaux, les chromosomes (comme XX ou XY), les hormones et les autres traits physiologiques. Cependant, il est important de noter que la biologie du sexe est complexe et peut varier considérablement d'une personne à l'autre.

Le sexe ne se résume pas uniquement à une dichotomie binaire. Certaines personnes peuvent naître avec des variations intersexuées, où les caractéristiques sexuelles ne correspondent pas strictement aux notions traditionnelles de masculin ou féminin. De plus, le sexe biologique n'est qu'un aspect de l'identité d'une personne, distinct de l'identité de genre, qui est l'expérience personnelle et interne de son propre genre.

Ainsi, il est essentiel de reconnaître et de respecter la diversité des expériences et des expressions de sexe, en comprenant que chaque individu peut se situer à un point unique de ce spectre biologique.

Évidemment, le sexe, c'est aussi une activité réjouissante entre des partenaires consentants.

sexisme

Bien que souvent invisible aux yeux de certains (privilégiés), le sexisme reste profondément enraciné en France et dans le monde, impactant encore aujourd'hui les opportunités, les comportements et les perceptions de genre à tous les niveaux de la société.

Attitude, comportement ou ensemble de croyances basées sur l'idée que l'un des sexes est intrinsèquement supérieur ou inférieur à l'autre. Il se manifeste par des discriminations, des préjugés et des stéréotypes de genre, affectant les individus en raison de leur sexe ou de leur genre.

Exemples de sexisme : refuser de promouvoir une femme parce qu'on pense qu'elle est moins compétente ou moins dévouée en raison de ses responsabilités familiales ; encourager les garçons à poursuivre des études en sciences et en mathématiques, tout en orientant les filles vers des domaines considérés comme plus

« féminins » tels que les lettres ou les arts ; représenter dans les médias les femmes de manière stéréotypée, en les réduisant souvent à des rôles de soutien, d'objets sexuels ou de simples beautés décoratives.

La loi française interdit le sexisme sous toutes ses formes. Voici quelques aspects législatifs :

1. Égalité professionnelle : la loi impose l'égalité de traitement entre les hommes et les femmes au travail. La discrimination fondée sur le sexe est interdite dans le recrutement, les promotions, et les conditions de travail (Code du travail, articles L. 1132-1 et suivants) (y'a encore du chemin à faire…).

2. Harcèlement sexuel : le harcèlement sexuel est défini et sanctionné par la loi (Code pénal, articles 222-33). Il s'agit de propos ou de comportements à connotation sexuelle non désirés qui portent atteinte à la dignité de la personne en raison de leur caractère humiliant ou offensant.

3. Publicité et médias : les stéréotypes sexistes dans les publicités sont surveillés et peuvent être sanctionnés. Le Conseil supérieur de l'audiovisuel (CSA) veille à ce que les représentations dans les médias respectent l'égalité des sexes.

Combattre le sexisme est essentiel pour garantir l'égalité des chances et des droits pour toustes, indépendamment du sexe ou du genre. En éliminant le sexisme, on crée des environnements plus respectueux et inclusifs, tant dans le cadre professionnel que personnel. Encourager l'éducation sur le sexisme aide à déconstruire les stéréotypes de genre et à promouvoir des comportements respectueux et égalitaires.

sexologie

Étude scientifique de la sexualité humaine, y compris ses aspects physiologiques, psychologiques, sociaux et culturels. Les sexologues travaillent à comprendre les différentes dimensions de la sexualité, à identifier les problèmes sexuels et à développer des traitements pour les personnes qui souffrent de dysfonctionnements sexuels ou de difficultés relationnelles liées à la sexualité.

En France, il est important de distinguer sexologues et sexothérapeutes. Le sexologue est un·e professionnel·le de santé, comme un médecin ou un psychologue, spécialisé dans les dysfonctionnements et la santé sexuelle après une formation médicale ou psychologique approfondie. En revanche, les sexothérapeutes, bien qu'ils proposent des thérapies centrées sur la sexualité, n'ont pas toujours un parcours réglementé. De nombreux diplômes de sexothérapie n'ont que peu de valeur, ce qui nécessite de vérifier soigneusement leur formation avant d'entreprendre un suivi.

Pour ma part je suis infirmière sexothérapeute, ce qui implique que je possède un diplôme solide mais également une expérience clinique de terrain, ce qui garantit un encadrement sérieux et professionnel. Il est donc essentiel de choisir un sexothérapeute ayant un parcours validé pour bénéficier d'une prise en charge de qualité, soyez vigilant·e·s <3.

sexomnie

Également connue sous le terme de « somnambulisme sexuel », c'est une forme de parasomnie au cours de laquelle une personne engage des comportements sexuels pendant son sommeil sans en avoir conscience. Les actes peuvent inclure la masturbation, les caresses, les relations sexuelles et parfois des comportements plus agressifs.

Les caractéristiques principales :

- **Inconscience de l'acte :** la personne n'a pas conscience de ses actions pendant l'épisode de sexomnie et n'en garde souvent aucun souvenir au réveil.
- **Déclencheurs :** les facteurs de stress, la privation de sommeil, la consommation d'alcool ou de drogues, et certains médicaments peuvent augmenter le risque d'épisodes de sexomnie.
- **Impact :** cela peut parfois entraîner des situations graves, où la personne, dans cet état d'inconscience, commet des agressions sexuelles ou des viols. Il est donc essentiel de traiter ce trouble avec l'aide de spécialistes, car même si la personne n'a pas conscience de ses actes, les conséquences peuvent être dévastatrices pour les victimes et la personne elle-même.

Le diagnostic de la sexomnie nécessite une évaluation clinique détaillée, souvent avec une polysomnographie (étude du sommeil) pour exclure d'autres troubles du sommeil. Le traitement peut inclure des mesures de sécurité pour prévenir les blessures, des techniques de gestion du stress et parfois des médicaments pour stabiliser le sommeil.

Ce trouble peut causer des dommages irréversibles à la personne qui partage votre lit. Il est important de consulter un·e professionnel·le de santé si vous pensez souffrir de sexomnie.

sextoy

Voir « Jouet sexuel », p. 128

sexualité

Ensemble des expériences, des expressions, des comportements et des sentiments liés au désir et à l'intimité. Elle comprend des aspects biologiques, émotionnels, sociaux et culturels, et varie largement d'une personne à l'autre. La sexualité englobe l'orientation sexuelle, l'identité de genre, les relations amoureuses et sexuelles, ainsi que les pratiques et les préférences individuelles.

Il est important de reconnaître que la sexualité est une dimension naturelle et diversifiée de la vie humaine. Elle peut évoluer tout au long de la vie et s'exprime de manière unique pour chaque individu, indépendamment du genre, de l'orientation sexuelle, de l'âge, des origines culturelles ou des capacités physiques. Une approche inclusive de la sexualité implique le respect et la reconnaissance de toutes les identités et expressions sexuelles, favorisant ainsi un environnement d'acceptation et de bienveillance.

sexuation

Fait référence aux processus par lesquels les individus acquièrent et développent leur identité sexuelle, leur orientation sexuelle et leur comportement sexuel. C'est un concept qui explore la façon dont la société et la culture influencent notre compréhension de la sexualité et des rôles de genre.

La sexuation est un processus complexe qui se déroule tout au long de notre vie. Elle implique la manière dont nous comprenons et vivons notre propre identité sexuelle (homme, femme, non-binaire, etc.), notre orientation sexuelle (hétérosexuel, homosexuel, bisexuel, etc.) et nos comportements sexuels (les attirances, les préférences et les pratiques sexuelles).

Il est important de souligner que la sexuation n'est pas déterminée uniquement par des facteurs biologiques tels que les chromosomes, les hormones ou les organes génitaux. Elle est également influencée par des facteurs sociaux, culturels, psychologiques et individuels. La société et la culture dans lesquelles nous vivons jouent un rôle majeur dans la définition des normes de genre et des attentes en matière de comportement sexuel.

La sexuation est un processus individuel et subjectif. Chaque personne a une expérience unique de sa propre sexuation.

sida *(syndrome d'immunodéficience acquise)*

Maladie causée par le virus de l'immunodéficience humaine (VIH). Il se caractérise par une dégradation progressive du système immunitaire, rendant l'organisme vulnérable à diverses infections opportunistes et certains cancers.

En France, environ 173 000 personnes vivent avec le VIH en 2023, et on y enregistre chaque année environ 5 000 nouvelles contaminations. À l'échelle mondiale, environ 39 millions de personnes vivent avec le VIH, et plus de 630 000 décès liés au sida ont été signalés en 2022. Les traitements antirétroviraux permettent aujourd'hui de contrôler l'infection et d'éviter l'évolution vers le sida (voir « VIH », p. 252).

N.B. : Le sida ne se transmet pas directement, seul le VIH (virus de l'immunodéficience humaine) est transmissible.

simulation

L'art de faire croire qu'on touche le septième ciel… sans même décoller du sol !

Fait référence à l'acte de feindre l'excitation, le plaisir ou l'orgasme. Ce comportement peut être motivé par diverses raisons, souvent complexes et personnelles.

Soixante pour cent des femmes et 20 % des hommes admettent avoir déjà simulé un orgasme au cours de leur vie. Ces chiffres montrent que la simulation sexuelle est assez répandue, mais pourquoi ? Voici quelques raisons courantes pour lesquelles certaines personnes, en particulier les femmes, peuvent simuler :

- **Pression sociale ou relationnelle :** certaines personnes peuvent se sentir obligées de simuler pour répondre aux attentes de leur partenaire ou aux normes sociales concernant la performance sexuelle.
- **Manque de satisfaction :** la simulation peut survenir si une personne ne ressent pas de plaisir ou d'orgasme mais souhaite que son/sa partenaire se sente compétent·e ou satisfait·e.
- **Manque de communication :** les difficultés à communiquer ouvertement sur les besoins et les désirs sexuels peuvent amener une personne à simuler plutôt qu'à exprimer ses vraies sensations.
- **Problèmes de santé ou psychologiques :** des problèmes de santé, comme une douleur pendant les rapports, ou des problèmes psychologiques tels que l'anxiété ou le stress, peuvent aussi être des raisons de simuler.
- **Volonté de terminer l'acte sexuel :** parfois, la simulation est utilisée comme un moyen de mettre fin plus rapidement à un rapport sexuel, pour diverses raisons personnelles.

Simuler un orgasme, c'est souvent se tirer une balle dans le pied : en envoyant de faux signaux à son/sa partenaire, on l'encourage à répéter des gestes qui ne procurent pas de plaisir. Cela complique les futures relations et empêche d'améliorer la complicité sexuelle. Être honnête et communiquer est la clé pour guider son/sa partenaire vers ce qui fonctionne vraiment et ainsi construire une meilleure intimité.

Le seul intérêt de « simuler » selon moi, c'est d'exagérer légèrement le plaisir pour montrer à son ou sa partenaire qu'il ou elle est sur la bonne voie. Cela permet de renforcer la complicité tout en orientant subtilement les gestes vers ce qui fonctionne vraiment !

sitophilie

L'art de mêler plaisir gustatif et désir… Miam, miam les sushis, et plus si affinités !

Fétichisme où une personne éprouve une excitation sexuelle en lien avec la nourriture. Les aliments peuvent être utilisés pour caresser, masser ou nourrir le/la partenaire, ajoutant une dimension sensorielle et érotique à l'expérience. Observer ou être observé·e en train de manger peut-être perçu comme sensuel et stimulant. Différents types de nourriture, textures et goûts peuvent être explorés, allant des fruits aux desserts en passant par les plats salés. Comme pour toutes les expressions de la sexualité, le respect, le consentement et la sécurité sont essentiels pour une expérience positive et épanouissante.

skene *(glandes)*

Également connues sous le nom de « glandes para-urétrales », sont de petites glandes situées de part et d'autre de l'urètre, au-dessus de l'orifice vaginal, parfois appelées « prostate féminine ». Leur poids ne dépasse pas 3 grammes, elles peuvent donc passer inaperçues !

Elles sécrètent un liquide, notamment lors de l'orgasme, appelé « éjaculat ». Selon le docteur Charlotte Methorst, chirurgienne urologue, ce liquide a un très faible volume en raison de la petite taille des glandes. Il est différent de l'urine et contribue à la lubrification. La sécrétion de ce liquide ne se produit pas chez toutes les personnes ayant un vagin et varie en quantité.

Il est supposé que ces glandes jouent un rôle antibactérien pendant le rapport sexuel, notamment au moment de l'orgasme : cette sécrétion aiderait à prévenir la remontée excessive de bactéries dans l'urètre.

Les études montrent que les glandes de Skene ont des caractéristiques similaires à la prostate masculine. Chez certaines « femmes », elles sécrètent un peu de PSA (antigène spécifique de la prostate), d'où leur surnom de « prostate féminine ».

La stimulation de ces glandes peut augmenter le plaisir sexuel pour certaines personnes. La stimulation de la zone autour de ces glandes est souvent associée à la zone G, pouvant conduire à des orgasmes intenses pour certaines personnes.

slut shaming

Terme utilisé pour décrire l'action de critiquer ou de dénigrer une personne, souvent une femme, pour son comportement sexuel réel ou supposé, son apparence ou ses attitudes jugées trop sexuelles. Cette pratique est préjudiciable car elle renforce des stéréotypes de genre et contribue à une culture de jugement et de honte autour de la sexualité. Elle est souvent basée sur l'idée erronée qu'il existe une manière « correcte » ou socialement acceptable de s'exprimer sexuellement, ce qui peut limiter la liberté individuelle et renforcer des normes sexistes. Chacun·e a le droit de choisir comment vivre sa sexualité sans être jugé·e ou stigmatisé·e.

sodomie

Pratique sexuelle qui implique une pénétration anale, souvent réalisée avec un pénis ou un jouet sexuel ; peut être pratiquée entre partenaires de tout genre ou orientation sexuelle.

Comme pour toute activité sexuelle, un consentement mutuel clair et enthousiaste est indispensable. L'anus ne produisant pas de lubrification naturelle, l'utilisation d'un lubrifiant est essentielle pour éviter douleurs et blessures. Il est également recommandé de commencer doucement avec des doigts ou des jouets plus petits, en augmentant progressivement la taille pour permettre à l'anus de s'ajuster.

Pour prévenir les infections sexuellement transmissibles (IST), l'usage de préservatifs est fortement conseillé. Après une sodomie, il est crucial de ne pas passer directement à une pénétration vaginale sans une hygiène adéquate pour éviter le transfert de bactéries, pouvant provoquer des vaginoses ou des infections urinaires. Utiliser un nouveau préservatif ou se laver soigneusement entre les pratiques est essentiel pour la santé de son ou sa partenaire.

Concernant les lavements : bien qu'il ne soit pas nécessaire d'en faire avant une sodomie, voici comment procéder si cela est souhaité :

1. Remplissez une poire d'eau tiède (non chaude).
2. Lubrifiez l'embout.
3. Introduisez l'embout délicatement dans l'anus.
4. Pressez doucement pour injecter l'eau.

5. Attendez quelques minutes (en serrant les fesses) puis évacuez aux toilettes.
6. Recommencez l'opération jusqu'à ce que l'eau soit claire et sans résidus.

Attention : il est conseillé de ne pas abuser des lavements pour éviter d'endommager la muqueuse du rectum.

sperme

Liquide éjaculé par le pénis. Il est composé de spermatozoïdes et d'un mélange de fluides produits par différentes glandes du système reproducteur dit masculin, notamment la prostate et les vésicules séminales.

Le liquide séminal qui compose le sperme a plusieurs fonctions :

1. Nourrir les spermatozoïdes : il contient des sucres et d'autres nutriments qui fournissent de l'énergie aux spermatozoïdes.

2. Protéger les spermatozoïdes : il crée un environnement favorable pour les spermatozoïdes, les aidant à survivre et à se déplacer à travers le tractus reproducteur féminin.

3. Faciliter la mobilité des spermatozoïdes : il aide les spermatozoïdes à nager et à atteindre l'ovule.

spm

Cet invité indésirable qui vient régulièrement nous pourrir la vie, transformant nos émotions et notre corps en véritables montagnes russes, juste avant nos règles !

Le syndrome prémenstruel (SPM) est un ensemble de symptômes physiques et émotionnels qui se produisent chez certaines personnes menstruées quelques jours avant la période menstruelle, et prend généralement fin quelques heures après le début des règles.

Les symptômes du SPM peuvent varier considérablement d'une personne à l'autre, mais certains des plus courants comprennent :

- Douleur abdominale ou pelvienne
- Sensibilité ou gonflement des seins
- Fatigue
- Changements d'humeur tels que l'irritabilité, l'anxiété ou la dépression
- Ballonnements
- Acné
- Migraines ou maux de tête

Le trouble dysphorique prémenstruel est une forme de SPM dans lequel les symptômes sont si graves qu'ils peuvent perturber le travail, les activités sociales ou les relations avec l'entourage.

Le SPM concerne environ 20 à 50 % des personnes menstruées. Il est important de consulter un médecin si les symptômes du SPM interfèrent avec votre vie quotidienne, car il existe des options de traitement qui peuvent aider à soulager les symptômes. Ces traitements peuvent inclure des médicaments sur ordonnance, des changements de mode de vie tels que l'exercice régulier et une alimentation saine, ainsi que des thérapies complémentaires telles que l'acupuncture ou la thérapie comportementale et cognitive (TCC).

squirt

Voir « Émission fontaine », p. 81

stealthing

Pratique non consensuelle pendant laquelle une personne retire secrètement le préservatif pendant un rapport sexuel, sans le consentement explicite de son/sa partenaire.

Le *stealthing* est une forme d'agression sexuelle, car il modifie les conditions initiales du consentement. Le/la partenaire n'a pas donné son accord à des rapports sexuels non protégés, et cette altération non consensuelle des circonstances peut avoir des conséquences graves, notamment des risques de grossesse non désirée ou de transmission d'infections sexuellement transmissibles. En France, la pratique du *stealthing* n'a pas encore de législation spécifique. Cependant, il est considéré comme une forme d'abus sexuel et peut être assimilé à des violences sexuelles en raison du non-respect du consentement. La difficulté réside souvent dans la preuve et dans le fait que la loi actuelle ne traite pas explicitement ce type de comportement comme un crime à part entière. D'autres pays ont déjà légiféré à ce sujet, comme la Suisse ou l'Allemagne, qui considèrent le *stealthing* comme un viol. En France, il y a encore un vide juridique, mais le débat autour de la criminalisation de cette pratique est en cours.

La reconnaissance juridique du consentement sexuel reste centrale dans ce type de cas, et il est essentiel de continuer à sensibiliser et à informer pour que cette pratique soit mieux encadrée et reconnue comme une violation.

stem

Dans le contexte lesbien, le terme « Stem » fait référence à une femme dont l'expression de genre se situe entre « stud » (masculin) et « femme » (féminin). Elle combine des éléments des deux styles, par exemple en adoptant des tenues ou des attitudes plus masculines tout en gardant des touches plus féminines, comme le maquillage ou les cheveux longs. Ce terme est populaire dans les communautés afro-américaines et latines.

Ainsi, une lesbienne STEM (ou parfois *soft butch*) exprime une identité qui ne se conforme ni totalement à la masculinité ni à la féminité, mais qui se situe entre les deux.

stéréotypes de genre

Le rose, ce n'est pas que pour les filles !

Les stéréotypes de genre sont des croyances largement répandues sur ce que les femmes et les hommes devraient être, comment ils devraient se comporter et les rôles qu'ils devraient jouer dans la société en fonction de leur sexe biologique. Ces stéréotypes sont souvent basés sur des attentes culturelles et sociales, plutôt que sur des différences réelles entre les sexes.

Par exemple, les stéréotypes de genre peuvent inclure des idées telles que les femmes sont plus émotives et sensibles, tandis que les hommes sont plus rationnels et forts.

Ces stéréotypes sont nuisibles, car ils limitent la façon dont les gens peuvent se comporter et se développer en fonction de leur sexe, et conduisent à la discrimination et à l'injustice.

stérilité

Voici une version plus fluide et pédagogique de la définition du mot « stérilité »: désigne l'incapacité pour une personne de concevoir un enfant après un an de rapports sexuels réguliers et non protégés. Elle peut toucher tout le monde, indépendamment du genre.

Les causes :

1. Chez les personnes ayant un utérus :

- **Troubles de l'ovulation :** comme le syndrome des ovaires polykystiques (SOPK) ou des déséquilibres hormonaux.
- **Problèmes des trompes de Fallope :** obstructions ou dommages empêchant l'ovule de rencontrer le spermatozoïde.
- **Endométriose :** croissance de tissu endométrial en dehors de l'utérus, entraînant des complications.

2. Chez les personnes ayant un pénis :

- **Troubles de la production de sperme :** faible nombre de spermatozoïdes ou anomalies dans leur forme et leur motilité.
- **Problèmes éjaculatoires :** difficultés à éjaculer ou éjaculation rétrograde.
- **Conditions génétiques :** certaines anomalies génétiques affectent la fertilité.

3. Causes communes :

- **Âge avancé :** la fertilité diminue avec l'âge.
- **Facteurs environnementaux et de mode de vie :** exposition à des toxines, tabagisme, consommation excessive d'alcool, stress, obésité.

Les solutions en France pour les personnes confrontées à la stérilité :

1. Consulter un spécialiste : la première étape est de consulter un·e médecin spécialiste en fertilité pour identifier les causes de la stérilité. Des examens médicaux approfondis permettent de mieux comprendre l'origine du problème.

2. Accès à l'Assistance médicale à la procréation (loi bioéthique de 2021 qui modifie le terme) : l'AMP propose des méthodes telles que la fécondation in vitro (FIV), l'insémination artificielle et le recours aux dons de gamètes (ovocytes ou spermatozoïdes). Bien que cette aide soit accessible à de nombreuses personnes, les hommes trans restent exclus en France. Même s'ils conservent leurs organes reproducteurs (ovaires, utérus), la législation ne leur permet pas de bénéficier de l'AMP, ce qui les pousse souvent à conserver leurs gamètes ou à chercher des solutions à l'étranger.

3. Le don de gamètes : si la stérilité est causée par un problème de production d'ovocytes ou de spermatozoïdes, le recours au don est possible. Ce don est strictement encadré par la loi et reste anonyme.

4. Adoption : lorsque la PMA n'est pas une option ou échoue, l'adoption représente une alternative. La France propose un cadre légal pour l'adoption, aussi bien au niveau national qu'international.

5. Soutien psychologique : la stérilité peut être source de détresse émotionnelle. Il est souvent utile de consulter un·e psychologue ou un·e spécialiste en fertilité pour obtenir un soutien et un accompagnement tout au long de ce parcours.

En France, ces démarches sont encadrées par la loi, et de nombreux hôpitaux et cliniques spécialisés offrent un suivi complet pour accompagner les individus et les couples dans leur projet parental.

stérilisation

Procédure médicale visant à rendre une personne incapable de procréer de manière permanente. Elle peut être réalisée pour des raisons médicales, personnelles ou comme méthode de contraception définitive.

Les causes de la stérilisation :

- **Médicales :** certaines conditions médicales peuvent nécessiter la stérilisation pour protéger la santé de la personne, comme des maladies héréditaires graves ou des complications médicales liées à la grossesse.
- **Personnelles :** des choix individuels ou familiaux, comme ne pas désirer d'enfants ou avoir atteint le nombre souhaité d'enfants, peuvent motiver cette décision.
- **Contraceptives :** la stérilisation peut être choisie comme méthode de contraception permanente, offrant une solution définitive sans les risques ou les inconvénients des méthodes temporaires.

Les méthodes de stérilisation volontaire :

- **Ligature des trompes (tubectomie) :** les trompes de Fallope sont coupées, attachées ou bloquées pour empêcher les ovules de rencontrer les spermatozoïdes.
- **Implants tubaires :** de petits dispositifs sont placés dans les trompes de Fallope pour provoquer la formation de tissu cicatriciel qui bloque les trompes.
- **Vasectomie :** les canaux déférents, qui transportent les spermatozoïdes des testicules au pénis, sont coupés, attachés ou scellés pour empêcher les spermatozoïdes de se mélanger au sperme.

Ces procédures sont généralement simples et effectuées sous anesthésie locale, avec un rétablissement rapide. Il est crucial de prendre cette décision de manière éclairée, car la stérilisation est généralement irréversible.

syphilis

Infection sexuellement transmissible (IST) causée par la bactérie Treponema pallidum. Elle se transmet principalement lors de rapports sexuels non protégés, y compris les rapports oraux et anaux, mais peut aussi se transmettre de la mère à l'enfant pendant la grossesse ou l'accouchement.

La syphilis se développe en plusieurs stades :

- **Stade primaire :** apparition d'un chancre (ulcère indolore) au site d'infection, souvent sur les organes génitaux, la bouche ou l'anus, environ trois semaines après l'exposition. Le chancre disparaît généralement de lui-même après trois à six semaines.
- **Stade secondaire :** Si elle n'est pas traitée, la syphilis peut entraîner des symptômes tels que des éruptions cutanées, des fièvres, des maux de gorge, des douleurs musculaires, des ganglions lymphatiques enflés et des lésions muqueuses. Ces symptômes peuvent disparaître puis réapparaître pendant jusqu'à un an.
- **Stade latent :** après la phase secondaire, la syphilis peut entrer dans une phase sans symptômes, pouvant durer des années.
- **Stade tertiaire :** cette phase peut survenir des années ou des décennies après l'infection initiale. Elle peut causer des dommages graves au cœur, au cerveau, aux os et à d'autres parties du corps, et peut être fatale.

La syphilis peut être diagnostiquée par des tests sanguins et est traitable avec des antibiotiques, principalement la pénicilline. Un traitement précoce est crucial pour éviter les complications à long terme. La prévention passe par l'utilisation de préservatifs lors des rapports sexuels et par le dépistage régulier pour ceux qui ont des rapports sexuels non protégés ou plusieurs partenaires.

N.B. : la syphilis est malheureusement en recrudescence ces dernières années. En France, par exemple, les cas de syphilis ont augmenté de manière significative. Selon Santé Publique France, entre 2016 et 2019, le nombre de diagnostics de syphilis a doublé, passant de 1 751 cas en 2016 à plus de 3 000 cas en 2019. Cette IST touche principalement les hommes ayant des rapports sexuels avec des hommes (HSH), mais elle affecte également d'autres populations.

Dépistez-vous !

Tabou • Tantra • TDS
Testicule • Testostérone
Thélotisme • Thorarche
Transidentité • Transition de genre
Traumatisme • Travestisme • Tribadisme
Triolisme • Trod • Trompes de Fallope
Trouple • Tucking

tabou

Ce grand maître invisible qui plane sur la sexualité, impose souvent silence et gêne là où il devrait y avoir communication et épanouissement.

Sujet ou pratique considérés comme interdits ou inappropriés à discuter ou à explorer dans une société ou un groupe culturel. Les tabous sont souvent entourés de stigmates et de silence, créant des barrières à la compréhension et à l'expression libre.

La sexualité, bien que de plus en plus abordée de manière ouverte dans certains milieux, demeure un sujet profondément tabou dans de nombreuses cultures et sociétés.

Importance de briser les tabous :

- Une discussion ouverte sur la sexualité est essentielle pour une éducation sexuelle complète, qui aide à prévenir les infections sexuellement transmissibles, les grossesses non désirées et les violences sexistes et sexuelles.
- Aborder la sexualité sans tabou permet aux individus de mieux comprendre leurs désirs et besoins, favorisant des relations saines et épanouissantes.
- En parlant librement de sexualité, on peut réduire la stigmatisation et la honte associées, créant un environnement plus inclusif et respectueux des diversités sexuelles et de genre.

Vous l'aurez compris, ce livre est ma petite contribution pour briser les tabous entourant la vie intime et les difficultés rencontrées au sein du couple !

tantra

Ancienne tradition spirituelle et philosophique qui trouve ses origines en Inde il y a plusieurs milliers d'années. Le tantra englobe un large éventail de pratiques et de philosophies, et il est souvent associé à la sexualité et à la sensualité, bien que ces aspects ne représentent qu'une partie de son enseignement global.

Le tantra vise à intégrer toutes les dimensions de l'être humain, y compris la spiritualité, la sexualité, l'énergie vitale, l'esprit et le corps.

L'une des caractéristiques clés du tantra est sa croyance en la divinité intérieure et en la conscience supérieure présente en chaque individu. Il encourage l'exploration de soi et la réalisation de son plein potentiel en embrassant et en intégrant toutes les facettes de son être.

Dans le contexte de la sexualité, le tantra offre une approche holistique et sacrée de l'expérience sexuelle. Il invite à une connexion profonde avec son/sa partenaire, à une conscience accrue du moment présent et à une ouverture à l'expansion de l'énergie sexuelle.

Le tantra propose des techniques et des pratiques pour cultiver l'énergie sexuelle, la diriger à travers le corps et l'utiliser pour une connexion spirituelle plus profonde. Ces pratiques peuvent inclure des exercices de respiration, des méditations, des massages sensuels, des rituels sacrés et des pratiques de visualisation.

Il est important de noter que le tantra ne se réduit pas uniquement à des pratiques sexuelles. Il englobe également des enseignements sur la méditation, la spiritualité, la philosophie et la relation avec soi-même et les autres.

N.B. : une personne qui pratique le tantra est appelée un·e tantrika, terme qui désigne ceux et celles qui suivent cette voie spirituelle et énergétique pour harmoniser le corps, l'esprit et la sexualité.

tds

Les travailleurs et travailleuses du sexe (TDS) regroupent différentes personnes exerçant des activités rémunérées liées à la sexualité. Voici une liste des principales catégories selon leur activité :

1. Prostitué·e·s : personnes qui échangent des services sexuels contre de l'argent ou d'autres biens.

2. Escort·e·s : personnes qui offrent des services d'accompagnement (parfois incluant des relations sexuelles) pour des événements ou des rencontres privées.

3. Performeur·euse·s de films pornographiques : acteurs et actrices qui participent à la création de contenus pornographiques.

4. *Camgirls/camboys* : personnes qui proposent des shows sexuels en direct via webcam, souvent dans des contextes privés avec des clients en ligne.

5. Travailleur·euse·s en ligne : inclut les créateurs de contenu explicite sur des plateformes où des photos et vidéos à caractère sexuel sont vendues.

6. Masseur·euse·s érotiques : personnes qui proposent des massages avec une dimension sexuelle ou sensuelle, incluant parfois des rapports sexuels.

7. Dominatrices/dominants : professionnel·le·s du BDSM qui offrent des services de domination, de soumission ou de fétichisme (les rapports sexuels ne sont pas toujours inclus).

8. Stripteaseur·euse·s : personnes qui se déshabillent dans un cadre de spectacle, généralement dans des clubs de strip-tease, et peuvent parfois offrir des danses privées.

9. Modèles fétichistes : personnes qui posent ou apparaissent dans des contextes liés à des fétichismes spécifiques (pieds, latex, bondage, etc.), que ce soit en photo, vidéo ou en direct.

10. Acteur·rice·s dans des *shows live (peep shows)* : performeur·euse·s qui se produisent en direct pour un public restreint derrière une vitre ou en salle.

Ces professions sont variées et peuvent impliquer différents niveaux d'intimité, allant du simple spectacle visuel à des rapports sexuels explicites.

testicule

Organe reproducteur dit masculin, généralement au nombre de deux (mais certaines personnes aiment bien se distinguer avec un petit bonus !) situés dans le scrotum, une poche de peau située sous le pénis.

Leurs fonctions :

- **Production de spermatozoïdes :** les testicules produisent les cellules reproductrices mâles, appelées spermatozoïdes, nécessaires pour la fécondation d'un ovule. Cette production se déroule dans les tubes séminifères à l'intérieur des testicules.
- **Production d'hormones :** les testicules produisent également des hormones, principalement la testostérone. Cette hormone est responsable du développement des caractères sexuels secondaires dits masculins tels que la croissance des poils, la profondeur de la voix et le développement musculaire. La testostérone joue également un rôle clé dans la libido et la fonction sexuelle.

testostérone

La testostérone est une hormone faisant partie du groupe d'hormones nommé « androgène ». La testostérone est la plus puissante.

La testostérone remplit plusieurs fonctions essentielles pour tous les individus : elle aide au développement des caractères sexuels secondaires (comme la pilosité et la voix plus grave), influence la libido et le désir sexuel, participe à la régulation de la masse musculaire et de la force, et joue un rôle dans le maintien de l'énergie et du bien-être général. Elle est aussi impliquée dans la production de globules rouges et la régulation de l'humeur.

Chez les personnes à pénis, elle est produite essentiellement par les cellules de Leydig situées dans les testicules. Une faible partie est produite par les glandes surrénales (situées au-dessus de chacun des deux reins).

Chez les personnes à vulve, elle est synthétisée par les glandes surrénales et dans l'ovaire.

N.B. : la testostérone est parfois utilisée par les personnes non-binaires ou les hommes trans pour « masculiniser » leur corps, en induisant des changements tels que la pilosité, la voix plus grave ou une redistribution de la masse musculaire. Désormais, il n'est (EN THÉORIE) plus nécessaire d'obtenir l'accord d'un·e psychologue ou d'un·e psychiatre pour accéder à ce traitement. Les personnes trans peuvent consulter directement un·e endocrinologue, qui assurera la prescription et le suivi médical régulier pour surveiller les effets du traitement et ajuster la dose si nécessaire. Ce changement vise à « dépathologiser » le parcours de transition, en rendant plus accessible l'accès aux soins médicaux pour les personnes trans.

thélotisme

Phénomène par lequel les mamelons deviennent érigés, c'est-à-dire se dressent et se durcissent.

Ce changement peut survenir pour diverses raisons, notamment en réponse à un stimulus physique, émotionnel ou sexuel. Il est important de noter que ce phénomène est tout à fait naturel et peut se produire chez les personnes quel que soit le sexe. La réaction du mamelon à différents stimuli est une partie normale de la réponse corporelle, et elle peut varier d'une personne à l'autre. En contexte sexuel, le thélotisme peut être perçu comme un signe d'excitation, mais il est essentiel de se rappeler que cette réaction peut également se produire en l'absence de stimulation sexuelle, par exemple en raison de températures froides ou d'autres sensations tactiles.

thorarche

Ou quand la puberté fait sa grande rentrée !

Désigne la première éjaculation chez les personnes ayant un pénis, souvent perçue comme l'équivalent masculin de la ménarche (premières règles chez les filles). Elle marque un événement clé dans la puberté dite masculine. Cette première éjaculation peut survenir spontanément pendant la nuit, sous forme de « rêve humide », ou lors de la masturbation.

transgenre

Désigne une personne dont l'identité de genre ne correspond pas au sexe qui lui a été assigné à la naissance. Par exemple, une personne peut être née avec des caractéristiques physiques dites masculines mais s'identifier comme femme, ou inversement.

Les personnes non binaires font également partie du spectre transgenre.

N.B. : l'emploi du terme « transsexuel » n'est plus utilisé car il se concentre principalement sur les aspects médicaux ou physiques de la transition de genre, tels que la chirurgie ou le traitement hormonal. Ce terme peut être perçu comme réducteur, car il ne prend pas en compte toute la complexité de l'expérience transgenre, qui inclut des aspects psychologiques, sociaux et culturels. De plus, le terme « sexuel » dans « transsexuel » peut prêter à confusion, car il suggère à tort que l'identité de genre est principalement liée à la sexualité, alors qu'il s'agit plutôt d'une question d'identité personnelle profonde. Il est donc recommandé d'utiliser le terme « transgenre » pour parler de manière respectueuse et globale des personnes dont l'identité de genre ne correspond pas à leur sexe assigné à la naissance

transidentité

Désigne le fait pour une personne de ne pas s'identifier au genre qui lui a été assigné à la naissance.

La transidentité ne concerne pas l'orientation sexuelle (qui porte sur les attirances), mais bien l'identité de genre, c'est-à-dire la manière dont une personne se perçoit en tant que genre. Une personne trans peut choisir de faire une transition sociale (changement de prénom, apparence) et/ou médicale (prise d'hormones, chirurgie), mais ce n'est pas obligatoire pour être reconnue comme telle. Chaque parcours de transition est unique et mérite d'être respecté. La transidentité existe dans toutes les cultures et époques, même si elle est encore parfois mal comprise ou stigmatisée aujourd'hui.

transition de genre

Terme utilisé pour décrire le processus par lequel une personne modifie son expression de genre pour correspondre à son identité de genre. L'identité de genre est la perception intime qu'une personne a de son genre, qui peut être différente du sexe assigné à la naissance. La transition de genre peut inclure des changements sociaux (comme changer de nom, de pronoms ou de style vestimentaire), médicaux (comme la thérapie hormonale ou les chirurgies de réassignation de genre) et légaux (comme changer le genre sur les documents d'identité).

Cette transition est un processus très personnel et ne se déroule pas de la même manière pour tout le monde. Elle vise à permettre à la personne de vivre et d'être reconnue dans le genre avec lequel elle s'identifie.

traumatisme *(sexuel)*

Expérience sexuelle qui cause un stress ou un choc émotionnel profond et durable chez la personne qui l'a subi. Cette expérience est souvent vécue comme une violation de l'intimité et peut affecter profondément la santé mentale, physique et émotionnelle de l'individu.

Différentes formes de traumatisme sexuel :

- **Agression sexuelle :** tout contact sexuel non consenti, incluant le viol.
- **Harcèlement sexuel :** des avances sexuelles non désirées, des commentaires ou comportements inappropriés.
- **Exploitation sexuelle :** utilisation d'une personne à des fins sexuelles en échange d'argent, de biens ou d'autres bénéfices.
- **Inceste :** relations sexuelles entre membres de la même famille.
- **Violence conjugale :** comprend la violence sexuelle dans le cadre d'une relation intime.
- **Exposition indésirable à du contenu sexuel :** cela peut être en ligne ou dans d'autres contextes.

Les thérapies adaptées :

- **Thérapie comportementales et cognitives (TCC) :** aide à restructurer les pensées négatives et les comportements liés au traumatisme.
- **Thérapie EMDR (*Eye Movement Desensitization and Reprocessing*) :** utilise des mouvements oculaires pour aider à traiter et intégrer les souvenirs traumatiques.
- **Thérapie de groupe :** offre un espace de soutien et de compréhension mutuelle entre personnes ayant vécu des expériences similaires.
- **Thérapie psychodynamique :** explore l'impact des expériences passées sur les comportements et les sentiments actuels.

travestisme

Pratique qui consiste à porter des vêtements traditionnellement associés au sexe ou au genre opposés. Le travestisme peut être pratiqué par des personnes de tous les sexes et de toutes les orientations sexuelles pour diverses raisons personnelles, artistiques ou culturelles.

- **Le travestisme permet à une personne d'explorer et d'exprimer des aspects de son identité de genre.** Certaines personnes peuvent se travestir occasionnellement pour se sentir plus à l'aise avec elles-mêmes ou pour explorer leur genre de manière ludique.

- **Dans le contexte artistique, le travestisme est souvent utilisé dans les performances de drag.** Les artistes de drag, qu'ils soient drag queens (hommes se travestissant en femmes) ou drag kings (femmes se travestissant en hommes), utilisent le travestisme pour créer des personnages hauts en couleur et divertissants.
- **Certaines personnes se travestissent pour défier les normes de genre et les attentes sociales.** Cette pratique peut être une forme de protestation ou de revendication de la liberté individuelle.

Le travestisme ne doit pas être confondu avec la transidentité. Une personne transgenre s'identifie à un genre différent de celui qui lui a été assigné à la naissance et peut choisir de vivre en permanence dans ce genre. Le travestisme, en revanche, ne concerne pas nécessairement l'identité de genre et est souvent une pratique temporaire ou occasionnelle.

N.B. : il est essentiel de respecter les choix individuels en matière de travestisme et de ne pas faire d'hypothèses sur l'identité de genre ou l'orientation sexuelle des personnes qui se travestissent.

tribadisme

Quand le corps fait des étincelles !

Pratique sexuelle principalement lesbienne : il s'agit de la stimulation mutuelle des organes génitaux par frottement.

Il est important de ne pas confondre le tribadisme avec la position dite des « ciseaux ». Bien que les deux impliquent un contact physique et une stimulation génitale, la position des ciseaux (ou *scissoring*) est une manière spécifique de s'aligner de façon à entrelacer les jambes pour obtenir une stimulation mutuelle. Le tribadisme, en revanche, englobe une variété de positions et techniques où les partenaires frottent leurs vulves l'une contre l'autre sans se limiter à une position particulière.

triolisme

Pratique sexuelle impliquant trois personnes. Il peut prendre diverses formes, mais l'élément central est la participation de trois individus dans une activité sexuelle commune.

trod

Sigle qui signifie « test rapide d'orientation diagnostique ». Il s'agit d'un test médical permettant d'obtenir un résultat rapide, souvent en quelques minutes, pour dépister certaines maladies ou infections. Ces tests sont simples à réaliser, et ils peuvent être effectués dans des centres de dépistage, des pharmacies ou même lors d'événements de prévention. Les TROD sont particulièrement utilisés pour le dépistage du VIH, des hépatites B et C, et parfois pour d'autres infections. Ils se basent généralement sur une petite goutte de sang prélevée au bout du doigt, ou sur un prélèvement salivaire, et fournissent un résultat en moins de 30 minutes. Bien qu'ils soient très utiles pour un dépistage rapide, un test positif doit toujours être confirmé par un examen en laboratoire plus approfondi.

En France, vous pouvez réaliser un test rapide d'orientation diagnostique dans les associations de santé (comme AIDES), certaines pharmacies, les centres de dépistage CeGIDD, ainsi que lors de campagnes de dépistage organisées localement.

En résumé : les TROD permettent d'obtenir un diagnostic rapide et de prendre des mesures précoces, ce qui est crucial dans la prévention et la gestion des infections.

trompes de fallope

Ces délicats ponts qui relient les ovaires à l'utérus jouent un rôle clé dans le voyage de l'ovule... Un vrai travail d'équipe pour la fertilité ! Également appelées « trompes utérines », ce sont deux conduits tubulaires situés de part et d'autre de l'utérus. Chaque trompe de Fallope s'étend de l'ovaire jusqu'à l'utérus. Elles jouent un rôle crucial dans le système reproducteur dit féminin.

Les trompes de Fallope sont composées de quatre parties principales :

1. L'infundibulum : la partie la plus proche de l'ovaire, munie de franges appelées « fimbriae », qui capturent l'ovule libéré par l'ovaire.

2. L'ampoule : la section la plus large et la plus longue de la trompe, où se produit généralement la fécondation (rencontre du spermatozoïde et de l'ovule).

3. L'isthme : une section plus étroite qui relie l'ampoule à l'utérus.

4. La portion interstitielle : la partie qui traverse la paroi de l'utérus et s'ouvre dans la cavité utérine.

Les principales fonctions des trompes de Fallope :

- **Capturer l'ovule :** lors de l'ovulation, l'ovaire libère un ovule dans la cavité pelvienne. Les fimbriae de l'infundibulum attrapent l'ovule et le guident dans la trompe de Fallope.
- **L'ampoule est l'endroit où le spermatozoïde rencontre l'ovule.** La fécondation se produit ici, formant un zygote (œuf fécondé).
- **Transport du zygote :** après la fécondation, les cils (petites structures ressemblant à des cheveux) tapissant l'intérieur des trompes de Fallope et les contractions musculaires douces aident à déplacer le zygote vers l'utérus. Ce voyage dure environ cinq à sept jours.
- **Nourrir l'ovule et le zygote :** les trompes de Fallope fournissent un environnement nourrissant avec des sécrétions spéciales qui soutiennent l'ovule et le zygote pendant leur transit vers l'utérus.

Les trompes de Fallope sont essentielles pour la reproduction, car elles permettent la rencontre des gamètes (spermatozoïdes et ovule) et le transport de l'ovule fécondé vers l'utérus, où il peut s'implanter et se développer en embryon. Une obstruction ou une dysfonction des trompes de Fallope peuvent entraîner des problèmes de fertilité ou augmenter le risque de grossesse extra-utérine.

troupleC

Quand l'amour ne se limite pas à deux mais à trois cœurs qui battent à l'unisson !

Néologisme formé à partir des mots « trois » et « couple ». Il désigne une relation amoureuse et/ou sexuelle impliquant trois personnes, où chacun des membres est en relation avec les deux autres (qui a dit jamais deux sans trois ?). Ce type de relation se distingue d'un simple « ménage à trois » par son aspect durable et émotionnellement investi.

Dans un trouple, toutes les personnes peuvent être romantiquement et sexuellement impliquées les unes avec les autres, ou il peut y avoir différentes dynamiques selon les individus. L'important est que tous les membres du trouple soient conscients et consentants à cette configuration relationnelle.

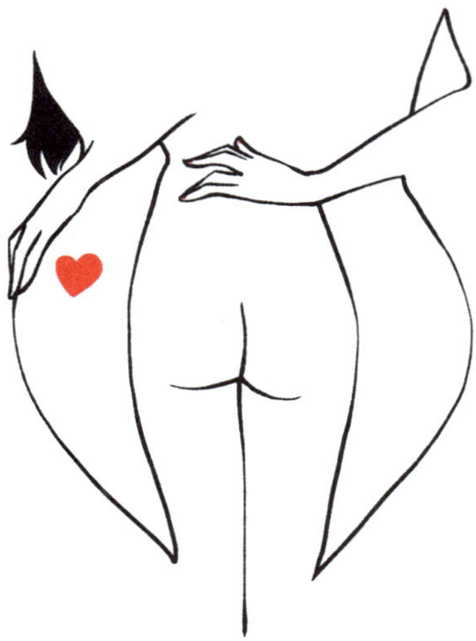

Il est crucial de souligner l'importance de la communication, du respect mutuel et de l'égalité dans un trouple, comme dans toute relation. Les membres d'un trouple doivent naviguer et gérer les dynamiques relationnelles, émotionnelles et parfois logistiques, tout en s'assurant que chaque personne se sent valorisée et respectée.

tucking

Ou l'art de ranger avec soin son paquet !

Pratique qui consiste à cacher les organes génitaux dits masculins en les plaçant entre les jambes, à l'intérieur du canal inguinal ou en les compressant. Cette technique est le plus souvent utilisée par les personnes transgenres, les drag queens ou les personnes travesties pour créer une apparence plus féminine en dissimulant le contour des parties génitales sous les vêtements.

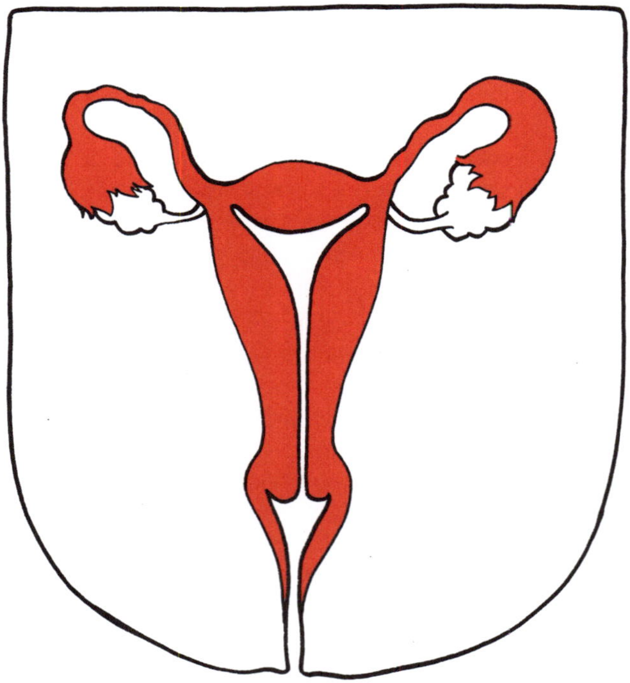

Urètre • Urologue
Urophilie • Utérus

urètre

Canal qui relie la vessie au méat urinaire. Chez les personnes ayant un utérus, l'urètre est situé entre le vagin et le clitoris, tandis que chez les personnes ayant un pénis, il passe à travers la prostate et le pénis. Le rôle de l'urètre est d'assurer l'évacuation de l'urine hors du corps. Chez les personnes ayant un pénis, l'urètre transporte également le sperme du pénis lors de l'éjaculation.

L'urètre peut être une zone érogène pour certaines personnes, et sa stimulation peut provoquer du plaisir. Certaines personnes pratiquent le *sounding*, qui consiste à introduire des jouets spécifiques dans l'urètre pour stimuler cette région. Il est important de le faire avec beaucoup de précaution, car l'urètre est une zone très sensible et sujette aux infections. Utiliser des jouets propres, adaptés à cette pratique, et du lubrifiant est indispensable pour éviter les blessures et minimiser le risque d'infections urinaires. En cas de douleur ou de gêne, il est recommandé d'arrêter immédiatement et de consulter un·e professionnel·le de santé.

urologue

Médecin spécialisé dans le diagnostic et le traitement des maladies et des troubles du système urinaire, ainsi que des troubles du système reproducteur dit masculin.

Le système urinaire comprend les reins, la vessie, l'urètre et les organes génitaux externes, tandis que le système reproducteur dit masculin comprend les testicules, le pénis, la prostate et les voies spermatiques.

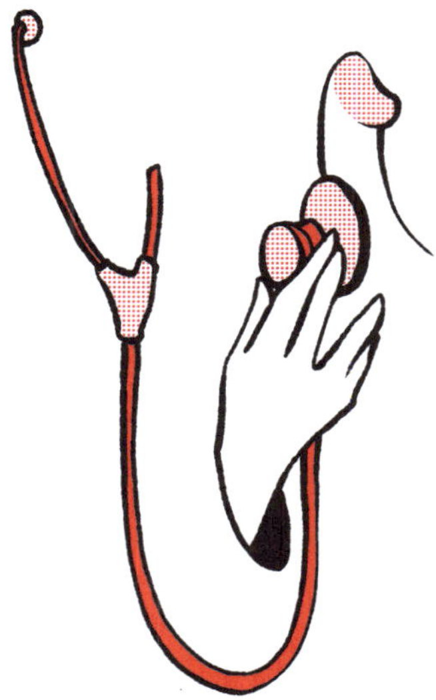

urophilie

Pratique sexuelle dans laquelle une personne éprouve de l'excitation en se faisant uriner dessus, en urinant sur quelqu'un·e ou en observant cette interaction. C'est un fétichisme qui fait partie des pratiques dites de « jeux d'eau », où l'urine devient un élément central dans l'échange. Comme pour toute activité sexuelle, la communication et le consentement mutuel sont essentiels. Il est important de discuter avec son ou sa partenaire des limites de chacun.

L'urine est généralement stérile, mais il existe un risque de transmission de certaines infections (comme les infections urinaires ou des IST) si elle entre en contact avec des plaies ou des muqueuses. L'hygiène avant et après cette pratique est donc primordiale pour réduire ces risques.

Pour info : la pratique est souvent appelée *golden shower*, ou « douche dorée », un terme humoristique pour désigner cet échange. Si l'expression peut faire sourire, elle désigne un fétichisme réel et pratiqué par certaines personnes dans le cadre d'une sexualité consensuelle et informée.

utérus

Organe creux, en forme de poire inversée, situé dans le pelvis (bassin) des personnes dotées de cet organe. Il fait partie du système reproducteur et est essentiel pour les menstruations, la grossesse et l'accouchement.

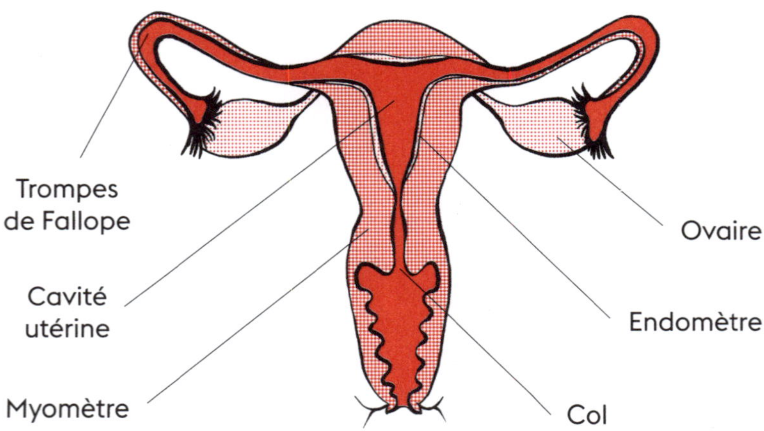

Utérus

- **Menstruations :** l'utérus joue un rôle central dans le cycle menstruel. Chaque mois, la paroi interne de l'utérus, appelée « endomètre », s'épaissit en préparation d'une éventuelle grossesse. Si la fécondation ne se produit pas, cet endomètre se desquame et est évacué par le vagin, entraînant les saignements menstruels.
- **Grossesse :** lorsqu'un ovule est fécondé par un spermatozoïde, il se fixe à la paroi de l'utérus et commence à se développer. L'utérus offre un environnement protégé et nourricier où le fœtus peut se développer pendant environ neuf mois jusqu'à l'accouchement.
- **Accouchement :** pendant le travail, les muscles de l'utérus se contractent pour aider à expulser le bébé par le col de l'utérus et le vagin.

Positions de l'utérus :

- **Utérus antéversé :** il s'agit de la position la plus courante où l'utérus est incliné vers l'avant, reposant sur la vessie. Cette position est considérée comme normale et n'affecte généralement pas la fonction reproductive ou la santé.
- **Utérus rétroversé :** dans ce cas, l'utérus est incliné vers l'arrière, vers la colonne vertébrale. Cette position est également une variation normale et est présente chez certaines personnes. Elle peut parfois être associée à des douleurs pendant les règles ou les rapports sexuels, mais elle n'affecte généralement pas la fertilité.

La position de l'utérus, qu'il soit antéversé ou rétroversé, n'a généralement pas de conséquence majeure sur la santé reproductive, bien que certaines personnes puissent ressentir des symptômes variés.

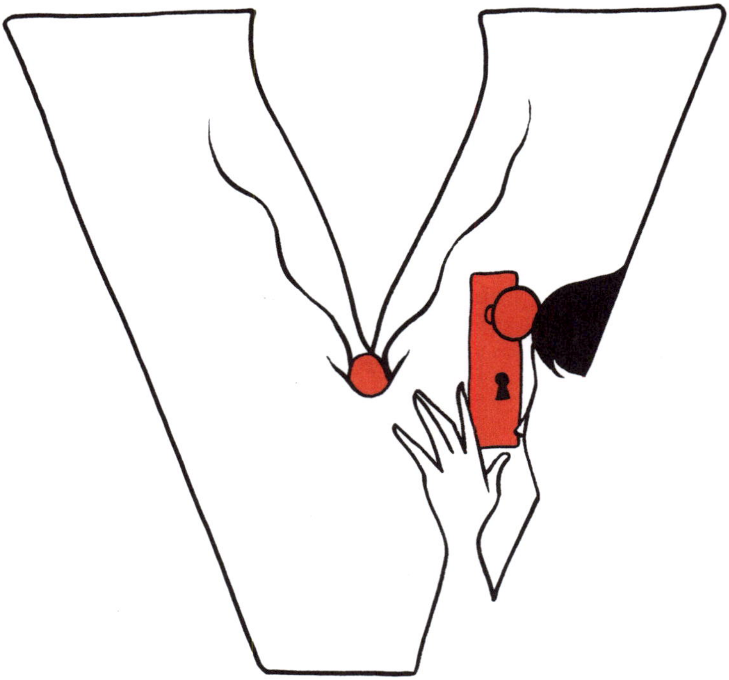

Vagin • Vaginisme • Vanille
Vasectomie • Vestibule • Viagra • VIH
Viol • Violences sexistes et sexuelles
Violentomètre • Virginité
Voyeurisme • Vulve • Vulvodynie

vagin

Un organe complexe et fascinant, qui joue un rôle central dans la reproduction, le plaisir et la santé intime, bien au-delà des mythes qui l'entourent.

Organe musculo-membraneux situé dans le petit bassin. Le vagin mesure en moyenne entre 7 et 12 cm de long. Il s'étend de la vulve jusqu'au col de l'utérus, formant un cul-de-sac à ce niveau. Souvent présenté comme le pourvoyeur d'orgasme par excellence, le vagin contient en réalité peu de terminaisons nerveuses. Seul environ un cinquième de sa longueur est véritablement innervé, rendant cette zone sensible à la température et au toucher.

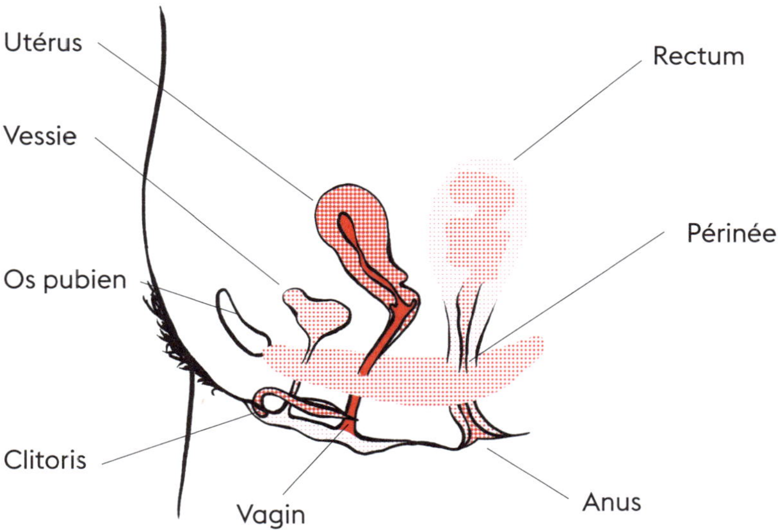

Vagin / périnée

L'idée que la pénétration vaginale garantit un orgasme rapide et automatique est donc largement exagérée ! Pour atteindre le plaisir vaginal, une stimulation précise des zones les plus innervées, comme la zone G ou le *deep spot*, est nécessaire. Ces deux zones, très sensibles aux frottements et aux tapotements, peuvent procurer un plaisir intense avec un peu de patience et de pratique.

Pour maximiser le plaisir, il est recommandé d'associer la stimulation vaginale à celle du clitoris, dont le gland est particulièrement réceptif. En combinant ces deux types de stimulation, l'expérience peut devenir bien plus satisfaisante pour de nombreuses personnes (orgasme en ligne de mire). Il est aussi essentiel de se rappeler que le plaisir sexuel est multifactoriel : il dépend d'une connexion émotionnelle avec le ou la partenaire, d'un état d'esprit détendu et du temps consacré à l'échange.

Enfin, il est tout à fait normal de ne pas accorder une importance particulière à l'orgasme vaginal. Ce qui compte avant tout, c'est d'explorer son propre plaisir, sous toutes ses formes, sans pression extérieure.

vaginisme

Le vaginisme se caractérise par une contraction réflexe et involontaire des muscles périnéaux entourant le vagin, qui survient chaque fois qu'un objet (comme un doigt, tampon, spéculum, sextoy ou pénis) s'approche de la zone vaginale. Cette contraction rend la pénétration très douloureuse, voire impossible, malgré le désir de la personne concernée.

Les causes du vaginisme peuvent être multiples. Il peut être d'origine traumatique (accouchement difficile, agression sexuelle, MST, phobies), culturelle/éducative (peur de transgresser des croyances familiales) ou encore lié à une méconnaissance du corps. L'exploration et la connaissance de ce dernier permettent souvent de réduire ces craintes.

On distingue plusieurs formes de vaginisme :

- **Vaginisme primaire :** présent depuis toujours.
- **Vaginisme secondaire :** survenant après un événement émotionnel, alors que la pénétration était auparavant possible.
- **Vaginisme généralisé :** toute pénétration est impossible.
- **Vaginisme partiel :** la contraction dépend de la situation.

Le vaginisme, qu'il soit primaire ou secondaire, généralisé ou partiel, se soigne. Après un bilan médical pour exclure d'autres anomalies, une prise en charge multidisciplinaire est recommandée : un·e sexologue, un·e psychologue ou un·e hypnothérapeute pour le soutien psychologique, et un·e kinésithérapeute, un·e ostéopathe ou un·e sage-femme pour la prise en charge physique. Le vaginisme étant à la fois psychologique et physique, une approche globale est essentielle pour travailler sur les peurs et reprogrammer le cerveau afin de dissocier la pénétration de la notion de danger.

Attention : si la relation avec un praticien n'est pas confortable, il est important de ne pas hésiter à en changer pour un accompagnement optimal.

Quant aux partenaires, il est crucial de faire preuve de douceur, de patience et de valoriser les pratiques sexuelles non pénétratives, tout en déculpabilisant l'autre.

vanille *(sexe vanille)*

L'art de savourer les plaisirs simples et classiques, sans artifices, mais toujours avec délice !

Expression qui fait référence à des pratiques sexuelles qui sont généralement considérées comme conventionnelles ou traditionnelles. Cela inclut souvent des activités telles que les rapports sexuels vaginaux, la masturbation et les baisers. L'adjectif « vanille » est utilisé ici pour signifier quelque chose de simple ou sans caractéristiques inhabituelles, un peu comme la glace à la vanille vue comme un choix de parfum de base ou classique. Il est important de noter que l'utilisation de cette expression n'implique pas un jugement de valeur : le sexe vanille peut être une source de plaisir et de satisfaction pour de nombreuses personnes. Cette expression souligne simplement l'absence de pratiques sexuelles considérées comme non conventionnelles ou extrêmes dans l'activité en question.

vasectomie

Méthode de contraception dite masculine qui consiste à couper et à sceller les canaux déférents, les tubes qui transportent les spermatozoïdes des testicules à l'urètre. Cette opération rend la personne stérile de manière permanente : bien qu'elle soit toujours capable d'éjaculer, le sperme ne contient plus de spermatozoïdes.

En France, la procédure pour obtenir une vasectomie est encadrée par la loi. Voici les étapes typiques du process :

- **Consultation initiale :** Le patient doit consulter un urologue pour discuter de la vasectomie, ses implications, et s'assurer qu'il s'agit du bon choix pour lui. Un délai de réflexion de quatre mois est imposé après cette consultation.
- **Deuxième consultation :** après le délai de réflexion, une deuxième consultation est nécessaire pour confirmer la décision.
- **L'opération :** la vasectomie est une intervention mineure, généralement réalisée sous anesthésie locale. Le chirurgien fait de petites incisions ou perforations dans le scrotum pour accéder aux canaux déférents, qui sont ensuite coupés et ligaturés ou scellés.
- **Post-opération :** la récupération est généralement rapide, avec peu de douleurs. Il est conseillé de se reposer pendant quelques jours et d'éviter les efforts physiques intenses. Des douleurs légères et un gonflement peuvent survenir.
- **Contrôle post-opératoire :** il est crucial de réaliser un test de sperme environ trois mois après l'opération pour s'assurer de l'absence de spermatozoïdes. Jusqu'à ce que ce test confirme la stérilité, d'autres méthodes contraceptives doivent être utilisées.

Il est important de souligner que bien que la vasectomie soit considérée comme une méthode de contraception permanente, dans certains cas, elle peut être inversée, bien que le succès de cette inversion ne soit pas garanti.

En France, la vasectomie est une méthode de contraception encore (trop) peu répandue, bien que son recours augmente progressivement. Selon les chiffres de Santé Publique France, environ 30 000 vasectomies ont été réalisées en 2021, contre seulement environ 4 000 en 2010. Cette progression reflète une prise de conscience croissante concernant la répartition des responsabilités contraceptives au sein des couples.

vestibule

Zone située entre les lèvres internes. Il est composé du méat urinaire, de l'orifice vaginal et des glandes vestibulaires (glandes de Bartholin et glandes de Skene). Le vestibule joue un rôle dans la réponse sexuelle, car il peut devenir plus sensible et gorgé de sang pendant l'excitation sexuelle.

viagra

Quand une petite pilule bleue vient redonner un coup de pouce à l'érection en détresse !

Médicament (vasodilatateur) utilisé pour traiter la dysfonction érectile. Le Viagra contient une substance active appelée « sildénafil ». Le sildénafil agit en relaxant les muscles lisses et en augmentant le flux sanguin vers le pénis, ce qui facilite l'obtention et le maintien d'une érection.

Le Viagra doit être pris environ une heure avant le rapport sexuel et ne fonctionne que si l'utilisateur·rice est sexuellement stimulé·e. Les effets du Viagra peuvent durer jusqu'à quatre heures.

Warning : le Viagra ne doit être utilisé que sur prescription médicale et ne convient pas à tout le monde. Il est contre-indiqué en cas de fragilité cardiovasculaire et peut provoquer des effets secondaires indésirables, notamment des maux de tête, des nausées, des douleurs musculaires et une vision floue.

N.B. : En France, on estime que près de 2 millions de boîtes de Viagra sont vendues chaque année.

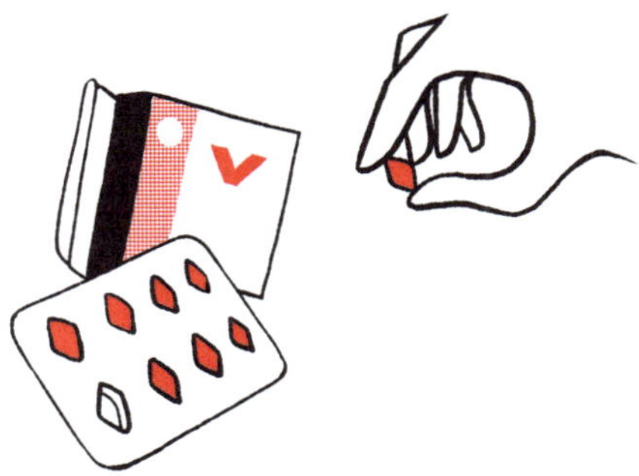

vih

Le virus de l'immunodéficience humaine (VIH) attaque le système immunitaire, affaiblissant les défenses naturelles du corps contre les infections. Sans traitement, l'infection par le VIH peut évoluer vers le sida (syndrome d'immunodéficience acquise), le stade avancé de l'infection, où le système immunitaire est gravement affaibli et où la personne devient vulnérable aux maladies opportunistes.

Traitement et gestion du VIH :

Les progrès dans le traitement du VIH ont permis de transformer cette infection en une maladie chronique gérable. Les antirétroviraux, les médicaments utilisés pour traiter le VIH, permettent aujourd'hui de contrôler efficacement le virus. Lorsqu'une personne séropositive prend son traitement de manière régulière et efficace, la quantité de virus dans son sang peut devenir indétectable. Cela signifie que le virus est réduit à un niveau tellement bas qu'il ne peut plus être détecté par les tests standards, et qu'il ne peut plus être transmis. Ce principe est résumé par le slogan : « Indétectable = Intransmissible » (I=I). Toutefois, pour maintenir ce statut, il est essentiel de suivre rigoureusement le traitement et de bénéficier d'un suivi médical régulier.

Le VIH reste une pandémie mondiale, avec environ 39 millions de personnes vivant avec le virus en 2022. En France, environ 173 000 personnes vivent avec le VIH, et environ 5 000 nouvelles infections sont recensées chaque année. Grâce aux traitements, les personnes séropositives peuvent désormais mener une vie longue et en bonne santé, mais la lutte contre la transmission du virus reste primordiale

Pour prévenir la transmission du VIH, plusieurs méthodes sont disponibles :

- **Préservatifs :** les préservatifs sont une barrière physique efficace qui empêche la transmission du virus lors des rapports sexuels.
- **PrEP (prophylaxie pré-exposition) :** la PrEP (voir p. 186) est un médicament préventif pris quotidiennement par les personnes à haut risque. Lorsqu'elle est prise correctement, elle réduit considérablement le risque de contracter le VIH.

- **PEP (prophylaxie post-exposition) :** la PEP est un traitement d'urgence pris dans les 72 heures suivant une exposition potentielle au VIH, avec un suivi sur 28 jours.
- **Dépistage régulier et traitement :** le dépistage permet aux personnes séropositives de connaître leur statut et d'accéder au traitement. Les personnes sous traitement antirétroviral efficace ont un risque quasiment nul de transmettre le virus.
- **Réduction des risques pour les utilisateurs de drogues injectables :** l'utilisation de seringues stériles dans les programmes d'échange permet de réduire la transmission du VIH parmi les personnes utilisant des drogues injectables.
- **Éducation et sensibilisation :** informer sur les comportements à risque et les méthodes de prévention est crucial pour limiter la propagation du virus.
- **Prise en charge des autres IST :** les infections sexuellement transmissibles (IST) augmentent le risque de transmission du VIH. Leur traitement et prévention sont essentiels pour réduire les risques.
- **Sécurité transfusionnelle :** tous les produits sanguins sont systématiquement testés pour le VIH avant toute transfusion, afin de garantir leur sécurité.

Grâce à ces mesures de prévention et aux avancées thérapeutiques, il est possible de réduire considérablement le risque d'infection par le VIH et de contrôler la propagation de cette pandémie mondiale.

viol

Victimes, on vous croit <3.

Acte sexuel imposé à une personne sans son consentement explicite. Cela inclut toute pénétration (sexuelle, orale, anale ou avec un objet) réalisée par la force, la menace, la surprise, ou en profitant de l'incapacité de la victime à donner son consentement (par exemple, à cause de l'alcool ou de drogues). Le viol est un crime grave, résultant d'un abus de pouvoir et d'une violation de l'intégrité personnelle. Il a des conséquences profondes et durables sur la santé physique et psychologique de la victime.

En regard du droit français, le viol est défini par l'article 222-23 du Code pénal : « Tout acte de pénétration sexuelle, de quelque nature qu'il soit, commis sur la personne d'autrui ou sur la personne de l'auteur, par violence, contrainte, menace ou surprise est un viol. » Le viol est un crime passible de 15 ans de réclusion criminelle, peine pouvant être aggravée selon certaines circonstances, comme l'âge de la victime ou la relation entre l'auteur et la victime. Le consentement est un élément clé : en droit français, une personne ne peut pas donner son consentement si elle est mineure, dans un état d'incapacité (physique ou mentale) ou si le consentement a été obtenu sous la contrainte.

En France, les violences sexuelles, y compris les viols et tentatives de viol, continuent d'augmenter de manière significative. En 2022, environ 84 500 victimes de violences sexuelles ont été enregistrées par les services de police et de gendarmerie, ce qui représente une augmentation de 11 % par rapport à l'année précédente. Parmi ces violences sexuelles, environ 45 % sont des viols ou des tentatives de viol, soit plus de 38 000 cas.

Les statistiques révèlent également que dans 96 % des cas, les agresseurs sont des hommes, et dans la majorité des cas, il s'agit d'une personne connue de la victime (ami, membre de la famille, collègue, conjoint ou ex-conjoint).

Les viols surviennent principalement dans le cadre privé, souvent dans le cercle familial ou parmi les proches, ce qui rend la dénonciation plus complexe pour les victimes.

Le nombre de signalements a plus que doublé entre 2017 et 2022, en partie grâce à la libération de la parole et aux changements législatifs, bien que de nombreuses victimes ne signalent toujours pas ces agressions.

Victimes, on vous croit <3 (bis).

Rappel : si vous êtes victime de violences sexuelles, vous pouvez appeler le 3919, une ligne gratuite et anonyme, accessible 7 jours sur 7 pour vous écouter et vous orienter vers des ressources adaptées. En cas d'urgence immédiate, contactez la police ou la gendarmerie au 17 ou le 112 depuis n'importe quel téléphone, disponible 24 h/24.

violences sexistes et sexuelles

Regroupent l'ensemble des comportements et actes qui portent atteinte à l'intégrité physique, psychologique et morale d'une personne en raison de son genre ou de sa sexualité. Ces violences peuvent se manifester par des propos, des gestes, des menaces, des actes de harcèlement, d'agressions, de viols ou d'autres comportements coercitifs et non consensuels.

En France, les violences sexistes et sexuelles sont strictement encadrées par la loi. Voici quelques éléments clés :

1. Harcèlement sexuel (Article 222-33 du Code pénal) : est puni de deux ans d'emprisonnement et de 30 000 euros d'amende le fait d'imposer à une personne, de manière répétée, des propos ou comportements à connotation sexuelle qui portent atteinte à sa dignité en raison de leur caractère dégradant ou humiliant, ou créent à son encontre une situation intimidante, hostile ou offensante.

2. Agression sexuelle (Article 222-22 du Code pénal) : est punie de cinq ans d'emprisonnement et de 75 000 euros d'amende, toute atteinte sexuelle commise avec violence, contrainte, menace ou surprise.

3. Viol (Article 222-23 du Code pénal) : est qualifié de viol tout acte de pénétration sexuelle, de quelque nature qu'il soit, commis sur la personne d'autrui par violence, contrainte, menace ou surprise. Le viol est puni de quinze ans de réclusion criminelle.

4. Violences conjugales : la loi reconnaît et réprime spécifiquement les violences au sein du couple, y compris les violences sexuelles. Les peines sont aggravées lorsque les violences sont commises par le conjoint, le partenaire de Pacs ou le concubin de la victime (Article 222-12 du Code pénal).

5. Cyberharcèlement (Article 222-33-2-2 du Code pénal) : le fait de harceler autrui par des propos ou comportements répétés ayant pour objet ou pour effet une dégradation des conditions de vie se manifestant par une altération de la santé physique ou mentale est puni de deux ans d'emprisonnement et de 30 000 euros d'amende.

En France, les violences sexistes et sexuelles touchent une proportion alarmante de la population. Selon une enquête réalisée par l'ONDRP (Observatoire national de la délinquance et des réponses pénales), environ 1,9 million de femmes âgées de

18 à 75 ans déclarent avoir subi des violences sexistes et sexuelles au cours de leur vie. Cela inclut les agressions sexuelles, le harcèlement sexuel et les viols.

Importance de la prévention et de l'information :

Il est essentiel de sensibiliser et d'informer sur les violences sexistes et sexuelles afin de prévenir ces comportements et d'encourager les victimes à parler et à dénoncer les actes qu'elles subissent. Les témoins de ces violences ont également un rôle crucial à jouer en soutenant les victimes et en signalant les comportements inappropriés.

N'oubliez pas : Personne ne doit subir de violences sexistes ou sexuelles. Si vous êtes victime ou témoin de telles violences, parlez-en à une personne de confiance et n'hésitez pas à contacter les autorités compétentes.

violentomètre

Outil pédagogique qui permet de mesurer le niveau de violence dans une relation amoureuse. Il a été développé pour aider les gens à reconnaître et à comprendre les différentes formes de violence dans les relations amoureuses.

L'outil du violentomètre se présente généralement sous la forme d'une échelle graduée allant du vert (comportements sains et respectueux) au rouge (violences graves et dangereuses).

Le but du violentomètre est d'aider les personnes à prendre conscience des comportements et des actes violents qui peuvent survenir dans les relations amoureuses, même s'ils ne sont pas physiques. En effet, la violence peut prendre différentes formes telles que les violences psychologique, verbale, économique ou sexuelle, et il est important de les reconnaître pour pouvoir agir et demander de l'aide si nécessaire.

L'outil du violentomètre peut également être utilisé pour aider les professionnel·les de la santé, les travailleurs sociaux et les éducateurs à sensibiliser les jeunes et les adultes aux différentes formes de violence dans les relations amoureuses, ainsi qu'à prévenir et à intervenir en cas de violence.

Si vous êtes concerné·e par une situation de violence dans votre relation amoureuse, il est important de chercher de l'aide auprès de professionnel·les qualifié·e·s pour vous aider à sortir de cette situation.

virginité

Concept dépassé qui continue d'imposer des normes obsolètes et prouve qu'il est grand temps de tourner la page et de laisser chacun définir son propre chemin vers la sexualité !

La virginité est associée à l'idée qu'une personne n'a jamais eu de relations sexuelles. La définition de la virginité peut varier culturellement et individuellement.

Ce concept est souvent considéré comme obsolète car il repose sur des normes traditionnelles qui ne reflètent pas toujours la diversité des expériences humaines. Il peut être restrictif, renforçant des attentes basées sur la notion de pureté, principalement imposées aux femmes. Cela peut perpétuer des normes sexistes en objectivant le corps des femmes et en établissant un double standard entre les genres.

De plus, la virginité peut ne pas être une mesure précise de l'expérience sexuelle, car elle est souvent définie de manière binaire, ignorant la variété des expériences et des relations. Les conversations actuelles remettent en question ces normes, encourageant une perspective plus inclusive et respectueuse des choix individuels.

voyeurisme

Pratique qui consiste à éprouver du plaisir ou de la satisfaction en observant secrètement des personnes dans des situations privées ou intimes sans leur consentement. Cela peut inclure l'observation de personnes nues, d'activités sexuelles ou de tout autre comportement intime sans leur permission. Le voyeurisme peut impliquer l'utilisation de caméras cachées ou d'autres dispositifs pour observer les personnes à leur insu.

En France, le voyeurisme est considéré comme un délit et est puni par la loi. Selon l'article 226-1 du Code pénal français, le fait d'observer, de photographier ou de filmer une personne dans un lieu privé sans son consentement est passible d'une peine maximale de deux ans d'emprisonnement et d'une amende de 60 000 euros.

vulve

Souvent confondue à tort avec le vagin, mérite enfin d'être reconnue pour ce qu'elle est et non pas juste « l'entrée du vagin » !

Partie externe des organes génitaux dits féminins. Anatomiquement, elle se compose des lèvres externes, des lèvres internes, du gland du clitoris, du méat urinaire et de l'ouverture vaginale. Les lèvres externes encadrent les parties internes, tandis que les lèvres internes se trouvent à l'intérieur, entourant le vestibule vaginal.

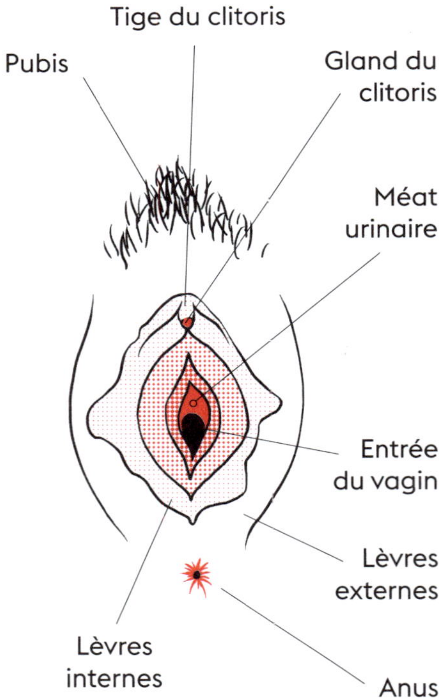

Vulve

La fonction principale de la vulve est de protéger les organes génitaux internes et de contribuer à la régulation de l'environnement vaginal. Elle joue un rôle clé dans le plaisir sexuel, car le gland du clitoris, une partie très sensible de la vulve, est une zone érogène importante. De plus, la vulve est impliquée dans le processus de reproduction en permettant l'accès au vagin pour les spermatozoïdes lors des rapports sexuels.

N.B. : la vulve est unique à chaque personne, avec des variations normales de couleur, de forme et de taille !

vulvodynie

Affection caractérisée par une douleur chronique dans la région de la vulve, sans cause identifiable claire. Elle peut se manifester sous forme de brûlures, de démangeaisons, de picotements ou de sensations de coupure. Cette douleur peut être diffuse ou localisée à un point précis de la vulve.

Symptômes :

- **Douleur persistante ou intermittente :** la douleur peut être présente en permanence ou survenir par épisodes.
- **Sensation de brûlure :** une sensation de brûlure peut être ressentie au niveau de la vulve.
- **Démangeaisons :** certaines femmes peuvent ressentir des démangeaisons intenses.
- **Douleur lors des rapports sexuels :** la vulvodynie peut rendre les rapports sexuels très douloureux.
- **Sensibilité au toucher :** la région vulvaire peut être extrêmement sensible au toucher.

Causes :

Les causes exactes de la vulvodynie sont souvent inconnues, mais plusieurs facteurs peuvent contribuer à cette affection :

- **Problèmes nerveux :** une dysfonction des nerfs qui transmettent les sensations de la vulve au cerveau.
- **Inflammation :** une inflammation chronique dans la région vulvaire.
- **Facteurs hormonaux :** les fluctuations hormonales peuvent jouer un rôle.
- **Facteurs psychologiques :** le stress et l'anxiété peuvent aggraver la douleur.

Traitements :

Il n'existe pas de traitement unique pour la vulvodynie, mais plusieurs approches peuvent aider à soulager la douleur :

- **Médicaments :** analgésiques, antidépresseurs, anticonvulsivants ou crèmes anesthésiantes.
- **Thérapies physiques :** physiothérapie pelvienne pour renforcer les muscles et améliorer la circulation sanguine.
- **TCC :** thérapie cognitive et comportementale pour gérer la douleur et le stress.
- **Changements de mode de vie :** éviter les irritants (vêtements serrés, produits parfumés) et adopter une hygiène douce.

La vulvodynie est une condition complexe qui nécessite souvent une approche multidisciplinaire pour être gérée efficacement. Si vous ressentez des douleurs vulvaires persistantes, il est important de consulter un·e professionnel·le de santé pour obtenir un diagnostic et un traitement approprié.

Wax play
WiCulpedia • Wishlist

wax play

Ce « jeu de cire » est une pratique érotique qui consiste à verser de la cire chaude sur la peau de son/sa partenaire. Cette activité fait partie des jeux sensoriels et est souvent intégrée dans des scénarios BDSM. Le *wax play* peut ajouter une dimension sensorielle intense à l'expérience érotique, mélangeant chaleur et sensation pour une stimulation unique. Cette pratique peut renforcer la confiance et l'intimité entre les partenaires grâce à la nécessité d'une communication ouverte et d'un respect des limites.

wiculpedia

WiCulpedia est le nom originel de mon compte Instagram, né d'un pari un soir entre amis, après quelques verres. Mon meilleur ami me disait souvent que si mes réflexions sur la sexualité et les relations amoureuses étaient entendues par toustes, le monde irait mieux. Il voulait que je me lance dans la radio libre, mais à l'époque, je n'étais qu'infirmière et psychothérapeute, sans idée de comment me faire connaître.

Un jour, nous avons fait un pari : si je perdais, je devais créer un compte Instagram. Évidemment, j'ai perdu, et nous avons trouvé ce nom parfait, WiCulpedia, le « Wikipédia du cul ». Ce jeu de mots reflétait parfaitement ma volonté de rendre l'information sur la sexualité accessible, drôle et sans tabou. Très rapidement, mon compte a rencontré un grand succès, atteignant 90 000 abonnés en un an. Mais, comme toutes les belles histoires, celle-ci a connu un rebondissement. En déposant la marque à l'INPI, la fondation en question a repéré mon compte et n'a pas apprécié la blague. Résultat : j'ai dû renommer mon compte en Wicul, un raccourci tout aussi piquant et parlant.

WiCulpedia n'est plus, vive Wicul !

wishlist

Dans le contexte du BDSM, une wishlist (« liste de souhaits ») est une liste compilée par un individu décrivant les préférences, fantasmes, limites et objets qu'il souhaite expérimenter ou acquérir dans le cadre de ses activités BDSM. Cela permet aux partenaires de mieux comprendre les désirs et les limites de chacun, favorisant ainsi une communication claire et consensuelle.

X

X

L'utilisation de la lettre « X » pour désigner des contenus pour adultes remonte aux premiers jours de la classification des films. Dans les années 1960 et 1970, le système de classification MPAA (*Motion Picture Association of America*) a introduit des catégories telles que « G » (tous publics), « PG » (sous surveillance parentale), « R » (restrictions d'âge) et « X » pour indiquer que le contenu était destiné aux adultes. Cependant, au fil du temps, le terme « X » a été largement associé à des contenus pornographiques plutôt qu'à des films pour adultes de manière générale.

En raison de cette association avec la pornographie, l'industrie cinématographique a cherché à se démarquer de la connotation explicite de la lettre « X ». Cela a conduit à l'introduction de la classification « NC-17 » (*Non Children Under 17 Admitted*) comme alternative plus neutre, et à l'abandon progressif de l'utilisation de « X » dans le contexte cinématographique traditionnel.

Ainsi, bien que la lettre « X » ait historiquement été utilisée pour indiquer des contenus adultes dans le cadre de la classification des films, elle a acquis une connotation spécifique associée à la pornographie.

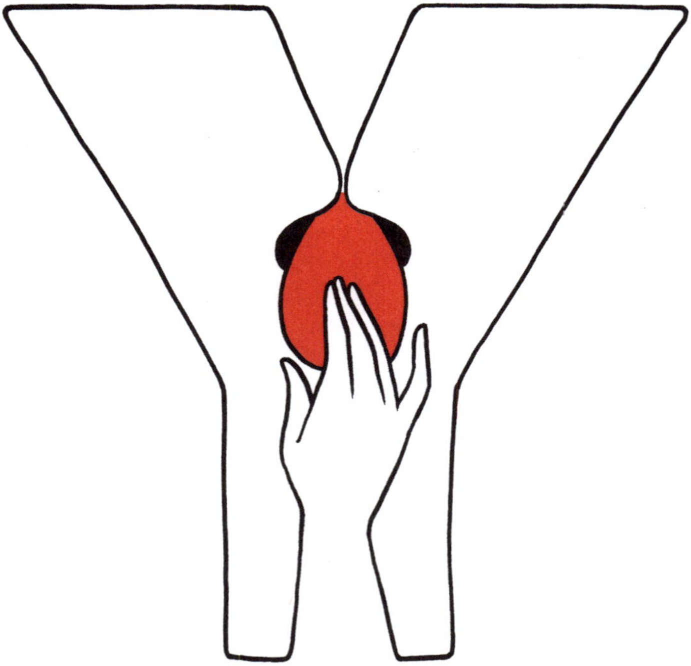

Yoni

yoni *(œuf)*

Ce petit objet en pierre est bien plus qu'un simple accessoire !

Un œuf de yoni est une petite pierre précieuse, souvent en jade ou en quartz rose, qui est taillée et polie en forme d'œuf et qui est insérée dans le vagin pour aider à renforcer les muscles du plancher pelvien.

L'utilisation d'un œuf de yoni peut aider à renforcer les muscles du plancher pelvien en les obligeant à travailler plus dur pour maintenir l'œuf en place. Cela peut aider à prévenir les problèmes de santé pelvienne et également améliorer la sensibilité et le plaisir sexuel. L'utilisation d'un œuf de yoni peut également aider à développer une meilleure conscience corporelle et une plus grande intimité avec soi-même.

Il est important de noter que l'utilisation d'un œuf de yoni doit être abordée avec prudence et sous la supervision d'un·e professionnel·le de la santé qualifiée. Il est également important de choisir un œuf de yoni de haute qualité et de le nettoyer soigneusement avant et après chaque utilisation, pour éviter les infections.

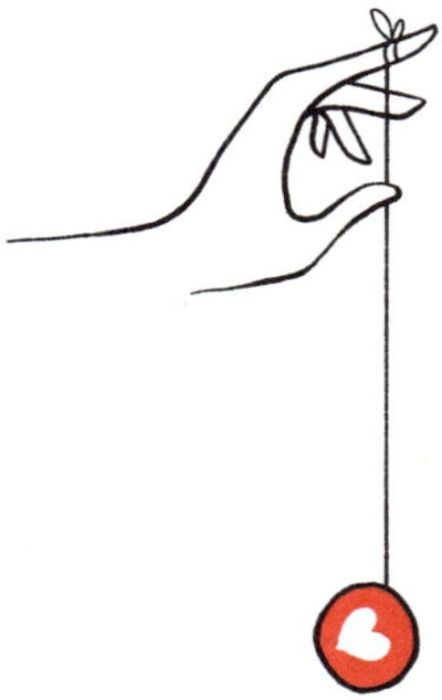

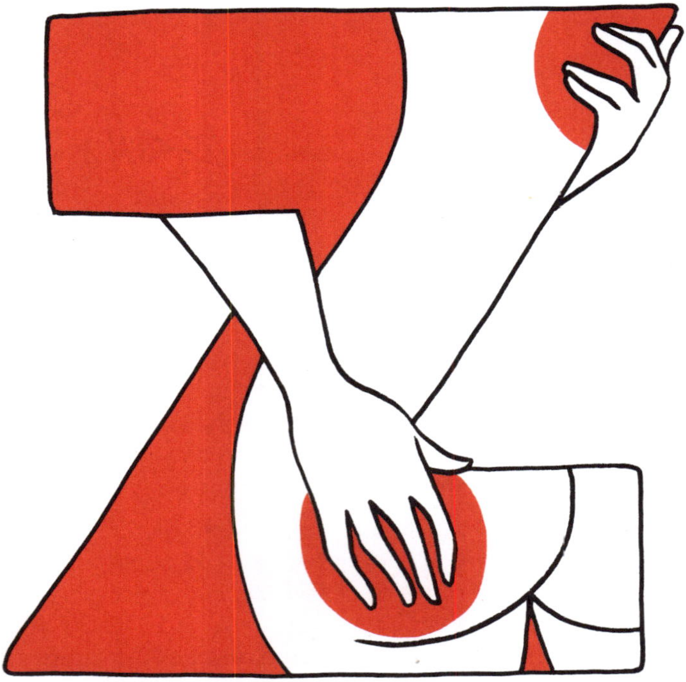

Zizi
Zone érogène

zizi

Terme familier et enfantin en français, utilisé principalement pour désigner le pénis. Ce mot est souvent employé dans un contexte informel ou avec des enfants, car il est perçu comme moins direct et plus doux que les termes médicaux ou plus explicites.

zone érogène

Partie du corps particulièrement sensible au toucher, à la pression ou aux caresses, capable de susciter du plaisir lorsqu'elle est stimulée. Bien que les parties génitales soient souvent les premières à venir à l'esprit, ces zones, véritables cartes du plaisir, se trouvent en réalité partout sur le corps, révélant des chemins multiples vers la jouissance.

Des oreilles aux pieds, en passant par la nuque, le bas du dos, et bien sûr les lèvres, chaque individu possède une sensibilité unique. La clé est de prendre le temps d'explorer ces multiples voies, de manière intuitive et sans se limiter à la génitalité. Le corps est un véritable terrain de découverte, riche en sensations à apprivoiser et à savourer.

Ouvrir les horizons du plaisir, c'est oser explorer l'inattendu, découvrir que chaque recoin de notre peau peut devenir une route vers la satisfaction. Il ne s'agit pas seulement de ce que l'on voit ou de ce que l'on croit connaître, mais de se laisser guider par la curiosité et par l'autre, en cultivant des échanges sensoriels qui transcendent la simple génitalité. Laissez-vous tenter par ce voyage, car le plaisir réside dans chaque caresse et chaque nouvelle découverte de votre propre corps.

conclusion

En refermant ce livre, vous vous rendrez peut-être compte qu'il manque des mots. Et vous aurez raison. Écrire un ouvrage absolument complet sur toutes les pratiques, orientations, fétichismes, fantasmes, expressions et nuances de la sexualité humaine demanderait bien plus qu'un livre – cela demanderait probablement toute une vie ! Alors, dans un premier temps, je m'en excuse.

Mais peut-être est-ce aussi une belle excuse pour envisager une suite, un volume 2, ou même une Encyclopédie de l'intime – édition augmentée (parce que, comme la sexualité, une encyclopédie aussi doit évoluer et se réinventer !). Je ne promets rien, mais l'idée me plaît déjà...

En attendant, je tiens à partager avec vous des ressources qui me tiennent à cœur : des comptes Instagram qui prolongent cette démarche éducative, bienveillante et inclusive, en explorant des sujets que je n'ai pas pu aborder ici. Ces créateurs et créatrices de contenu complètent merveilleusement le travail amorcé dans cette encyclopédie.

Merci d'avoir parcouru ce chemin avec moi, et surtout, rappelez-vous : la sexualité n'est pas un domaine figé mais un espace vivant, riche de découvertes et d'apprentissages, à cul. tiver avec curiosité et bienveillance.

À bientôt

Edwige Fleury,
créatrice du compte Instagram @wicul_

ressources utiles

Voici donc une petite liste d'adresses à suivre pour enrichir encore vos réflexions et vos connaissances sur la sexualité (et peut-être y dénicher les mots manquants !).

Plateforme éducation sexuelle

@vendredinuit_off : Parce que tout s'apprend, même l'intime ! J'ai créé cette plateforme avec ma meilleure amie Masha, avec des ateliers et des tutos pour décupler votre plaisir et celui de votre partenaire ! Vous pouvez aussi aller directement aller sur notre site : **vendredinuit.com**

Reco sexo / love

@mashasexolique : Éducatrice sexuelle et autrice de nombreux livres sur la sexualité et le post-partum. Masha est en plus d'être une personne exceptionnelle une référence en matière d'éducation sexuelle. Elle aborde le sujet de façon drôle et pédagogique. À découvrir sans plus tarder !

@alexandrahubin : Sexologue, c'est elle qui m'a formée à la sexothérapie ! Une mine de savoir bienveillant.

@jouissance.club : la papesse sexo d'Instagram. Tous les tips dont vous avez besoin pour booster votre créativité sous la couette.

@nadrichard : Des conseils love sur un ton décomplexé, qui font un bien fou !

Recos féministes

@je.suis.une.sorcière : Alice nous aide à reconnaître et déconstruire le patriarcat dans nos quotidiens, et nos représentations !

@mecreantes : vous trouverez des réflexions et analyses féministes de l'actualité.

@preparez_vous_pour_la_bagarre : Rose Lamy révèle les discours sexistes dans les médias et le traitement des violences sexistes et sexuelles.

@ovairestherainbow : pour suivre l'actualité des violences sexistes et sexuelles.

Reco lgbt

@appelle.moi.sam : une safe place pour toustes, Sam nous partage des moments de sa vie avec humour et bienveillance. Il y parle polyamour, transidentité, expériences capillaires ou encore de son amour pour les plantes. C'est pour couronner le tout un ami extraordinaire.

@lecoindeslgbt : pour t'informer sur l'actualité, l'histoire, et la culture de la communauté LBGT.

@jaketunde : merveilleux compte pour s'éduquer aux sujets de la transidentité !

@amicalement_gouine : culture lesbienne et queer.

Reco humour

@ohpet.art : les meilleurs mêmes artistiques du game. Culture, humour, féminisme... tout ce qu'on aime finalement ! Et une personne en or.

@coeurnichons : parce que parfois, c'est bien de ne pas prendre l'amour et le sexe avec trop de sérieux !

Dessin engagé

@cht.am : des dessins hyper reconnaissables, pour parler féminisme, droits humains, et santé mentale.

@lanuitremueparis : autrice de bd et activiste féministe, Blanche décortique l'actualité, mais aussi notre histoire, pour mieux déconstruire les mythes patriarcaux.

Reco média safe

@pastelmedia_ : un petit coin safe sur Instagram, c'est tout ce qu'on mérite ! Santé mentale, relations amoureuses, actualités féministes, citations inspirantes. Pastel, c'est le compte qui fait du bien (et est tenu par une très belle personne).

@period.studio : actualité, décryptages, et interviews sur ce média féministe et inclusif.

@gaze.magazine : une revue qui prône le *female gaze*, pour s'émanciper du regard masculin sur la culture.

@paint.media : LE médias d'actualités LGBT.

Ouvrage réalisé sous la direction d'Aurélie Starckmann

Directrice éditoriale : Caroline Terral

Responsable d'édition : Eulalie Chantreux

Assistante d'édition : Orlane Patin

Relecture et correction : Amélie Poggi

Couverture, conception graphique et mise en page : Amandine Giloux, Studio Agil

Illustrations : Simon Frankart, Petites luxures

Tous droits réservés © Éditions Albin Michel

Éditions Albin Michel : 22, rue Huyghens, 75014 Paris

www.albin-michel.fr

Santé, bien-être, vie quotidienne, cuisine, parentalité, psychologie, développement personnel, nature, loisirs et plus encore...

Suivez-nous sur Instagram : @Albinmichel_et_moi

ISBN : 978-2-226-49951-6

N° d'édition : 26199/01

Dépôt légal : février 2025

Photogravure : IGS-CP, Charente (16)

Achevé d'imprimer en janvier 2025 par Florjancic Tisk, Slovénie.